드래곤 나이트

DRAGON KNIGHT

4

박제후 판타지 장편소설

FANTASYSTORY & ADVENTURE

dream
books
드림북스

드래곤 나이트 4 흰 장미와 별빛 고양이

초판 1쇄 인쇄 / 2011년 12월 14일
초판 1쇄 발행 / 2011년 12월 23일

지은이 / 박제후

발행인 / 오영배
편집팀장 / 신동철
책임편집 / 이소라
편집디자인 / 신경선
펴낸 곳 / (주)삼양출판사 · 드림북스

주소 / 서울특별시 강북구 송천동 322-10호
대표 전화 / 02-980-2112 팩스 / 02-983-0660
편집부 전화 / 02-980-2116 팩스 / 02-983-8201
블로그 / blog.naver.com/dreambookss

등록번호 / 제9-00046호
등록일자 / 1999년 3월 11일

DRAGON KNIGHT

드래곤
나이트

CONTENTS

1장
저녁별 뜨는 곳에서

[아주 간단하게 문장을 만들기]

 1. 대략적인 모양을 구상한다. 여기에는 방패와 투구, 투구장식(Crest), 투구장식받이(Torse)는 필수이며 왕관(Coronet)과 좌우명(Motto)은 선택이다. 펜던트나 금장식은 신분에 따라 사용이 달라진다.

 2. 방패와 투구의 모양을 정한다. 여성들은 마름모 도형을 방패 대신 사용한다.

 3. 투구덮개(Mentling)를 결정한다.

 4. 투구장식을 결정한다. 다만 교회와 길드는 가질 수 없다.

 5. 왕관의 모양을 결정한다. 다만 교회, 길드, 여성, 자유민은

가질 수 없다.

6. 좌우명과 보조자장식(Supporter)을 정한다.

7. 방패도안의 바탕색이나 분할방법(Ordinaries) 등을 정한다. 기타 분별선과 가계표를 고려한다. 도안의 색과 상징이 서로 충돌하는 게 없는지 점검한다. 사생아의 경우에는 푸른 사선을 넣는다. 여기사의 경우 분홍색 역사선을 넣는다.

8. 성직자나 도시의 문장인 경우 위의 규칙과 다른 독자적인 방식을 따른다.

—문장관 기오니스의 『문장의 이해』 中

8월 24일, 실버레이크를 다스리는 레이놀드 블랙우드는 남부의 대영주인 로랑 캉브레를 공격해 그의 부유한 무역도시 코르도바를 빼앗았다. 그건 정말 충격적인 소식이었다. 군소 영주인 그가 거물의 허를 찔렀다는 사실은 왕국에서 대단한 화제가 됐다. 게다가 젊은 영주가 펼친 놀라운 전술 능력은 유력한 군사 전문가들의 눈길을 끌었다. 사람들은 이제 그를 주목했고, 더 이상 레이놀드를 무명인으로 생각하지 않았다. 이제 그는 에든버러의 성주이자, 레드포레스트, 실버레이크, 안달루시아, 코르도바의 영주이며 그 안에 속한 수많은 도시와 마을의 주인이 되었다. 일련의 성공으로 갓 20살이 된 이 젊디젊은 영주는 야심만만하게 왕국 최고의 신성으로 떠올랐다.

*　　　*　　　*

그 뒤 한 달 동안 레이놀드의 실버레이크 군은 코르도바에 속한 해안 도시 투르, 베즐레, 리모쥬를 연달아 점령했다. 서쪽의 람탄 왕국에서 추가로 온 용병과 북부에서 조르다노 파시가 보낸 자들까지 합류하자, 그의 부대는 물경 8천에 이르렀다.

대영주의 본대가 2만이 좀 넘는 것을 생각해 보면 그는 캉브레 령에 엄청난 위험 요소가 된 것이다. 다만 그 사이에 대주교의 군대가 아이놀트에서 패전하는 바람에 대영주군은 조금 여유를 찾을 수 있었다. 그래서 대영주는 문글라스의 우만 그레스바르를 보내 레이놀드를 밀어내려 했다. 실버레이크와 적대 관계인 우만 영주는 제법 기세당당하게 북진해 왔기에 라 파뇰은 여기서 회전보다는 전선을 고착화할 것을 제안했다. 이에 레이놀드는 2천의 병력을 실버레이크 수비대로 보낸 뒤, 나머지 부대를 4개의 성에 분산 배치해 버티기에 들어갔다. 4천의 병력을 이끌고 급하게 왔던 우만 영주는 결국 아무런 성과도 내지 못한 채 가을은 깊어 갔다. 그동안 대영주과 대주교는 치열한 외교전을 벌이고 있었다. 이런 전쟁에서는 한 명의 특사가 몇천의 군대도 이루지 못할 일을 해낸다는 사실을 둘은 너무나 잘 알고 있었다. 때문에 그들의 외교전은 치열했고 일진일퇴를 거듭했다. 대영주가 동부의 싱클레어 경의 조력을 얻어내면 대주교가 동남부의 캉브레 경의 조카인 길렝 캉브레를 움직이거나, 자신의 상관인 추기경의 도움으로 동부에 강력한 경고를 보내는 식이었다. 결국 싸움은 외부의 개입이 차단되어 남부만의 잔치가 되어 갔다.

그러던 와중 10월 1일, 극적으로 잠시간의 정전협정이 체결되었다. 남부에는 추수해야 할 곡식이 산더미처럼 쌓여 있었는데, 그것이 전쟁보다 더 중요했다. 더욱이 아무리 온화한 기후의 남부라도 겨울에 전쟁을 하는 것은 어려운 일이다. 대영주와 대주교는 '내년 첫 꽃이 필 때까지'라는 다소 애매한 조건을 내걸며 협정을 맺고 전투를 중지했다.

물론 교회 내부에서는 악마와 거래한 대영주와 정전한다는 사실에 맹렬한 반대가 있었으나, 현실적인 이유와 교회군의 대리장군(Lieutenant General)인 스탈리 백작의 요구로 결국 정전협정이 맺어졌다. 제국에서 초빙된 그는 권위 있는 전쟁 전문가였고, 실전에 대해 아는 게 없는 교회 원로들은 백작의 뜻을 존중할 수밖에 없었다.

그렇게 겨울바람과 함께 짧은 평화가 왔다.

*   *   *

"영주님, 저기가 코슈렐 요새입니다."

필라보가 강 건너의 요새를 가리켰다. 레이놀드는 휘하 기사들을 데리고 적지형을 정찰 중이었다. 정전이 이미 발효 중이라 이런 일로는 시비가 붙지는 않는다. 다만 코슈렐의 영주가 레이놀드를 기습해 사로잡는 일은 가능했기에 마냥 안전한 일은 아니었다. 그러나 이미 동으로 리모쥬까지 점령한 그는 봄이 오면 이곳을 공략할 계획이라 직접 적지형을 확인하고 싶었다.

"대단한 요새네."

레이놀드는 솔직한 감상을 털어놨다. 콜드스트림의 한 지류인 이웬나 강 건너편에 세워진 이 요새는 작은 크기지만 그야말로 철옹성으로 보였다.

봄의 공격은 결코 쉽지 않을 것이다.

'많은 희생이 따를 것 같군. 전대장과 공격 계획을 보다 면밀히 짜야겠어.'

레이놀드는 열을 내던 라 파놀을 떠올리며 미소 지었다. 그는 항상 직접 정찰하러 가길 원했는데 라 파놀은 그게 영 마음에 안 드는 모양이었다. 사실 군주가 직접 나선다는 건 위험천만한 일이다. 그럼에도 레이놀드는 직접 눈으로 봐야 직성이 풀렸다.

'이건 내 철학이라고, 반대해도 소용없어.'

영주인 그는 자신의 결정이 수천의 생명을 좌지우지한다는 것을 잘 알고 있었다. 그러므로 모든 명령권을 가진 지휘관이 당연히 적지형을 살피고 작전을 세워야 한다고 믿었다.

"영주님!"

그때 곁에 있던 한 기사가 다급하게 한쪽을 가리켰다. 동시에 레이놀드와 그를 수행하던 삼십여 명의 기사들의 눈이 돌아갔다.

두두두두두—.

멀리서 일단의 기병들이 접근해 오고 있는 것이 보였다. 레이놀드는 재빨리 눈이 제일 좋다는 자에게 물었다.

"어디의 군기인가?"

그는 이미 눈을 게슴츠레하게 뜬 채 앞을 보았다.

"사자 심장 기사단입니다! 스타폴의 깃발도 보입니다!"

"뭐!"

그들은 깜짝 놀랄 수밖에 없었다. 사자 심장 기사단은 캉브레 경의 기사단으로 왕국 최고의 기사단이라 불리는 존재들이었다. 레이놀드는 근래 그들과의 충돌을 걱정해 왔으나, 그들은 대주교의 싸움에 투입되어 마주한 일이 없었다. 그런데 이곳 코슈렐에 그들의 모습을 보인다는 건 다가올 봄의 전황이 젊은 영주에게 불리할 수 있다는 걸 의미했다.

"적의 숫자도 삼십여 명으로 비슷합니다. 영주님 어쩌시겠습니까? 퇴각하실 겁니까?"

다급하게 묻는 필라보의 말에 레이놀드는 부대의 동요를 안정시켰다.

"나는 여기에 겁쟁이가 단 한 명도 있지 않다고 생각한다!

검을 빼들 준비만 하고 대기하라."

이끄는 자가 침착하게 지시하자 무리는 빠르게 안정을 되찾았다.

사실 사자 심장 기사단의 이름이 높은 건 회전에서 보여 주는 그들의 용맹함 때문이었다. 물론 개개인도 정예겠지만, 지금 레이놀드 옆에 있는 자들도 지옥도의 전장을 견뎌 온 전문 싸움꾼들이었다. 칼질이라면 왕국 어디에서도 뒤지지 않았다. 게다가 양측의 숫자가 비슷해 이쪽이 불리할 것도 없는 상황이었다.

"딱히 싸우러 오는 것 같지는 않습니다."

걱정스러워하던 필라보도 조금 누그러진 어투였다. 그들의 예상대로 사자 심장 기사단원들은 거리가 좁혀지자 군기를 오른쪽으로 수평을 이루게 들었다. 군기를 앞으로 겨누면 적대 행위지만, 저렇게 옆으로 빼면 협상과 대화의 신호였다.

레이놀드는 말고삐를 잡지 않은 손으로 썬더를 만지작거리며 침착하게 기다렸다. 아르디오넬은 그의 망토에 매달려 어깨너머로 목만 내밀고 있었다.

"흥분하지 마. 심장이 빨리 뛰고 있어."

살며시 속삭이는 정령용의 말에 레이놀드는 고개를 끄덕였다.

그때 사자 심장 기사단이 그들 앞에 도착했다. 양측은 선불리 말을 꺼내지 않았고 긴장감이 주위에 감돌았다. 그리고 하얀 갑옷을 입은 중년의 미남자가 앞으로 나섰다. 은발을 길게 늘어뜨린 그는 어깨 위에 귀한 사자 가죽을 걸치고 있었다. 남자는 대뜸 레이놀드를 보더니 말했다.

"반갑네, 블랙우드 경."

사실 누가 봐도 레이놀드는 알아보기 쉬웠다. 검은 날개와 검이 그려진 실버레이크의 문장기와 어깨 위에 작은 용을 데리고 있는 남자는 그 하나뿐이다.

"반갑습니다. 그런데 경께서는 누구신지요?"

"난 사자 심장 기사단의 단장인 에뛸라 부아뱅이네."

웅성웅성—.

생각지도 못한 거물의 출현에 기사들 사이에 당황이 퍼졌다. 놀라기는 레이놀드도 마찬가지였다. 그는 사자 심장 기사단의 단장이자, 냉기를 다루는 비밀스러운 기교를 가지고 있어 얼음 기사라고도 불리는 사내였다. 자신의 기사단을 왕국 최고로 만들 정도로 뛰어난 용병술과 인덕을 가졌으며, 개인적인 무력도 최고 수준이라며 칭찬이 자자한 자였다.

"제가 명예로운 분을 만나게 되었군요. 그 이름 많이 들었습니다. 부아뱅 경."

레이놀드는 짐짓 태연함을 가장했다.

"고맙네. 이곳에는 정찰을 위해 왔는가?"

"그렇습니다."

"그럼 봄에 우리는 이곳에서 전투를 벌이게 되겠군."

레이놀드는 자신이 우려하던 사태가 일어났음을 깨닫고는 살짝 입술을 깨물었다.

"꽃이 피면 사자들이 이쪽으로 옵니까?"

"그렇다네. 예상외로 자네가 우리를 아프게 쑤시고 들어와서 말이야. 나의 주군께서는 절대 코슈렐을 양보하실 생각이 없으시다네."

레이놀드는 머리가 복잡해졌다. 정전 바로 직전에 벌어진 회전에서 대주교가 패퇴한 까닭에 대영주가 조금 여유를 찾았을지도 모른다. 게다가 그는 겨우내 칼을 갈고 있을 문글라스의 우만 영주도 상대해야 했다.

"또한 자네는 봄에 그간 불법 점거한 리모쥬부터 코르도바에 이르는 점령지를 내놓아야 할 걸세."

그의 단언에 레이놀드는 기분이 상했다. 마치 봄에 자신의 패퇴가 당연하다는 태도가 마음에 들지 않았다.

"길고 짧은 건 대봐야 알겠지요, 경."

그러나 상대방의 태도는 광오하다 할 정도로 확고했다.

"그대의 군대는 사자 심장 기사단을 이길 수 없네. 그리고 그대 개인도 날 이길 수 없어."

"말씀이 심하시군요."

"나는 사실만 얘기한 거네. 혈기방장한 자네가 납득할 리 없겠지만. 괜히 피 흘리지 말고 봄이 오면 점령지를 넘기고 고향으로 돌아가게. 안달루시아만으로도 블랙우드가의 영토는 배로 늘어난 것 아닌가, 자네가 이쯤에서 손을 털면 대영주님도 자네와 대주교의 밀월을 더는 문제 삼지 않을 것이네."

레이놀드는 화가 부글부글 끓어 올라 죽을 것 같았다.

"경의 자신감이 놀랍군요. 하지만 제 생각에는 눈이 녹기 시작할 때 수많은 사자가 벌판에 쓰러질 것 같군요. 물론 경을 포함해서 말이죠."

"뭐야!"

"이놈이 미쳤나!"

즉각 상대편에서 고성이 퍼져 나오고 검이 한꺼번에 뽑혔다. 동시에 이쪽에서도 검을 뽑으며 걸쭉한 욕설이 함께 튀어 나왔다. 저쪽은 명예와 긍지로 먹고사는 기사단이지만 이쪽은 용병일을 하는 유랑기사(Knight-errant)들이다. 안 좋은 소문을 달고 다니는 이가 많았고 거칠고 호전적이기는 이루 말할 수가 없다.

"이 피라미 새끼들이 미쳤나! 팔다리를 뽑아서 거꾸로 붙여줄까? 어?"

얼굴에 커다란 검상이 있어 '칼자국'이라고 불리는 고드릭 경이 상대에게 폭언을 퍼부었다. 그는 눈은 수도 없이 사람을 죽인 탓에 만들어진 흉흉한 빛으로 번쩍였다.

'이래서는 우리가 악당 같잖아.'

그의 박력 있는 모습에 레이놀드는 속으로 쓴웃음을 삼켰다. 실버레이크 군에는 고드릭 경 같은 기사가 가득했다. 사자 심장 기사단원들도 곧 상대가 만만치 않다는 걸 깨달았다.

"모두 그만하게."

에퇼라 부아뱅은 자칫 싸움이 생길 것 같자 모두를 제지했다. 얼음 기사라고 불리는 그는 절대 전투를 두려워하지 않았으나 정전 협정 중 다툼이 생길 것을 염려했다. 그는 명예를 중시하는 자라 이런 시기에 문제가 생기는 건 원하지 않았다. 그런 점에 있어서는 레이놀드도 마찬가지.

"그만."

잠시 아주 불편한 침묵이 주변을 지배했다. 이쯤 되자 호방한 것 같은 부아뱅 경도 꽤 열이 올랐는지 표정이 좋지 않았다.

"이렇게 된 거, 봄의 전장에서 우리가 만난 것은 필연이라고 보이네. 결과는 그때로 미뤄두더라도 지금 실력을 한 번 겨뤄 보는 것은 어떤가? 자네와 나 둘이서 말일세."

뜻밖에 그는 결투를 제안해 왔다. 곁에 있던 필라보가 다급히 속삭였다.

"말려드실 것 없습니다, 너무 위험합니다."

부아뱅이 그의 말을 들었는지 비웃음을 머금었다.

"부하의 말을 듣고 꽁무니를 감출 건가? 두려워할 것 없네. 서로 목숨을 빼앗지는 않기로 하지. 봄을 위한 즐거움은 남겨 둬야 하지 않겠나?"

'이 재수 없는 놈.'

부아뱅 경은 자신의 기사단에겐 멋진 지도자일지 모르나 레이놀드가 보기에는 짜증 나기 그지없는 자였다. 더는 이 모욕들을 참을 수 없었다.

"좋습니다."

레이놀드가 말에서 내리며 아르디오넬을 필라보에게 넘기려 하자 정령용이 다급하게 속삭였다.

"도움 필요 없어? 나도 들었어, 저 녀석 냉기를 다룬다며."

"벌써 밑천 털릴 이유 있어요? 원소보호로 결정타를 먹이는 건 전장에서예요."

그는 아르디오넬을 필라보의 어깨 위에 올려놓았다. 상대는 이미 준비를 끝낸 뒤였다.

"목숨은 살려 주지, 하지만 그 건방의 대가로 팔 하나를 못 쓰게 만들어 주겠네."

말투에 감정이 실린 게 그도 꽤 화가 난 모양이었다.

"그러시던지요."

대답을 들은 얼음 기사는 자신의 검을 뽑아 들었다. 그의 검은 한눈에 봐도 보통 검이 아니었다. 놀랍게도 표면에 서리가 맺혀 있는 것이 검을 겨우내 눈 속에 박아 놓았다 꺼낸 것처럼 보였다.

"마법검이군요."

부아뱅은 고개를 끄덕였다.

"아이싱커터란 이름을 가지고 있지. 자네의 검도 특별해 보이는군."

"썬더라고 합니다, 스승님의 검이죠."

말을 마친 레이놀드가 즉각 기사단장을 향해 쇄도해 들어갔다. 둘 다 검을 다루는 기교가 탁월한 기사들로 요란한 쇳소리와 함께 수준 높은 공방이 펼쳐졌다.

캉! 캉!

아이싱커터가 썬더를 막자 사방에 얼음 알갱이들이 뿌려졌다. 직접 검에 닿지 않았는데 레이놀드는 등골이 써늘해지는 추위를 느꼈다.

'확실히 요검이군.'

상대가 지닌 검의 흉흉함에 그는 긴장하지 않을 수 없었다. 그런데 점점 두 사람의 주위에 눈이 몰아치기 시작했다. 주변 날씨는 그대로였지만 결투가 벌어지는 5미터 정도 되는 원 안에는 눈바람이 날렸다.

"이 무슨 요사스러운 짓이오!"

레이놀드가 역정을 내자 부아뱅은 재밌다는 투로 대답했다.

"왜 두려운가?"

주위의 눈은 결코 평범한 눈이 아니었다. 필요 이상으로 한기를 느끼게 해 점점 움직임이 느려졌다.

'젠장! 더러운 사술이군.'

갈수록 상대의 검을 받아내기가 어렵다고 생각은 들었지만, 지금 이 상황을 파쇄할 방법이 없었다.

'더 끌다가는 위험하다.'

레이놀드는 용의 분노로 일격을 날릴까 하다 지금 상태로는 부아뱅이 쉽게 피해 버릴 것을 염려했다. 용의 분노는 일대일의 상황에서 최고의 기술이었지만, 맞추지 못하면 소용이 없다. 그는 결국 '하나만 걸려라.' 라는 심정으로 용의 발톱을 힘껏 뿌렸다.

쾅쾅! 쾅! 쾅! 쾅!

폭발성을 지닌 길쭉한 드래고닉 오러 다섯 줄기가 앞으로 몰아쳤다. 흩날리는 눈발은 삽시간에 사방으로 흩어졌고 탁한 먼지가 주변을 채웠다.

'통한 건가?'

앞을 보니 에뤼라 부아뱅이 살짝 비틀거리며 서 있었다. 그는 얼굴에서 피를 흘리며 미소 지었다.

"젊은 친구가 정말 제법이군."

틀림없이 다섯 갈래의 오러 중 하나가 그를 직격한 모양이었다. 얼음 기사는 쓰러질 정도는 아니었지만 힘들어 보였다. 그래도 그는 자신만만했다.

"이겼다고 생각하겠지만 자네 왼팔을 보게."

레이놀드는 황급히 자신의 몸을 쳐다보고는 놀라고 말았다.

"이건!"

그의 왼쪽 하박이 꽁꽁 얼어 있었다. 어느 틈에 당한 건지 알 수 없었다.

"내가 말했잖은가, 건방의 대가를 치르게 하겠다고."

"뭐라?"

그러나 얼음 기사는 대답 대신 마법의 구동어를 소리쳤다.

"멜자브!"

투앙!

순간 얼음이 산산조각 나 비산하면서 요란한 소리가 주변을 울렸다. 꽁꽁 얼었던 것이 깨지면서 그는 끔찍한 상처를 입고 말았다.

"으아아아악!"

레이놀드는 밀려드는 고통에 한쪽 무릎을 꿇었다. 왼팔의 상처가 심각했다. 둘러싸고 있는 얼음과 같이 부서진 건 아니었지만, 얼은 물건이 깨진 것처럼 뼈가 부러졌고 근육이 수도 없이 찢어졌다. 게다가 웬만한 마법검조차 막아낸다는 보세앙의 쇠장갑 부분도 수십 가닥으로 금이 갔다. 통증으로 레이놀드는 숨을 헐떡였다.

"이미 못쓰게 망가졌을 걸세, 아마 잘라내는 게 좋을 것이야."

얼음 기사는 승자만이 가지는 특유의 여유로운 태도로 말했다. 그는 약속대로 레이놀드의 목숨은 거둘 생각이 없어 보였다. 젊은 영주는 격심한 고통에 정신도 제대로 차리지 못했지만, 눈앞의 사내에게 소리쳤다.

"이걸로 끝이라고 생각하지 마시오! 봄의 전장에서 이 굴욕을 되갚겠소이다!"

"하하핫! 젊은 탓인가, 비명을 지르고 굴러다녀도 이상하지 않을 텐데 기가 죽지 않는 모습이 대단하군. 하지만 내 그대의 나머지 팔은 내년 봄에 잘라주지, 그렇게 되면 자네는 일찍 은퇴해 고향에서 유유자적할 수 있을 걸세. 하하하핫!"

레이놀드는 독기 어린 눈으로 사자 심장 기사단장을 쳐다봤다.

'저 개자식은 절대 용서하지 않을 테다!'

그러나 부아뱅은 마지막까지 성질을 긁어 놓고는 떠나갔다.

"그럼 즐거운 정찰이 되길 바라네. 어차피 못 먹을 건데 구경이라도 열심히 해야지."

"하하하핫!"

곁에 있던 기사단원들이 크게 웃음을 터뜨렸다. 부아뱅은 힐끔 레이놀드를 보고는 미련 없이 말을 돌렸다. 마치 패자에게 자비를 베푸는 듯한 태도였다.

'제길!'

레이놀드는 부아뱅과 기사단을 보며 더없는 굴욕감에 몸을 떨었다.

"영주님!"

대치 상태에서 벗어나자 부하들이 달려들어 황급히 그를 후송했다.

눈치 빠른 누군가가 수레를 구해 왔고 젊은 영주는 조심스럽게 건초 위에 눕혀져 본대로 향했다.

덜컹덜컹—.

'으윽! 큭!'

포장되지 않은 길을 가는 탓에 계속 수레가 들썩여 몸이 보통 괴로운 게 아니었다. 다만 그는 체면 때문에 식은땀을 흘리면서도 억지로 참아냈다. 그 모습을 보며 아르디오넬은 걱정스럽기 그지없는 표정이었다.

"끼에엑."

주변에 있는 사람들 때문에 말을 할 수 없어 정령용은 더없이 답답한 기분이었다.

'미안해요.'

레이놀드는 입술을 조금 움직여 의사표시를 하고는 눈을 감았다. 지속되는 고통이 몸을 지치게 하고 있었지만, 그런 중상에도 정신만은 또렷했다.

'해가 바뀌면 네놈들도 더는 웃지 못할 거다.'

그는 벌써 다가올 봄에 실행할 계획을 세우느라 부산하게 머리를 움직였다. 고통 때문에 땀을 흘리면서도 생각에 잠긴 것을 보면 신은 확실히 레이놀드에게 복수의 재능을 주신 모양이었다. 갑자기 수많은 계획들이 머릿속으로 밀려들어 왔고, 왕국 최고 기사단이라는 사자 심장 기사단을 쓸어버릴 구체적인 계획이 잡혀 갔다. 더불어 얼음 기사 에틸라 부아뱅을 저격할 가장 좋은 수단이 떠올랐다. 레이놀드는 그 첫 단계로 왕자에게 화염을 다루는 기술을 배울 생각이었다. 얼음과 불은 상극이다. 만약 아르디오넬을 왕자의 화염용처럼 다룰 수 있게 되면 얼음 기사에게 통렬한 타격을 줄 수 있다.

'딱 기다리고 있어라, 내 발밑에 조아리는 꼴을 꼭 보고야 말 테니깐.'

레이놀드는 이를 갈며 억지로 몸을 일으켰다. 기절할 만큼 힘들었지만 한 마디 하지 않고는 견딜 수가 없었다.

"모두 주목하라!"

그의 외침에 부하들의 시선이 모두 그에게 쏠렸다. 다들 음성에 섞인 분노를 느낀 듯 아무 말도 하지 않았다. 레이놀드는 언제나 이성적인 고용주이자 영주였지만, 드래고닉 오러를 뿜어내는 강력한 전사기도 했다. 그런 그의 기백에 모두 눌려 버렸다. 그들 앞에서 레이놀드는 선언하듯 부하들에게 소리쳤다.

"이 전쟁, 더는 자비를 베풀지 않겠다! 다시 검을 들게 되면 반드시 녀석들의 땅과 재산을 모두 태워 버리겠다! 알겠나!"

"알겠습니다!"

일제히 대답하는 부하들 사이에서 레이놀드는 반쯤 몸을 일으켜 멀어지는 코슈렐 요새를 이글거리는 눈빛으로 쳐다보았다.

다가오는 봄, 남부 젊은 용의 분노가 폭주할 것은 너무나 자명해 보였다.

*　　　*　　　*

　레이놀드는 얼음 기사와의 싸움 후 부대로 급하게 후송되었다. 그의 부상은 엄중한 비밀에 부쳐졌고 동행했던 기사들은 고용주의 문제를 누설하지 않겠다고 약속했다. 비록 금화를 받고 굴러먹긴 하나 그들도 기사인지라 소문을 퍼뜨리지는 않을 것 같았다. 그의 부상은 심각해 부아뱅의 말처럼 팔을 잘라내는 편이 바른 선택 같았다. 그러나 레이놀드는 괜찮다며 모두를 물리쳤다. 당연히 라 파뇰 같은 이들이 당장 수를 써야 한다고 길길이 날뛴 건 말할 필요도 없다. 그들은 왜 자신들의 영주가 고집을 부리는지 이해하지 못했다.

　"넬, 도와주세요."

　"걱정하지 마."

　둘만 남은 막사에는 사람으로 변한 아르디오넬이 그의 곁을 지키고 있었다. 초조함에 양쪽 눈이 다 노란색으로 변한 그녀가 쓰러진 레이놀드를 품에 안고 무언가를 준비하고 있었다. 아르디오넬이 그렇게 뭔가를 하는 동안 레이놀드는 그녀의 배에 얼굴을 기대고 고통으로 숨을 헐떡였다.

　"으윽, 으으윽."

　얼었던 팔이 녹자 많은 피가 흘러나왔다. 지혈을 했지만 소용이 없어 팔을 잘라내지 않으면 정말 위험해 보였다. 레이놀드는 용의 혈통 덕에 버티고 있는 것이지, 일반인이면 출혈과 충격으로 진작 죽고도 남을 중상이었다.

아르디오넬은 그가 겪고 있는 끔찍한 고통에 마음이 상한 듯 괴로운 얼굴이었다.

"잘 들어. 복원 주문은 일 년에 한 번만 쓸 수 있어, 지금 너에게 사용하면 난 앞으로 일 년 동안 같은 주문을 쓸 수 없어."

그는 힘겹게 끄덕였다.

"알고 있어요, 넬."

"그건 네가 또 크게 다친다 해도 난 그걸 지켜보는 것 말고는 방법이 없다는 뜻이야. 그러니깐 약속해, 봄의 전장에서 무리하지 않겠다고."

"약속할게요."

"난 네가 그 약속을 지키지 않으리란 걸 알아, 하지만 어쩔 수 없구나."

그녀는 조심스럽게 주문을 외웠다. 그건 대단히 고차원적인 것으로 아르디오넬처럼 대단한 요술쟁이도 겨우 한 번밖에 발휘하지 못하는 것이었다. 복원 주문은 과거의 시간을 끌어와 현재에 고정시키는 기술이다. 묵묵히 앞으로 흘러가던 시간 중, 레이놀드의 왼팔에 영향을 미치는 부분이 갑자기 역행하기 시작했다.

번쩍—.

잠시 신비한 빛이 그를 감쌌다. 그리고 여기저기 파열된 쇠장갑 대신 멀쩡한 쇠장갑이 나타났다. 아르디오넬은 급한 맘에 황급히 그걸 벗겨냈다. 그리고 상처 하나 없이 깨끗한 팔을 보고는 안도했다.

"잘 됐어!"

그러나 레이놀드는 대답이 없었다.

"레이놀드!"

그녀가 깜짝 놀라 살펴보자 충격으로 기운이 다한 듯 어느새 잠들어 있었다. 식은땀이 나고 있기는 했지만 숨은 규칙적이었고 얼굴은 평온했다.

그는 이제 괜찮다.

아르디오넬은 그 사실에 매우 안도했다.

"그래, 작은 아이야. 내 품에서 잠들렴."

그녀는 레이놀드를 꼭 안았다. 아르디오넬의 품에 안긴 그는 아기처럼 선량해 보였다. 그 순간만큼은 복수에 집착하는 남자의 모습은 보이지 않았다. 그녀는 부디 레이놀드가 원수를 갚는 일을 포기하길 간절히 바랐다.

'나는 네가 그 사랑스러운 북부 아가씨와 결혼해 많은 아이를 낳으면 좋겠어.'

아르디오넬의 소망과는 달리, 그는 절대 복수를 포기하지 않을 것이다. 그녀는 레이놀드의 앞날이 걱정되었다. 그러다 곧 마음을 다잡았다.

'다시는 블랙우드가의 남자가 내 앞에서 죽게 놔두지 않을

거야.'

아르디오넬은 레이놀드가 더없이 소중하다는 듯 머리칼을 쓸어내리며 눈을 감았다. 그녀는 그가 원하는 거라면 뭐든지 하겠다고 결심했다.

대부분 병사들은 그들의 영주가 다친 걸 몰랐지만 그 사실을 아는 자들은 그가 성한 모습을 보고 경악했다. 하지만 그들의 군주는 물어도 대답해 주지 않는데다 겨울 숙영을 위해 바쁜 일정을 보내다 보니 그 호기심은 금세 시들해졌다. 레이놀드는 전선을 떠나 수도로 가는 것에 회의적이었다. 그러나 사자 심장 기사단과장과의 대결 후 불의 힘이 꼭 필요하다고 느껴 왕자의 초대에 응하기로 했다. 그는 전선에서 물러나기 위해 라 파뇰을 자신의 대리장군으로 임명한 뒤 필라보와 스탕달을 데리고 수도인 이븐스타로 향했다. 10월 셋째 주 수요일은 일전에 왕자가 얘기했던 성대한 축제가 열리는 날이었다. 그는 잠시 휴식을 취하고 오겠다고 했지만 머리가 돌아가는 자들은 레이놀드가 당연히 외교를 위해 수도로 향하고 있다고 생각했다.

그리고 그는 여행 도중 부랑자를 통해 어떤 쪽지를 받았다. 안에는 '보이는 게 진실이 아닐 수도 있다는 걸 염두에 두십시오. —검을 든 늙은 수도승'이라는 글귀가 적혀 있었다. 뭔가 의미심장한 내용이었으나 당장 눈앞에 있는 일에 신경이 집중된 레이놀드는 크게 신경 쓰지 않았다.

*　　　*　　　*

일주일 뒤 레이놀드는 수도에 도착했다.

케스핀 왕국에서 가장 큰 강인 골데나 강 하류에 위치한 이 브스타는 자타가 공인하는 왕국 제1도시로 인구만 무려 10만에 이른다. 이건 신성 벤타케 제국의 수도인 '그레이트 상스'를 제외한다면 서대륙 어디에 내놔도 자랑할 만한 규모이다. 해안 도시들이 보통 그렇듯 로에드릭 왕도 막대한 관세로 강력한 부를 축적했다. 이브스타가 처음 세워졌을 때, 북부와 남부는 다른 국가였는데 이 무역도시는 그중간에서 번영했다.

왕국이 통일된 후에도 그때의 관습과 법들이 그대로 남아 국왕은 내해를 항해하는 상인에게 관세를 거둬들였다. 덕분에 왕실의 재정은 넉넉한 편이었다. 로에드릭 왕은 이브스타의 발전에 신경을 많이 썼고, 넓은 도로와 커다란 건물 등 번영을 증명할 것들이 도처에 널려 있었다.

"정말 대단하군."

레이놀드는 감탄해서 주위를 정신없이 둘러보았다. 옆에 라파놀이 있다면 그를 말렸을 테지만, 필라보와 스탕달도 주변 경관에 빠져 군주를 보필할 여력이 없었다. 특히 수도의 세련되고 아름다운 처녀들은 그들의 정신을 쏙 빼놓았다.

"세상에! 여긴 천국이야, 이렇게 귀염둥이들이 많다니!"

필라보가 홀린 듯 말하자, 평소 제법 점잔 빼는 스탕달조차 입을 벌리고 동의했다.

"맙소사! 쟤 예쁜 것 좀 봐, 대체 어느 집 아가씨지?"

같이 주변을 둘러보던 레이놀드도 수도의 분위기가 상당히 자유롭고 즐거운 것을 느낄 수 있었다. 그도 사내인지라 여자들을 쳐다봤는데 이곳 아가씨들은 북부의 귀족 처녀처럼 과보호에 시달리지 않는 것 같았다. 북부에서는 자유민이 지체 높은 아가씨에게 잘못 말 걸었다가는 곤란한 일이 생길 수 있었다. 그들은 늘 덩치 큰 기사들에게 둘러싸인 채 다녔고, 집안에서도 가족과 특별히 신뢰할 만한 남자가 아니면 대화를 나누는 것도 자제해야 했다. 그런데 수도의 귀족 여자들은 하녀 몇을 데리고 즐거운 표정으로 길을 걸어 다녔다. 그녀들은 길을 걷다 궁금한 게 생기면 길 가는 평민을 붙잡고 묻거나 상점의 신분 낮은 노인에게 웃음기 가득한 얼굴로 말을 걸기도 했다. 평민들도 귀족 여성과 대화하는데 거리낌이 없었다.

'신기하군.'

지금껏 레이놀드는 귀족 여자란 정숙해야 하며 가족, 약혼자와만 대화하는 게 당연하다고 생각해 왔기에 그는 수도의 모습에서 문화적 충격을 느꼈다. 그런데 왠지 그게 나빠 보이지 않았다.

그때 한 아가씨가 그에게 말을 걸었다.

"세상에! 기사님께서는 작은 용을 가지고 있군요. 혹시 실버레이크의 레이놀드 님이신가요?"

그는 무례하지 않을 정도로 여자를 살펴보았다. 윤기나는 흑발을 가진 귀여운 귀족 소녀였는데 레이놀드를 바라보는 두 눈은 호기심으로 반짝거렸다.

"네. 맞습니다, 아가씨. 그런데 절 어떻게 아시나요?"

갑자기 그녀가 대뜸 비명을 질렀다.

"꺄아아악!"

그 반응에 레이놀드는 깜짝 놀라 한걸음 뒤로 물러났다. 그는 아직 잘 모르고 있었지만, 조신한 북부의 숙녀들과 다르게 수도의 여자들은 비명으로 자신의 의사를 표현하곤 했다. 놀라도 꺄악! 이라고 외쳤고, 기쁜 것도 꺄악!, 불쾌한 것도 꺄악!, 즐거운 건 조금 길게 꺄아악! 이라 했다. 그에게는 생소한 언어였지만, 수도에서 오래 지낸 신사라면 그 비명이 상황에 따라 조금씩 다르게 그녀들의 심경을 대변한다는 것을 알고 있다. 그러나 뼛속까지 북부인인 레이놀드는 자신이 그 숙녀에게 실수한 것이 아닌가 하여 사색이 되었다.

"이 용도 그렇고 정말 빛의 기사 레이놀드 님이 맞으시군요!"

그녀가 매우 기쁘다는 듯이 말하자, 젊은 영주는 의아한 표정을 지었다.

'빛의 기사? 누가 나에게 그런 유치한 별명을 붙여 준 거

지? 뭐…… 그러고 보니 최근에 원한을 한가득 쌓았지.'

정작 본인만 모르고 있었지만, 최근 그는 안달루시아 군과의 전투에서 오러를 머금은 창을 들고 돌격한 탓에 빛의 기사라고 불리고 있었다. 게다가 어깨에 앉은 용과 보세앙의 아름다운 모습 덕에 수도에 들어서면서부터 엄청난 시선을 받고 있었다. 다만 그런 이목을 시골에서 상경한 티를 팍팍 내며 주변을 보느라 모른 것이다. 이제 레이놀드는 자신을 쳐다보는 많은 눈동자를 보고는 사태를 파악했다.

"아가씨, 전 별로 대단한 사람이 아닙니다."

레이놀드가 점잖게 부인하자 그녀는 아니라는 듯 고개를 저었다. 덕분에 풍성한 검은색 머리칼이 흔들거렸다.

"아니에요! 요즘 레이놀드 님처럼 멋진 분이 또 어디에 있다고요! 그런데 혹시 시간 있으세요? 같이 식사라도 하면서 얘기하고 싶은데요."

그 말에 젊은 영주는 황당한 기분이 되었다. 그의 상식으로 남녀가 만나는 방법은 귀부인의 소개나, 에이드리와 자신처럼 양 집안에서 알게 모르게 미는 경우, 또는 사교 모임에서 조심스럽게 가까워지는 것 등이다. 적어도 이렇게 길바닥에서 만나는 일은 없었다. 사실 자유민이라면 문제될 것 없지만 상대는 귀족이다. 그는 자신이 수도의 여자들에게 내린 긍정적인 생각을 금세 수정했다.

"아가씨, 제안은 감사드리나 급한 일이 있어 혹여나 인연이 되면 그때 그 영광 누리겠습니다."

레이놀드는 예의를 잃지 않고 기사답게 그녀에게 인사했다. 그러자 검은 머리 소녀가 달려들어 그의 볼에 뽀뽀를 했다.

"꼭 제게 기회를 주세요."

소녀의 몸에서 최근 수도에서 유행하는 향수 냄새가 났다. 그 달콤함에 레이놀드는 얼굴이 붉어졌다. 그가 도망치듯 떠나려 하는데 뒤에서 활달한 목소리가 반쯤 달음박질치는 다리를 붙잡았다.

"제 이름은 엘로이즈예요. 기억해 주세요, 영주님."

미소를 띤 귀족 소녀가 황급히 떠나는 레이놀드에게 다시 한 번 손바닥 키스를 날렸다. 잠시 뒤, 여관으로 향하는 한적한 골목에 들어서자 필라보가 신나서 레이놀드에게 말을 걸었다.

"영주님, 명령만 하시면 제가 가서 그 숙녀분께 영주님의 말씀을 전하겠습니다. 아마 오늘 밤 그 귀여운 엉덩이를 쓰다듬으면서 주무실 수 있을 겁니다."

스탕달도 그답지 않게 들떠서 동조했다.

"여기서 영주님 인기가 하늘을 찌르는 것 같습니다."

나름대로 부하들의 충심 어린 제안이었지만 그는 거절했다. 그가 지금까지 봤던 숙녀들과 이곳의 여자들의 간극이 너무 커서 쉽게 받아들이기 어려웠다.

"내 생각에는 숙녀라는 말은 북부의 여자들을 위해 존재하는 것 같다."

그는 귀찮다는 듯 손을 내젓고는 앞으로 걸어갔다. 사실 이 븐스타는 연애와 하룻밤의 사랑을 하기에는 천국과도 같은 곳이었다. 세련되고 멋진 남자들과 화려하게 치장한 여자들이 매일 밤 특별한 만남을 위해 돌아다녔다. 하지만 철학자 라파엘로은 별이 바다 위로 떨어지는 이 낭만적인 곳에서는 진정한 사랑은 찾기 힘들다 했다.

　'정말 그 말이 딱 맞군.'

　그리고 저녁 무렵 레이놀드는 금발에 녹색 눈을 가진 어떤 기품 있는 숙녀에 대해 생각하게 되었고, 괴로움에 몸을 떨었다.

　그로부터 며칠 안에 수도는 사방에서 몰려든 기사와 그 종자, 귀족, 장사꾼들로 가득 찼다. 레이놀드처럼 미리 여관을 잡지 못한 기사들은 수도 밖에 천막이나 임시 건물을 세웠다. 말로는 천막과 임시 건물이라지만, 그것들은 참가자의 재력을 자랑하는 장치이기도 해 하나같이 크고 화려하게 만들어졌다. 그리고 막사 밖은 문장기와 방패로 장식되었다. 그것들을 숙소 밖에 늘어놓는 건 오래된 관습이자 예법으로, 레이놀드 또한 예외가 아니었다.

　레이놀드도 당연히 자신의 깃발을 밖에 걸어 놓았다. 그렇게 실버레이크의 문장기를 걸어 놓는 것은 좋았는데, 갑자기 사방에서 몰려 온 방문객들에게 시달리게 되었다. 최근의 그는 전도유망한 잘나가는 신성인지라 명망 있는 기사들과 귀부인들이 인맥을 만들어 보겠다고 몰려드는 것이었다.

"피터 라비글 경께서 차를 한 잔하자고 하십니다."

보고를 하는 스탕달은 질렸다는 표정이었다.

"알루리아렐 부인께서 빛의 기사를 간절히 뵙고 싶다고 전해 달랍니다. 자기가 아주 고상하고 아름다운 처녀를 소개해 줄 수 있다고 합니다."

레이놀드는 머리를 쥐어뜯었다.

"대충 둘러대고 거절해. 이거 원 한두 번이지. 시합 준비할 시간도 없다고."

"영주님 후회하실지도 모릅니다. 보통 예쁜 게 아니랍니다. 얼마나 빛나는 처녀인지 그 이름도 플로렌스랍니다."

플로렌스는 꽃과 아름다움을 상징하는 단어이다. 그러나 절세미녀인 아리엘도 거절한 레이놀드에게 어림없는 제안이다.

"거절한다고 전해."

그는 고개를 저으며 더는 아무도 만나지 않겠다고 선언했다. 그래도 처음엔 레이놀드도 자신에게 쏠린 관심과 호의가 기뻐 다른 기사들과 식사도 하고 호기심 많은 귀부인과 차를 마시기도 했다. 그러다 보니 시합일은 코앞인데 준비된 게 거의 없었다. 귀족들의 요청은 여전히 끊이지 않았고 결국 짜증이 폭발했다. 이제 그는 시합을 이유로 모든 대화를 거절했다.

"그것보다 문장관은 언제 오는 거야?"

"곧 올 겁니다."

그리고 차를 한 잔 비울 정도의 시간이 지나자 하인 하나가 문장관이 도착했다고 알려 왔다. 레이놀드는 원래 실버레이크의 문장을 쓰고 있었다. 그러나 최근 성공적인 대외 활동으로 여러 영지를 거느리게 되었고, 자신의 문장을 새로 만들 필요가 생긴 것이다. 마상시합에서는 뽐내는 게 미덕으로, 겸손은 필요 없다. 오히려 그가 당당히 안달루시아와 코도르바의 문장이 들어간 대문장을 사용해야 주위에서 정당한 점령자로 인정받는다. 그런 이유로 레이놀드는 문장관과 협의해 새 문장을 만들기로 결정한 것이다.

"영주님, 문장관이 도착했습니다."

그 후 레이놀드는 샤르타란 이름을 가진 문장관과 몇 시간이나 문장 제작에 필요한 규칙을 가지고 씨름해야 했다. 괜히 문장관이라는 직업이 따로 있는 게 아닌 게 모든 과정이 복잡하기 짝이 없었다. 간신히 일이 끝나자 그는 문장관을 서둘러 쫓아냈다.

"스탕달, 저 복잡한 생업을 가진 녀석에게 추가로 금화나 몇 개 쥐어 줘."

"네, 영주님. 고생 많이 하셨습니다."

"세상에! 마상시합 한 번 나가는 게 이렇게 어렵다니. 아무튼 저 녀석이 문장을 만들어 오면 그 문장으로 군기와 망토, 방패를 제작해. 그리고 대회 주최자들에게 우리 문장 바뀌었으니 심사할 때 오해 없도록 하라고 전하게나. 물론 녀석들에게 반짝이는 걸 찔러주는 것도 잊지 마.”

스탕달은 피곤한 표정으로 고개를 끄덕이고는 물러났다. 레이놀드는 이제 홀로 남은 방에서 의자에 몸을 묻고 한숨을 내쉬었다. 그러나 불행히도 그 휴식은 오래가지 못했다. 필라보가 문을 박차고 들어온 것이다.

“영주님! 시합에 입고 갈 갑옷을 고르셔야 합니다! 제가 지금 기가 막힌 마상시합투구를 발견했습니다! 그리고 마상시합 창도 수량이 부족합니다. 어서 확보해야지요! 수도에는 투구에 붙일 장식도 멋진 게 가득합니다. 역시 드래고닉 오러를 쓰시는 분이니 용 장식으로 하시겠습니까? 그게 아니라면 유니콘을 탄 처녀상도 아름답고 좋을 겁니다. 아마 아가씨들이 영주님을 보고 흥분해서 엉덩이를 들썩들썩할 게 틀림없습니다! 만약 그렇게 된다면 이 미천한 녀석에게도 무언가가! 으하하하하!”

필라보는 뭐가 그렇게 즐거운지 속사포처럼 떠들어대자 레이놀드의 얼굴은 하얗게 질려 갔다. 사람이 말이란 것에 시달리면 이렇게 변할 수 있다는 사실이 놀라웠다.

“그렇군, 하하하…… 정말 훌륭해.”

레이놀드는 건성으로 대답하고는 옆에서 곯아떨어진 아르디오넬의 작은 얼굴을 만졌다. 그녀는 아까 문장관 샤르타가 명강의를 할 무렵부터 고개가 꺾이더니 도대체 일어나질 못하고 있었다.

"넬, 이러다 시합 전에 과로사하겠어요."

대회는 이제 닷새가 남았다.

*　　　*　　　*

푸른 하늘이 인상적인 가을날, 축제와 마상시합이 시작되었다. 이번에는 무려 1만의 기사들이 참가하는 만큼 시합도 일주일이나 계속될 예정이었다. 첫날은 종자들의 시범 경기와 기사들의 모의전(Puneis)이 선보였다. 그 후에도 본격적인 마상창시합과, 마상단체시합, 무기술개인전, 궁술시합 등으로 나뉘었다. 그중 가장 주목하는 경기는 마상단체시합이었지만, 레이놀드는 일단 마상창시합(Jousting)에만 나가기로 했다. 또한 스탕달과 필라보도 영주를 따라 시합에 참가하게 됐다. 마상창시합은 그래도 개인이 최고로 주목받는 경기인지라, 여기서 좋은 모습을 보여 주면 유력한 영주들의 이직 제안은 물론이며 여자들에게도 높은 인기를 끌게 된다. 심지어 추종자들이 있는 기사도 있어서 그들은 이미 시합 전부터 구름 떼 같은 사람들을 몰고 다녔다. 게다가 이번 마상창시합의 우승자에게 주워지는 명예 중 하나가 공주님의 키스라고 해 젊은 기사들은 설레며 대회를 기대했다. 공주인 크리스틴 라우렌시아 도를레앙은 절세미녀로 이름 높았다. 그녀는 도를레앙 왕가의 특징인 붉은 눈과 붉은 머리칼을 가진 올해 16세 소녀였다.

최근에 왕국의 주요 관심사 중 하나는 누가 그런 공주를 차지하나로, 필라보와 스탕달도 예외가 아닌 듯 그 화제에 대해 줄곧 떠들었다.

"우승하면 공주 전하의 키스를 받을 수 있다니! 정말 대단해."

"그렇긴 하지만 볼에 뽀뽀를 해 주시겠지."

"그게 어디야! 다시없을 영광이라고."

필라보는 흥분해서 떠들어댔지만 현실주의자인 스탕달은 다소 회의적이었다.

"말이 우승이지 그게 어디 쉬워? 실력 있는 놈들이 죄다 몰려들어 눈에 불을 켜고 있는데."

레이놀드도 군터 경에게 특훈을 받긴 했어도 마상창시합이란 게 워낙 심오해서 얼마나 해낼지 자신이 없었다. 그래도 부하들에게 용기를 주고 싶었다.

"너무 걱정하지 말고 닥치는 대로 푹푹 찔러서 떨어뜨려 버려. 그럼 공주 전하는 아니더라도 전하의 시녀가 너희를 보고 반해 버릴지 아냐?"

"맞습니다! 하하하하. 전 예쁘면 시녀도 상관없습니다!"

호탕하게 웃는 필라보를 보고 스탕달은 고개를 내저었다.

"것보다 이 절차나 빨리 끝났으면 좋겠군."

그들은 지금 다른 기사들과 함께 문장 심사 겸, 선수 등록을 하러 모여 있었다. 이런 큰 시합에는 별의별 사람이 다 찾아오고 불법 참가자도 있기 마련이다. 그래서 참가가 불가능한 범죄자를 가려내는 것도 중요한 일이었다.

"놔라!"

앞쪽에서 고함이 터졌다. 왕실 근위병들이 기사 한 명을 끌어냈고 그는 당황한 듯 악을 썼다.

"이게 무슨 짓이냐! 내가 누군 줄 알고 감히!"

무슨 일인가 궁금해진 레이놀드가 근처의 기사에게 물어보니 지금 끌려 나간 기사는 유명한 도적기사인데, 신분을 속이고 위조된 문장을 만들어 참가하려다가 문장관에게 걸린 것이라고 했다. 그는 군마와 무구를 압수당하고 한창 모의전이 벌어지고 있는 시합장으로 끌려갔다. 그리고는 수많은 사람이 있는 경기장 울타리에 안장을 올리고는 말을 타듯 앉아 있게 했다. 병사들은 창을 겨누고 그가 못 내려오게 하고 있었는데, 이 끔찍한 형벌에 기사의 표정은 수치심으로 일그러졌다.

"맙소사! 사람을 완전히 매장하는군."

지켜보던 레이놀드는 괜히 마음이 심란해 스탕달을 불렀다. 지은 죄는 없지만 걱정스러운 건 어쩔 수 없었다.

"문장관한테 반짝이는 건 제대로 찔러 준 거야?"

"물론입니다. 보통의 두 배를 줬습니다."

두 배라는 말에 레이놀드는 그제야 안심이 되었다. 그는 여유를 찾고는 주위를 둘러봤다. 기사들은 하나같이 멋지게 꾸미고 나왔다. 거의 예술품에 가까운 갑옷을 입은 부유한 자들도 많이 보였다. 여성들도 아름다웠는데, 숙녀와 귀부인들은 오직 이날을 위해 한껏 꾸미고 나온 게 분명했다. 보석과 금으로 장식한 그녀들은 하나같이 우아했다. 물론 갑옷을 입은 기사 양반들은 최대한 점잔을 빼고 있었지만, 숙녀와 귀부인을 힐끔힐끔 쳐다보느라 정신이 없는 게 뻔히 보였다. 레이놀드는 어느 아름다운 귀부인이 지나가자 무려 십여 개의 투구가 동시에 돌아가는 것을 보고 실소를 머금었다.

'이거 원, 우승하려 싸우는 건지 여자를 얻으려 싸우는 건지.'

다행히 그날 심사와 등록은 스탕달이 미리 뿌린 금화 때문인지 쉽사리 끝났다. 일이 끝나고 그는 가신들과 함께 말을 타고 여관으로 향했다. 슬슬 태양이 떨어져 가고 있었지만 시합이 끝난 것을 빼고는 축제는 한창이었다. 야간에도 놀이는 계속되었고 수도의 사람들은 일주일 내내 미친 척하고 지낸다. 이런 달콤한 밤에는 책임지지 못할 사생아들이 무더기로 태어날 것이다. 그리고 그런 아이들이 고아가 되면 카니발이라는 성을 쓰기도 했다.

"분위기 좋군."

레이놀드는 느긋하게 말을 타고 나아갔다. 그는 이번 시합을 위해 갑옷과 무구를 한 벌 멋지게 뽑아 입어서 누가 봐도 화려하고 멋진 차림새였다. 이제 그를 보고 반응하는 사람들의 모습에도 익숙해져 느긋하게 인사할 요령까지 생겼다. 기사들의 군기로 장식된 골목을 가다 자유민 소녀 몇이 그를 보고 재잘거렸다. 레이놀드는 웃으며 손을 흔들어 주었다. 그러자 소녀들은 비명을 터뜨린 뒤 같이 손을 흔들어댔다. 때때로 작은 꼬마들이 발치에 매달리기도 했지만 레이놀드는 이제 여유롭게 그 모든 관심을 상대했다. 그는 이제 자신이 인기인이라는 사실을 잘 이해하고 있었다. 그렇게 주위를 둘러보던 중 갑자기 깜짝 놀라 옆으로 고개를 돌렸다.

"엇?"

곁에서 말을 타고 가던 스탕달이 의아해하며 물었다.

"무슨 일이십니까 영주님?"

그러나 레이놀드는 방금 자신이 얼핏 본 것에 확신이 안 갔고, 조금 더 지나자 헷갈렸다. 그는 결국 적당한 대답을 찾지 못하고 얼버무리고 말았다.

"별것 아니야."

그러나 갑자기 가슴이 두근거렸다. 레이놀드는 지금껏 억지로 잊고 있었던 빛나는 금발과 선명한 녹안을 가진 기사가 생각났다.

*　　　*　　　*

하루가 지나고 마상창시합이 시작되었다. 아침부터 와서 준비하던 레이놀드는 정오가 되기 전 시합에 나설 수 있었다. 스탕달과 필라보 그리고 몇몇 하인들이 그를 수행하기 위해 따라붙었다. 레이놀드는 말에 올라가기 전 필라보에게 투덜거렸다.

"젠장. 상대가 꽤 강해 보여."

"쿠를랜드에서 온 경험 많은 기사라는군요. 작년에 마상창시합 3일차까지 진출했답니다."

"뭐? 3일차! 이런 첫 경기부터 하필 저런 놈이야!"

레이놀드는 자신의 불운을 탓했다. 마상창시합은 총 3일에 걸쳐 행해지는 데 토너먼트 방식으로 첫날 다섯 경기에서 모두 이겨야 다음 날 시합으로 갈 수 있다. 우승까지는 총 15게임. 3일차부터는 32강의 본선인데, 레이놀드는 불운하게도 첫 경기에서 작년 본선 진출자와 붙은 것이다. 상대의 이름은 쥘 페리로, 투구 위에는 사슴 머리 장식이 있었다.

"까짓것 날려 버리십쇼. 왕국 제일의 미녀인 공주 전하의 키스가 기다리고 있습니다."

필라보의 말에 레이놀드는 자기도 모르게 발끈했다.

"왕국 제일의 미녀는 아리엘 아가씨야."

그 말에 필라보는 의아한 표정이 되었다. 레이놀드는 아차 싶었으나 이미 늦어 버렸다.

"아리엘 아가씨요? 아리엘이 누구지? 아! 북부의 장미라는 그 이름 높은 숙녀분 말씀이시군요!"

그러다 그는 의문이 떠올랐다는 표정을 지었다.

"어? 그런데 그분을 어떻게 알고 계세요? 북부에 오래 계셨으니깐 한 번 본 적이 있으시군요?"

필라보의 질문은 대답이 필요 없는 것 같았다. 레이놀드는 한마디도 대답하지 않았지만 그는 쉬지 않고 질문만 쏟아냈다. 그리고 뭔가 생각났다는 듯 주먹으로 자신의 손바닥을 탁! 치더니 음흉하게 웃었다.

"으흐흐흐흐."

"이놈이 미쳤나? 왜 그렇게 웃어?"

"좋아하시는군요! 그 아리엘이란 숙녀분을! 그러니깐, 갑자기 그렇게 발끈해서 '왕국 제일의 미녀는 아리엘 아가씨야!'라 말씀하시는 거지요. 하하하핫! 저도 이해합니다. 먼발치에서 보는 처량한 신세지만 그녀에 대한 모독은 용서할 수 없는 그 마음!"

"……."

"영주님께서는 진정한 기사십니다! 세상에 이런 숭고하고 정신적인 사랑이라니! 꺾진 않겠다, 다만 바라보겠다! 그거 아닙니까, 으하하하!"

그는 짐짓 알겠다는 듯 혼자 감탄해댔다. 이쯤 되자 레이놀드는 기가 막혔다.

"엎드려, 자식아!"

퍽, 퍽, 퍽.

잠시 가열 찬 몽둥이찜질이 이어지자 군주의 위엄이 확실하게 살아났다. 필라보도 분별 있는 기사로 돌아왔다.

"영주님, 제가 잠시 미쳤나 봅니다."

"그래."

"그리고 왕국 최고의 미녀는 아리엘 아가씨입니다."

"됐고. 가서 내 소개나 열심히 하고 와."

어느새 말 위에 올라탄 레이놀드는 필라보를 걷어차 무대 쪽으로 쫓아냈다. 이미 상대편 종자가 쥘 패리 경의 업적을 소개하는 이야기가 끝나고 레이놀드 차례가 된 것이다.

마상창시합에 앞서, 언변이 뛰어난 종자나 부하 기사가 자신이 섬기는 군주의 업적을 부풀려 말하는 것은 오랜 관례로, 이 또한 시합의 재미였다. 지금까지 쥘 페리 경의 종자는 숲이 많은 쿠를랜드에서 온 그가 거대한 느티나무 거인과 무려 17대 1로 싸운 업적을 떠들어댔다. 물론 그걸 믿고 안 믿고는 관객의 마음이다.

"허허. 느티나무 거인이라니. 집요정 접시 깨는 소리 하고 앉아 있네."

어깨를 풀며 앞으로 나아가던 필라보는 어이없다는 듯 중얼거렸다. 필라보는 말도 안 되는 허풍을 들었으니 이쪽도 비슷하게 대응해 줘야 한다고 생각했다. 경력이 부족한 신참이라면 상황이 꽤 난처하겠지만 자신의 군주인 레이놀드는 할 얘기가 태산이다. 자신이 섬기는 젊은 영주의 무훈에 조금만 허풍을 섞으면 저 순진한 관객들은 눈물을 흘리며 감동하리라. 그는 혀를 움직여 입 운동을 하며 자신만만한 태도로 사람들

앞에 나섰다.

"아하하하. 훌륭하신 쥘 페리 경의 무훈에 대해 잘 들었습니다. 정말 대단한 기사님이 아닐 수 없습니다."

일단 앞으로 나선 필라보는 능글맞은 목소리로 순조롭게 출발했다. 벌써부터 그의 묘한 표정이 상대의 기분을 나쁘게 했다.

"그런데 말입니다. 생각이 짧은 저지만 여기서 한 가지 의문이 떠오릅니다. 과연 쥘 페리 경은 느티나무 거인과 17 대 1로 이겼을까요? 아마 제가 거인이라면 쥘 페리 경이 너무 작아서 싸우기는커녕 찾지도 못했을 것 같은데요!"

별안간 폭소가 터졌다. 아닌 게 아니라 쥘 페리 경은 키가 작긴 했다. 그러나 필라보는 한 번 때리는 걸로는 만족할 수 없는 성격인지 곧바로 두 번째 공격을 날렸다.

"아! 생각해 보니깐 이기셨을 것 같습니다! 아무리 느티나무 거인이라도 보이지 않는 적을 어떻게 이기겠습니까? 아마 그들은 자기 발밑이 왜 따끔한지 궁금해하며 눈을 감았겠죠!"

"크하하하!"

"호호호호."

필라보의 농담은 좌중을 사로잡았다. 지켜보던 레이놀드 감탄하지 않을 수 없었다. 반면 상대편에서는 욕설이 터져 나왔고 쥘 페리 경은 어깨를 부들부들 떨고 있었다. 투구 아래의 얼굴은 보이지 않았지만, 어떨지 가히 짐작이 됐다.

"반면! 레이놀드 영주님으로 말할 것 같으면 기사 서임이 되

기 전부터 북방의 전쟁에서 홉고블린을 처단했습니다! 또한
드래고닉 오러와 아름다운 정령용 아르디오넬의 주인이
며……."

필라보는 유려한 혓바닥으로 레이놀드의 업적을 늘어놓았
다. 사실을 기반으로 하긴 했어도 어찌나 그 내용을 부풀리던
지 나중에는 얼굴이 화끈거릴 지경이었다. 이야기가 끝나자
사람들은 이제 그를 북부 전쟁을 종결시킨 무적의 영웅 정도
로 받아들이고 있었다.

"영주님, 여기 투구를 가져왔습니다."

그렇게 선수 소개가 끝나고 시합의 때가 오자 레이놀드는
용 조각 장식을 올린 마상시합투구를 쓰고 앞으로 나섰다. 관
중석에서 우레와 같은 함성과 박수가 터져 나왔다.

"좋아 날려 버리고 오지."

레이놀드는 필라보에게 엄지손가락을 살짝 올려 보이고는
당당하게 앞으로 나섰다. 그에게는 마상창시합 첫 공식 출전
이다.

2장
행복한 개화

DRAGON
KNIGHT

　마상단체시합의 규칙은 간단하다. 낙마하면 전사 처리되어 그대로 퇴장하면 된다. 만약 떨어진 자를 공격하면 범죄행위로 규정된다. 여럿이서 하나를 공격하는 건 터부시되지만 금지사항은 아니다. 또한 몰래 위험한 무기를 소지하거나, 말 위에서 레슬링을 하는 것은 허용되지 않는다. 그러나 어딜 가나 승리를 위해 꼼수를 부리려는 자들이 있어 시합장 밖에서 심판관과 문장관들이 눈에 불을 켜고 지켜봐야 한다. 그리고 경기가 과열되면 심판들은 뿔피리를 불어 즉각 경기를 중단시킨다. 만약 수백의 열 받은 기사들을 제지하지 않는다면 엄청난 사상자가 발생하기 때문이다.

"빛의 기사님 힘내세요!"

레이놀드는 특히 소녀들에게 인기가 많았다. 얼굴을 가로지르는 흉터가 흠이긴 했으나 검은 눈에 시원한 인상이 매력적인 그는 금세 여자들의 마음을 사로잡았다. 레이놀드는 쏟아지는 환호를 받으며 말을 경쾌하게 움직여 시합장을 돌았다. 쥘 페리와도 마상시합장의 담장 너머로 마주쳤는데 아니나 다를까 상당히 화가 나 있었다.

"꽤 주둥아리가 잘 놀리는 기사를 밑에 뒀네만 곧 흙바닥에 구를 테니 안쓰럽구만."

부하가 그에게 무례했던 게 사실이라 레이놀드는 아무 말 없이 지나쳤는데, 그게 쥘 페리로써는 무시 받았다고 생각했는지 평정심을 잃어버렸다. 쿠를랜드에서 온 이 기사는 시합이 시작되자마자 미친 듯이 달려들었다.

"애송이놈! 단번에……."

퍽!

레이놀드의 창끝이 쥘 페리의 턱을 정확히 강타했다. 이건 그가 군터 경에게 특훈을 받으며 배운 기술로 창날로 가슴 윗부분을 때리면 굴곡 때문에 창이 위로 올라가 상대를 올려치게 된다. 덕분에 쥘 페리는 턱이 깨지는 듯한 충격과 함께 정신을 잃었다.

와아아아아아!

호쾌한 일격에 사방에서 환성이 터졌다. 레이놀드는 수련의 성과에 기분이 좋아져 손을 흔들며 답례했다. 이제 그는 승리의 영광과 더불어 금도 갖게 되었다.

원래 마상시합의 승자는 상대의 군마와 무구를 갖는 게 원칙이지만, 그걸 다시 진 기사에게 되파는 게 예의였다. 그러다 보니 언젠가부터 절차가 단순화되어 금화를 주는 걸로 바뀌었다. 레이놀드는 받은 금을 필라보에게 줘야겠다고 생각했다.

'상대가 날 너무 얕잡아 보는 탓에 운이 좋았군.'

그때 작은 시동이 그에게 꽃을 들고 다가왔다. 보통 마상창시합이 다 그런 건 아니지만, 이 대회는 승자가 관객석의 맘에 드는 아가씨에게 꽃을 건네는 전통이 있다. 덕분에 하루에 꽃을 몇 개나 받느냐가 여자들 사이에서는 경쟁이 되곤 했다. 레이놀드도 작은 아이가 건네준 꽃을 받아 들고 누구에게 줄까 고민하며 관중석을 쳐다봤다. 다들 꽃을 받고 싶은지 손을 내밀었다.

"제게 주세요! 기사님."

"저요. 저요."

그러던 중 다소곳이 앉아 있는 숙녀가 보였다. 금발에 녹색 눈. 그가 언젠가 본 적이 있는 여자였다.

'엘리노어 아르디?'

그녀는 바로 아리엘의 언니인 엘리노어였다. 동생만큼은 아니었지만, 눈에 띄는 미녀로 뭣보다 반짝이는 녹안이 아리엘과 똑같았다. 그녀는 레이놀드를 보고 반가운 표정이 되더니 미소를 지었다.

"블랙우드 경."

"아르디 아가씨."

그는 미소를 지으며 그녀 앞으로 말을 몰고 가 꽃을 건넸다. 일단 엘리노어의 태도를 보아하니 자신이 아리엘에게 심하게 대한 걸 전혀 모르는 것 같았다. 오히려 그녀는 여동생의 약혼남에게 보여줄 수 있는 상냥한 모습으로 그를 대했다.

"승리를 축하드립니다. 멋진 솜씨셨어요."

"과찬이십니다. 아가씨께서는 오늘도 아름다우시군요."

"호호호. 별말씀을 다 하시네요."

레이놀드는 엘리노어와 이야기하면서 한 가지 사실에 계속 신경이 쓰였다.

'아리엘도 이곳에 와 있는 걸까?'

확신은 할 수 없었다. 원래 아르디가와 도를레앙가는 원수가 따로 없는 사이다. 왕이 대영주나 그 식구를 부르는 일도 없었고 불러도 오지 않는다. 그 정도로 서로 없는 존재로 살아간다.

'그런데 어째서 그녀가 여기에.'

레이놀드가 그 사실을 살짝 돌려서 물어보자, 엘리노어는 남편의 이야기를 했다.

'맞아, 남편인 드세 경이 조정 관료지.'

고개를 끄덕이던 레이놀드는 결국 참지 못하고 제일 신경 쓰이는 걸 물었다.

"아리엘 경도 축제에 왔습니까?"

"아뇨, 아르디가에서 저만 온 거예요."

"그렇군요."

안도와 아쉬움.

서로 친하지 않은 두 감정이 함께 섞여 몰려왔다. 그 이상한 조합에 레이놀드는 마음이 심란했다.

'그래, 그녀가 여기까지 올 리가.'

혹시라도 아리엘이 자신의 시합을 보지 않았을까 하는 생각에 가슴이 뛰었던 게 우스웠다. 그는 엘리노어에게 인사를 했다. 곧 다음 시합이 시작될 예정인데다 주변은 복잡해 더 대화하기 곤란했다.

"빠른 시일 내에 하드스톤에 오세요. 그 아이가 많이 기다리고 있어요, 블랙우드 경."

레이놀드는 그녀의 인사에 미소로 대답했다. 그리고 아직 아무것도 모르는 엘리노어의 모습에 심경이 복잡해졌다.

'따로 자리를 마련해서 말해야겠어.'

생각을 정리한 그는 다시 시합에 집중했다. 그리고 그날 시합에서 스탕달은 세 경기 만에, 필라보는 두 경기 만에 떨어졌다. 오직 레이놀드만이 다섯 경기에서 모두 이기고 2차전에 진출했다.

"만만치가 않은데."

레이놀드는 뻐근한 어깨를 만지며 투덜거렸다. 오늘 벌어진 시합에서 전부 이기긴 했지만 여러 차례 위기를 겪었다. 상대 기사들의 실력은 전부 만만치 않은 탓이다. 그들도 레이놀드 만큼이나 어릴 때부터 마상창을 연습한데다 축제를 앞두고 평소보다 더 열을 냈을 것이다. 개중에는 영지일은 내팽개치고는 일 년 내내 마상창 연습만 한 참가자도 있었다. 레이놀드처럼 복수와 전쟁, 영지 경영까지 하는 사람들은 애초에 불리한 감이 없잖아 있다. 다만 군터 경에게 전수받은 기술과 비결로 그들을 물리칠 수 있었다.

'내일부터는 시합이 더 어려워질 게 뻔한데……'

그는 고민에 빠졌다. 오늘 시합 중간 중간에 이름 있는 기사들의 경기를 보니 자신과 비교도 안 되는 솜씨를 가지고 있었다. 정말로 평생 마상창시합만 연습한 것 같았다. 이래서야 패퇴가 불을 보듯 뻔하다. 그래도 지고 싶지 않은 게 전사의 심리. '검술로 붙으면 자신 있는데.' 라는 생각을 하니 왠지 억울한 기분까지 들었다.

"끄응……."

"왜 뭐가 걱정이야? 우리 잘나가는 기사님."

레이놀드가 고민스러운 소리를 내자 얼른 작은 용이 반응했다. 아르디오넬은 세상만사가 다 재밌는 듯 항상 두 눈을 호기심으로 반짝였다.

"아무래도 내일부터는 승리가 어렵지 않을까 해서요."

그는 이런저런 걱정들을 털어놓았다. 아이놀트에서 온 샬로테 경이 너무 강해 보이더라, 로세니아에서 온 좁 경의 찌르기가 굉장히 날카로웠다 따위를 투덜거렸다.

"특히 샬로테 경은 전년도 우승자라고 하더군요. 좁 경은 나이가 들긴 했지만 수도에서의 시합에서만 3회 우승을 했다고 합니다."

아르디오넬은 묵묵히 그 이야기를 들어 주었다.

"그럼 말이야. 내가 도와줄까?"

"어떻게요?"

레이놀드가 관심을 보이자 아르디오넬이 긴 목을 들어 올리며 설명했다.

"내가 마법을 부려 네 마력을 감춰 줄 수 있어. 가령 네가 붉은용의 힘을 써도 아무도 눈치채지 못하게 할 수 있는 거지."

"정말 그게 가능해요?"

"너 지난번에 내가 시간을 멈춘 걸 보고도 그러니."

"하긴……."

레이놀드는 곰곰이 생각에 잠겼다. 확실히 매력적인 제안이다. 붉은용의 힘을 쓰면 괴력이 생긴다. 위력적인 찌르기도 억지로 버티고 상대를 무너뜨릴 수 있게 되는 것이다. 그야말로 우승은 떼 놓은 당상으로 레이놀드의 명성과 명예는 한층 드높아질 것이다.

그러나 그는 고개를 가로저었다.

"전 복수를 위해 추악해질 준비가 되었지만, 명예를 위해서 속임수를 쓸 생각은 없어요."

"정말로? 우승은 너에게 많은 일을 만들어 줄지도 몰라. '애플파이를 자루도 만들어도 먹는 놈이 맛있다고 하면 그만이다.'라는 말도 있잖아. 결과만 좋으면 그만이라고."

"그런 승리가 무슨 의미가 있을까요? 기사의 진정한 명예는 남들이 만들어 주는 게 아닙니다. 스스로 쌓아 올리는 것이라고요."

"와! 너도 가끔은 멋진 말을 하는구나?"

갑작스러운 칭찬에 레이놀드는 어색하게 웃었다.

"정확히는 죽은 제온 영주님의 말이었지만요."

정령용은 자신의 기사를 기특하다는 듯 쳐다보았다.

"좋아, 잘 생각했어. 비록 시합에서 지더라도 비겁해지지마. 고래로부터 영웅들은 다 그랬어. 레이놀드, 난 네가 영웅이 될 거라고 믿어."

"넬, 그건 너무 큰 기대인데요. 난 그저 복수를 하려는 욕심 많은 영주일 뿐이에요."

그의 말에 아르디오넬은 고개를 저었다.

"아니. 난 내가 사람을 제대로 봤다고 생각해."

*　　　*　　　*

걱정과는 다르게 2일 차에도 레이놀드는 선전했다. 무려 네 시합을 연속으로 이긴 것이다. 타고난 실력과 군터 경의 지도 덕분에 이 호숫가의 젊은 영주는 경이적인 솜씨를 보여 주었다.

"레이놀드 님 힘내세요!"

"실버레이크의 레이놀드 영주가 우승하게 될 거야!"

관람객들도 점점 레이놀드를 주목하게 되었다. 그런데 그날의 마지막 시합에서 그는 임자를 만나고 말았다. 강력한 우승 후보 중 하나인 아이놀트의 영주 샬로테 경이었다.

"솜씨가 제법이더군. 자네와의 시합에 기대가 크네."

샬로테 경은 시원시원한 호남이었다. 레이놀드는 자신보다 큰 영지를 다스리고 나이도 많은 그에게 예의를 갖췄다.

"경의 명성은 익히 들어 알고 있습니다. 부족합니다만 한 판 어울려 보겠습니다."

"하하핫! 젊은이답게 좋은 자세로군!"

"감사합니다."

레이놀드는 자신의 결정을 후회하지 않았다. 이처럼 명예로운 기사와 겨루면서 숨겨진 힘을 끌어낸다는 것은 부끄러운 일이리라.

"하앗!"

필라보가 마상시합창을 건네자마자 레이놀드는 힘껏 군마에 박차를 가했다.

두두두두—.

군마의 뜀박질 소리가 심장을 울렸다. 손끝에 힘을 줘 신중하게 창을 내린 그는 돌진해 오는 샬로테 경을 쳐다보았다.

'완벽하다.'

레이놀드가 상대를 보고 한 생각은 딱 하나였다. 듣자니 젊은 시절부터 뛰어났다던 샬로테 경은 마상창시합만 20년간 연습했다고 한다. 노력하는 천재가 만들어낸 일격은 그야말로 무시무시했다. 레이놀드는 도저히 그의 창을 피할 수 없다는 걸 깨달았다.

'승부다!'

상대에게 어쭙잖은 속임수가 통할 리 없었다. 레이놀드는 정면으로 샬로테 경의 방패를 타격하기 작정했다.

'힘으로 밀어내겠다.'

퍼억!

두 기사의 눈빛이 가장 매섭게 빛난 순간 마상창들이 부서져 공중으로 튀어 올랐다. 질이 좋지 않은 포플러 나무로 만든 창대는 사방으로 파편을 뿌렸다.

팅— 팅—.

짧은 순간 레이놀드는 자신의 투구를 때리는 나무 조각들의 소리를 들었다. 그리고 아직 자신이 말에서 떨어지지 않았다는 것을 깨달았다.

'견뎠어!'

그는 샬로테 경의 일격을 받아냈다는데 커다란 희열을 느꼈다. 그리고는 샬로테 경의 상태가 궁금해 바로 뒤를 돌아보았다.

'의연하군.'

샬로테 경은 충격을 받은 듯 방패를 든 손을 늘어뜨리고 있었지만 괜찮아 보였다. 무엇보다 돌아보는 눈동자가 생기가 넘치는 게 즐거운 기분인 듯했다. 샬로테 경은 레이놀드에게 살짝 손을 흔들어 보이고는 말을 달려 돌아갔다.

"와아아아!"

충돌의 순간부터 터져 나왔던 환호가 아직도 시끄럽다. 관객들은 최고의 시합을 보여준 두 기사에게 열광하고 있었다. 특히나 손을 흔들어 준 샬로테 경의 모습은 술집에서 사나이의 우정을 이야기하는 좋은 소재가 될 것이다.

"괜찮으십니까?"

레이놀드가 돌아오자 필라보가 다급하게 달라붙었다.

"괜찮다. 견딜만해."

필라보에게 고개를 끄덕여 보이고는 레이놀드는 말을 돌려 샬로테 경을 쳐다봤다.

'두 번째는 견디기 힘들 것이다. 그래도 후회 없는 시합을

하겠다.'

반대편에서는 샬로테 경이 똑바로 레이놀드를 쳐다보고 있었다. 레이놀드는 필라보가 창을 건네주는 순간 말에 박차를 가했다.

"이럇!"

커다란 군마 둘이 힘 있게 질주했다.

"실버레이크!"

고향의 이름을 외치며 달려 나간 이 젊은 영주의 질주는 아주 훌륭했다. 그리고 승부는 순식간에 갈렸다.

퍼억!

레이놀드는 자신의 시야가 새하얗게 변하는 걸 느꼈다.

'스스로 명예롭다 말하지 못하는 명예는 필요 없는 것이다.'

땅에 뒹굴어 기절하기 전 그는 스승의 가르침을 떠올렸다.

그는 그날 점심 무렵에야 깨어났다. 일어나고도 한동안 몸상태가 좋지 않았지만, 회복력 하면 그는 일반적인 인간의 범주를 넘어섰다. 하인이 가져다 준 식사를 하고 바로 차 한 잔을 마시자 가신들과 떠들며 얘기할 수 있게 되었다.

"정말로 멋진 시합이었습니다. 우승자를 상대로 물러나지 않았던 영주님의 용기를 모두 칭찬하고 있습니다."

필라보의 말에 왠지 존경심이 묻어났다. 아무래도 그도 이

번 시험에서 레이놀드의 모습에 감동이라도 받은 모양이었다.

"뭐, 꼴사납지는 않았을까 모르겠군."

"아닙니다. 정말로 멋진 시합이었습니다. 기절하셔서 모르셨을 테지만 영주님께서는 샬로테 경의 방패를 날려 버리셨습니다."

"정말이야?"

듣고만 있던 스탕달도 끼어들었다.

"네, 비록 시합은 그분께서 이기긴 했지만 영주님의 일격에 부상을 입으셔서 다음 시합에 참가하지 못했다더군요. 그래서 지금 수도에는 호수의 젊은 영주가 우승 후보의 발목을 잡았다고 난리입니다."

"본의 아니게 폐를 끼쳤군."

레이놀드는 잠시 생각에 잠겼다. 지긴 했지만 결과가 나쁘지는 않은 것 같았다. 그때 필라보가 아쉽다는 듯 말했다.

"그건 그렇고 아깝게 됐습니다. 우승하면 공주 전하께서 뽀뽀도 해 준다는데."

"이보게 필라보. 그 말은 내가 떨어져서 아깝다기보다 네게 떨어진 콩고물이 사라져서 아깝다는 투로 들리는데."

"아닙니다. 그렇지만 시녀 중에 파란 눈을 가진 베아체 가문의 아가씨가 참 맘에 들었는데……. 하하하. 영주님께서도 안달루시아를 제게 주신 다음에 십 년 동안 마상창 찌르기만 연습하시면 전하와 뽀뽀할 수도 있을 겁니다."

"하하하. 그거 지금 위로야? 이거 원 안달루시아를 노리는 야심가가 여기 있었군. 어이 스탕달. 이 반역자를 체포해서 지하실에 가둬 버려."

"넷!"

필라보와 스탕달은 웃으며 몸싸움을 하기 시작했다. 나이대가 비슷한 그들은 군주와 가신의 사이였지만 친구같이 지냈다. 레이놀드는 두 젊은이를 안 지 얼마 되지 않았어도 그들이 마음에 들었다.

똑— 똑— 똑—.

그때 문을 두드리는 소리가 났다.

"들어와."

그러자 영지에서부터 따라온 하인이 무언가를 가지고 왔다.

"영주님, 왕자 전하께서 이것을 보내셨습니다."

그가 건네준 양피지 두루마리는 고급스러워 보이는 초대장으로 오늘 밤 궁전에서 연회를 여니 초대한다는 내용이었다. 레이놀드는 담담한 표정이었는데, 스탕달과 필라보는 그가 왕자와 아는 사이라는데 크게 놀란 듯했다. 하긴 시골 기사들에게 이건 엄청난 일일지도 모른다.

"영주님, 어떻게 전하와 아시는 겁니까?"

매번 침착한 편인 스탕달조차 동요했다.

"어쩌다 보니깐."

정작 레이놀드 본인은 별일 아니라는 듯 어깨만 으쓱했지만, 옆에서 필라보도 친구에게 맞장구쳤다.

"하긴, 우리 영주님이 안달루시아 군을 물리쳤을 때 북부의 대영주와 옥타비누 대주교님이 축하 편지를 보냈잖아. 그것만 봐도 보통 인맥이 아니신 것 같아."

그러고 보니 그의 인맥은 나이에 비해 상당히 화려하긴 했다. 북부의 대영주 둘 중, 하나는 친구고 다른 하나는 아리엘의 오라버니였다. 게다가 남부의 실력가 옥타비누 대주교의 후원을 받는데다 왕자와도 안면을 익혔다.

"아무튼, 그 얘기는 그만해. 어쩌다 보니 알게 된 거라고."

"이제 궁전에 가시겠군요."

필라보가 다시 부러움이 뚝뚝 묻어나는 투로 말하자 레이놀드는 살짝 웃음을 머금었다.

"여기 수행하는 기사를 몇 명 정도는 데리고 와도 된다고 적혀 있네?"

"영주님!"

"아, 그런데 꼭 데려갈 필요는 없는 것 같아. 귀찮은데 혼자 다녀와도 될 것 같고."

"으악! 영주님!"

결국 그가 바지 끝을 잡고 늘어진 까닭에 저녁에 있을 연회에는 스탕달과 필라보도 동행하게 되었다. 신이 난 기사들은 영주와 자신의 예복을 서둘러 장만했다. 이미 그들은 기합이 잔뜩 들어간 상태였다. 필라보는 자신만만하게 외쳤다.

"영주님. 저 오늘 밤 안 들어갑니다."

레이놀드는 기가 차서 실소했다.

"나 참! 하하하핫! 오늘 밤 네게 안기는 불행한 처자에게 묵념을! 평생 못 잊을 기분 나쁜 밤이 될 거야."

"아니 그게 무슨 소립니까! 아무리 영주님이라도 더는 못 참겠습니다. 저처럼 기량 있는 남자도 드물 겁니다. 아마 여기 유일한 여성분인 아르디오넬 님도 동의하시리라 생각합니다."

필라보는 그렇게 말하고 작은 용을 힐끔 쳐다봤다. 그러자 아르디오넬은 용의 목소리로 웃음을 터뜨렸다. 다만 둘 사이에는 그게 다였고 대화는 없었다. 스탕달과 필라보는 그녀의 비밀을 알고 있는 자였지만, 묵언의 맹세를 한 후 그녀에게 따로 말을 걸지는 않았다. 그녀도 그들에게 입을 여는 일이 없었다. 레이놀드는 새삼 이 작은 용이 굉장히 낯을 가린다는 생각이 들었다. 특유의 사근사근하고 친근한 모습을 보이는 건 레이놀드와 그의 어머니 루비첼라뿐이다. 그녀가 줄기차게 아내로 삼으라고 하는 말하는 아리엘에게조차 살가운 태도는 보이지 않는다.

"네놈이 그런 천박한 여자가 좋다면 말리지는 않으마."

묵묵히 가던 스탕달이 끼어들었다. 그는 근사하게 차려 입었는데, 갑옷 입을 때와 완전히 이미지가 달랐다. 레이놀드는 새삼 그가 미남자인 것을 알고 속으로 조금 놀랐다.

"이봐 스탕달. 어째서 천박하다고 그러는 거야?"

"당연히 천박하지. 사랑도 없이 옷을 벗는 행위가 안 천박해?"

"이런 구식 기사를 봤나. 그녀들도 욕망이 있다고. 난 하룻밤 열정을 불태우는 여자에게도 숙녀란 칭호를 붙이는 걸 주저하지 않겠네."

"아주 대단한 여성 운동가 나셨군?"

"뭐야!"

화려하게 치장한 둘은 말 위에서 티격태격 말싸움을 계속했다. 레이놀드는 그러든지 말든지 느긋하게 나아갔다. 원래 그도 하녀들의 몸을 힐끔힐끔 쳐다볼 정도로 여자와 성(性)에 대해 관심이 많았다. 그러나 에이드리의 죽음은 아직 성숙하지 않았던 그의 정신에 큰 충격을 줬다. 그 때문에 레이놀드는 혈기왕성한 나이에 어울리지 않게 20년은 수행한 수도사 같은 마음가짐이 돼 버렸다. 겉으론 평정을 유지하고 있었지만, 사실 그의 내면은 뒤틀려 있는 것이다. 그건 아직 전도유망한 청년에게 불행하고 가여운 일이었다. 사랑하고 사랑받는 소중한 행복을 이 젊은이는 잃어버렸다. 다만 유일하게 아리엘은 그런 그에게도 자극을 줬기에 레이놀드가 그녀에게만은 특별함을 느끼고 있는 것인지도 모른다.

"여자 같은 건 아무래도 좋잖아. 그래도 둘 다 관심이 넘치는 것 같으니깐 영주로서 특별히 명을 내리지. 오늘 밤엔 돌아오지 마. 만약 거절당해서 돌아오면 엉덩이를 걷어차 줄 테니 깐 각오하라고."

레이놀드는 주먹으로 필라보의 어깨를 툭 쳤다. 그때 성의 문지기가 다가왔고, 그는 병사에게 초대장을 건넸다. 이미 주위는 속속 도착하는 귀족들로 가득 차 있었다. 레이놀드는 어깨 위에 올려놓은 아르디오넬 때문에 모두의 시선을 한 몸에 받았다.

"그런데 나 들어가도 돼? 여기 왕성이잖아."

아르디오넬이 조용히 그의 귓가에 속삭였다.

"빨리도 물어보시네요. 초대장에 '정령용의 입장도 허락한 다.' 라는 문구가 있었어요. 걱정하지 마요."

"그런데 너 나 때문에 엄청 인기 많은 것 같아. 나중에 한턱 내라고."

그녀 말대로 사람들은 정령용과 그를 계속 쳐다보고 있다.

"한턱이요? 넬도 필요한 게 있어요?"

레이놀드가 의아한 듯 묻자 그녀가 짓궂게 말했다.

"어. 네 수명 10년쯤?"

"그건 내게 거의 한 계절이나 마찬가지예요. 당신에게는 하루겠지만."

"만약 내가 너의 10년을 달라고 하면, 넌 줄 수 있어?"

"무엇을 위해서 달라고 하시는 건데요?"

"우정?"

그는 웃으며 손가락으로 용의 턱을 쓰다듬었다.

"어림없어요. 하지만 복수를 위해서라면 드리죠."

"복수를 위해서? 그런 일을 위해 네 삶의 한 계절을 다 쓸 수 있다고?"

"넬, 난 복수를 위해서라면 남은 시간도 다 쓸 수 있어요. 그게 내 맹세예요. 레드포레스트가 불탄 이후 전 오직 자신에게 부여된 맹세에 따라 살아갈 뿐이에요."

그의 말에 작은 용은 마음이 아파 왔으나 더 이상 아무 말도 꺼내지 않았다. 그리고 더는 말할 시간도 없었다. 젊은 영주는 명사들의 틈바구니에 들어가 웃는 얼굴로 누가 적이고 아군인지 찾는데 혈안이 된 것이었다.

연회는 여러 면에서 훌륭했다. 이름 있는 자들도 여럿 참석한데다 훌륭한 음식도 많았다. 왕국 최고의 광대들이 묘기를 부렸고 아름다운 숙녀가 춤을 청해 왔다. 수도의 분위기에 빠르게 적응한 그는 이제 더는 북부를 떠올리며 그녀들을 거북해하지 않았다.

"블랙우드 경, 저에게 춤을 추실 수 있는 영광을 허락해 주시겠어요?"

"물론입니다. 아름다운 아가씨."

레이놀드는 그 모든 것들을 사무적으로 처리했다. 그러던 중 한 귀부인이 그에게 와서 왕자가 찾는다는 말을 전했다. 레이놀드는 곧 그의 옆자리로 안내되었다. 조프루아 도를레앙은 자리에서 일어나더니 쾌활한 태도로 레이놀드를 맞이했다. 옆에는 왕자의 정령용인 발란티르도 보였다.

"어서 오게."

"전하(Your Royal Highness), 전하의 위엄과 권위에 영광을."

"자 일단 앉지."

그는 영광스럽게도 왕자의 옆자리에 차지했다. 레이놀드는 자신의 모습을 힐끔힐끔 쳐다보는 귀족들의 시선이 느껴졌다. 하긴 신기할 만도 하다. 지금 그곳에는 작은 정령용 두 마리와 왕국에 둘 뿐인 드래고닉 오러를 쓰는 기사들이 있는 것이다.

"안녕, 아르디오넬."

왕자는 미소 띤 얼굴로 그녀에게도 인사했다. 그리고 곧 발란티르도 용의 방법으로 머리를 숙여 아르디오넬에게 경의를 표했다.

"지난번에도 느낀 거지만, 자네의 용이 발란티르보다 훨씬 높은 지위인 것 같아. 이 녀석이 볼 때마다 인사를 하는 것을 보니."

"송구스럽습니다, 전하."

"아닐세. 그건 그렇고 빨리 못 불러서 미안하군. 자네가 도착하자마자 옆자리로 불러들이고 싶었지만, 먼저 상대하지 않으면 곤란한 사람들이 있어서."

"당치 않은 말씀이십니다. 미천한 신을 옆자리에 앉혀 주신 것만으로도 뭐라 말씀 올리기 어렵습니다."

왕자의 붉은 눈은 호의를 보여 주고 있었다. 그는 자신과 같은 드래고닉 오러를 다루는 레이놀드를 북부에서부터 마음에 들어 했다.

"하하하하. 사람 참. 아 그건 그렇고 낮에 멋지게 낙마했다며?"

"네, 대가리가 깨지는 줄 알았습니다."

"뭐? 크하하하하핫!"

왕족에게 쓰기에는 '대가리'는 아주 고상하지 못하고 불손한 언어였지만 레이놀드는 이미 상대의 성격을 파악한 뒤였다. 역시나 호쾌한 그는 노한 기색 없이 큰 웃음을 터뜨리며 좋아했다.

"너무 실망하진 말게. 마상창시합이란 건 그 나름 전문 분야라서 자네처럼 검술에 목매는 사람은 일가를 이뤄내기 힘들다고. 그 유명한 검술 대가(Sword Master)인 카엔도 마상창시합에 나갔다가 공중으로 두 바퀴 회전한 다음에 진창에 머리부터 처박혔잖은가?"

레이놀드는 처음 듣는 얘기였다. 거기에다 카엔이라니. 마음에 들진 않았지만 그에게는 스승이나 다름없는 존재였다. 왕자의 얘기는 매우 흥미를 끌었다.

"정말입니까?"

"그래, 실제로 가을 축제 때 열린 마상창시합에서 있었던 일이야. 그 상대였던 위송 경은 카엔이 검을 휘두른 시간만큼이나 마상창을 찌르는데 일생을 바친 남자야. 그 점에서부터 이미 결과는 당연했겠지."

"그렇군요. 근데 카엔이 순순히 승복했습니까?"

"아니. 그 성격 더러운 인간이 그랬을 리가. 전해 내려오는 이야기로는, 다음 날 아침에 위송 경이 엉망으로 얻어터져서 쓰레기통에 처박혀 있는 걸 거지가 발견했다고 하네."

레이놀드는 한숨을 내쉬었다. 그는 그런 존재의 비전을 익혔다는 사실이 갑자기 부끄러웠다.

'한심하다.'

그때 왕자가 술잔을 권했다.

"자네 혹시 내 깃발 아래 들어올 생각이 없나? 우린 내일 마지막 싸움을 하는데 유능한 기사가 잔뜩 필요해."

레이놀드는 그가 무슨 소리를 하는지 알아챘다. 왕자는 마상단체시합에 팀을 이끌고 참가하고 있었는데 아무래도 숫자가 부족한 모양이었다. 마상단체시합은 모의 전투나 다름없는 거친 경기라 부상자가 속출한다. 근년에는 사고가 없었지만, 예전에는 시합 중에 1,500명 이상 사망한 최악의 경우도 있었다. 그 대참사 이후 안전 조치와 비겁한 행위에 대한 감시가 강화되었다. 덕분에 사망자는 현격히 줄어들었지만 부상자는 여전했다. 왕자는 내일 최후의 시합을 앞두고 있어 새로운 기사들이 필요했다.

"잘 알겠지만, 마상단체시합은 날이 없는 검으로 겨룬다고, 비록 오러나 마법을 쓰는 건 금지돼 있지만 자네라면 맹활약해 줄 거라 생각하네."

"전하, 과찬이십니다."

"부탁이네. 내일 마지막 시합의 상대는 동부의 대영주 싱클레어 경이야. 자네도 내가 그 인간과 어떤 사인지 알고 있겠지?"

대영주 싱클레어는 왕자의 정적이었다. 그는 조프루아 왕자의 삼촌인 외스타슈 도를레앙을 지원하고 있어 둘의 사이는 그야말로 최악이다.

"그 교활한 늙은이에게 한 방 먹이지 않는다면 화병이 나서 죽을지도 모르네. 부디 레이놀드, 날 위해 선봉을 맡아 주게."

"전하······."

잠시 고민했지만, 레이놀드는 자신의 결정에 따른 정치적 입장과 파장에 대해 고려하기엔 시간이 부족했다. 애초에 현자도 아닌 그가 마상시합에서 왕자의 편으로 싸운 걸 싱클레어 경이 어떻게 생각할지 헤아리기도 어려웠다. 결국 왕자의 제안을 수락했다.

"영광입니다. 전하. 전하를 위해 적의 군기를 모조리 빼앗아 오겠습니다."

"하하하하핫! 고맙네. 자네가 우리 팀에 들어오면 승리는 떼 놓은 당상이야."

내일 마지막 마상단체시합은 무려 500명 대 500명의 대시
합이 될 것이라고 한다. 그건 이번 축제의 주요 행사로 연회장
의 많은 귀족들도 들떠서 경기에 대해 얘기하는 중이었다. 그
때 왕실 시종이 큰 소리로 외쳤다.

"공주 전하께서 드십니다."

왕자를 제외한 모두가 그 소리에 기립했다. 조프루아는 미
소 띤 얼굴로 투덜댔다.

"늦게도 오시는군."

들리는 이야기로는 이 오누이는 그럭저럭 사이가 괜찮다고
한다. 얼마나 친한지는 당사자들만 알겠지만 적어도 서로의
등에 단검을 꽂을 정도는 아니라는 게 중론이다.

"반갑습니다. 여러분. 오라버니의 연회에 와주셔서 감사해
요."

공주는 도착하자마자 주위의 사람들에게 인사하느라 바빴
다. 레이놀드는 유심히 그녀의 모습을 살펴보았다.

'소문대로 절색이군, 게다가 상당히 이질적이야.'

그녀는 왕자와 같이 왕가의 특징인 붉은 머리칼과 붉은 눈
동자를 가졌다. 같은 혈통인데도 오라버니보다 그 색이 더 밝
아 화사한 느낌을 주었다. 용의 혈통이라는 도를레앙 왕가는
확실히 저 모습만 봐도 그들의 가계에 초자연적 개입이 있었
음을 알 수 있었다. 상식적으로 저런 선명한 적색(love apple

Red)의 눈은 사람의 유전이 아니었다. 하지만 그건 지극히 이지적이면서도 아름다워 사람들은 공주를 보며 탄성을 터뜨렸다. 레이놀드 근처에 있는 한 소녀가 홀린 듯 말했다.

"세상에! 너무도 아름다워……."

공주의 이름은 크리스틴 라우렌시아 도를레앙이다. 전설에 의하면 그녀의 세례명인 성녀 라우렌시아는 불에 타 순교했다. 그리고 며칠 뒤 다시 살아나 화염으로 빛나는 머리칼을 가진 채 천국에 올랐다고 한다. 그게 사실이든 아니든 그녀의 세례명은 그녀와 더없이 잘 어울렸다. 게다가 그녀는 로에드릭 왕의 장공주(Princess Royal)로 다른 사생아 출신의 공주들과 격이 다른 여성이다.

"공주 전하(Your Refined Highness), 뵙게 되어 영광입니다!"

많은 귀족들이 그녀의 주위를 둘러쌌다. 그녀는 아름답지만 모난 점이 많은 아리엘과 다르게 철저히 그린 듯한 모습을 보였다. 늘 사람들을 향해 다정하고 아름답게 웃었다. 한참을 귀족들과 이야기를 나눈 그녀는 왕자에게 다가왔다. 조프루아 왕자를 보는 그녀의 눈과 입이 호의 어린 미소를 띠고 있었다.

"오라버니."

조프루아는 음식을 먹던 손을 흔들어 환영했다. 왕족이어도 여동생 앞에 임하는 오빠의 태도는 자유민과 별다를 바 없었다. 친근했지만 뭔가 심드렁한 게 역시 오빠에게 여동생은 다소 귀찮은 존재다.

"왔냐?"

그러나 크리스틴은 그런 태도가 익숙한 듯 미소를 지우지 않았다.

"죄송해요. 어마마마께서 도중에 부르셔서 늦었어요."

"괜찮아, 그럴 수도 있지."

그렇게 말한 왕자는 그제야 자신의 탁자에 앉아 있던 손님들이 공주 때문에 다 일어나 있다는 걸 깨닫고는 하나하나 그녀에게 소개를 해 주기 시작했다.

"이쪽은 서부사령관 니케아 경의 둘째 딸인 조르데 양이야."

"만나서 반가워요, 조르데."

공주는 그야말로 완벽한 접대용 미소를 지었다.

"꺄악! 영광이에요! 공주님!"

어린 소녀는 그녀의 친절에 감동한 듯 작은 비명을 터뜨리며 호들갑을 떨었다. 크리스틴 공주는 그 외에 여러 사람에게 예의 바른 태도로 인사했다. 그리고 드디어 왕자가 레이놀드를 소개했다.

"이쪽은 실버레이크의 영주 레이놀드 블랙우드 경이야."

"알아요."

공주는 고개를 끄덕였다.

"알아?"

왕자가 의아하다는 듯 묻자 그녀는 살짝 당황하더니, 곧 별일 아니라는 듯 쾌활하게 말했다.

"요즘 워낙 유명하시잖아요. 궁중에 있어도 소식이 들린답니다."

"맞아. 그렇긴 하지. 아무튼 레이놀드, 내 동생이야 인사하지."

레이놀드는 한껏 예의를 갖춰 인사했다.

"공주 전하. 전하의 기품과 아름다움에 영광을."

"만나 뵙게 되어 영광입니다. 레이놀드 경."

그녀는 친근하게 이름을 불렀다. 특별하다 할 정도의 일은 아니었지만 그래도 호의의 표시인지라 그는 조금 기분이 좋아졌다. 공주가 자리에 앉자 연회는 계속되었다. 크리스틴 공주는 대화를 주도하며 사람들이 골고루 말하게 이끌었다. 그 모습을 지켜보던 레이놀드는 그녀가 타고난 주도력을 가지고 있는 것을 깨달았다. 대화에 참여한 지 얼마 되지 않아 공주는 이미 본인의 탁월한 매력과 영민한 머리로 사람들을 좌지우지하고 있었다. 그녀는 레이놀드에게도 말을 걸었다.

"레이놀드 경, 그 작은 용을 한 번 만져 봐도 괜찮을까요? 정말 아름다워요."

아르디오넬은 조명을 받아 오색빛으로 반짝이고 있어 마치 보석 조각처럼 보였다. 그녀는 왕자의 정령용인 발란티르를 봐 와서 아르디오넬이 낯설지 않은 것 같았다. 레이놀드가 아르디오넬을 쳐다보며 의사를 묻자 그녀는 살며시 날아올라 공주의 곁에 내려 앉았다.

"이 아이, 이름이 뭔가요?"

"아르디오넬입니다, 전하."

"생긴 것처럼 아름다운 이름이군요."

공주는 즐거운 표정으로 용을 쓰다듬었다. 아르디오넬은 레이놀드 이외에 다른 이의 손길을 피하곤 했지만, 이번에는 가만히 있었다. 전부터 그랬지만 그녀는 인간의 예절과 문화에 꽤 익숙해 보였다.

"정말 귀엽네요."

"공주 전하가 마음에 드나 봅니다."

"정말이요? 호호호. 기쁘군요. 혹시 아르디오넬을 보고 싶으면 언제고 찾아가도 괜찮을까요?"

"물론입니다, 전하."

레이놀드는 아주 정중하게 고개를 숙였다. 그 후로도 공주는 이따금 친근하게 계속 말을 걸었고 그는 예절 바르게 그녀의 말에 대답했다. 하지만 대부분의 시간을 왕자와 내일 시합의 전망이나 작전에 대해 얘기하며 보냈다. 그리고 연회가 끝나자 레이놀드는 홀로 말을 타고 묵고 있는 여관으로 향했다. 필라보와 스탕달을 찾아볼 수도 있었지만, 부디 그들이 달콤한 밤을 보내길 기원하며 웃음 지었다. 그는 살짝 술에 취해 있었으며 기분도 괜찮았다.

"공주 말이야. 네게 관심 있어."

아르디오넬이 귓가에서 속삭였다. 레이놀드는 입에서 술 냄새를 풍기며 반문했다.

"뭐라고요? 하하하. 농담이 지나치시군요. 넬, 전 오늘 전하를 처음 봤다고요. 그리고 그분께서도 절 오늘 처음 보고요. 우리는 무슨 연계점이 없어요."

"알아, 그건. 하지만 그녀가 날 보러 오겠다고 했잖아. 그건 말이야 널 만나러 오겠다는 말의 아주 품위 있고 내숭 넘치는 표현이야."

"아 젠장! 여자들이 조금 쉽게 말하는 세상이 대체 언제나 오는 건지."

"그런 게 귀찮으면 남자랑 살든가."

아르디오넬의 대꾸에 레이놀드는 웃음을 터뜨렸다.

"그리고 그녀의 말실수 말이야. 대뜸 너를 알고 있다고 한 것도 그렇고."

"요즘 제가 사고 좀 치고 다녔잖아요. 그래서 아는 거겠죠."

"알아, 나도. 그리고 지금 공주가 네게 꼭 이성적으로 관심 있다고 주장하는 게 아니라는 것만 알아 두라고."

"아, 그런가요?"

"그래. 넌 말이야. 쓸 만하긴 하지만 여자가 한눈에 반할 정도는 아니라고."

냉철한 평가에 레이놀드는 크게 웃었다.

"하하하하. 그거 고맙네요. 그리고 여자들이 반할지 안 반할지 넬이 어떻게 알아요?"

아르디오넬이 용이 웃는 방식으로 비웃음을 터뜨렸다. 그건 술 취한 레이놀드의 귀에 '끼룩 끼룩!' 정도로, 이상한 소리로 들렸다.

"나도 여자거든? 그리고 네 생각보다 인간들에 대해 잘 알고 있고."

"네네. 어련하시겠어요. 고귀한 정령용의 왕족이신데. 그래서 공주 전하께서 왜 제게 관심이 있는 것 같아요?"

"글쎄. 어쩌면 진짜 이성적인 관심일 수도 있고."

그는 딱 잘라 부인했다.

"개연성이 부족해요."

"그렇긴 한데. 이건 그냥 여자의 감이라 나도 뭐라 더 주장하긴 그러네. 아무튼 나쁜 애는 아닌 것 같더라."

레이놀드는 잠시 그녀를 떠올려 보았다. 조명 때문이었을까, 크리스틴의 눈동자는 누구보다 반짝여서 마치 산호와 진주 가루를 눈 안에 머금고 있는 것 같은 착각을 불러일으켰다.

"맞아요. 기품 있고 사랑스러웠죠. 그런데 그게 중요한 게 아니에요. 전 내일 시합이 있다고요."

그 뒤로 레이놀드는 술 취한 사람이 다 그렇듯 쓸모없는 얘기만 늘어놓았다. 물론 본인은 중요한 일들이라고 생각했지만 나중에 기억나는 건 하나도 없었다. 그리고 다음 날 그는 머리를 흔드는 숙취와 함께 자리에서 일어났다. 더 누워 있고 싶었지만 시합이 열리는 중요한 날이었다.

"으윽."

레이놀드는 목이 아픈 걸 느끼며 인상을 찡그렸다. 하인이 가져다준 라임 주스를 마시고 나자 조금은 괜찮아지긴 했지만, 목 안쪽이 부은 것 같았다. 아무래도 가벼운 감기 기운과 과음에 의한 증상 같았다.

"영주님. 목소리가 좀 변했습니다."

아침 늦게 벌건 눈으로 들어온 스탕달이 레이놀드의 무구를 챙기며 말했다.

"굵직한 게 남자답고 좋은데요. 하하하."

역시 벌건 눈의 필라보가 농담을 했다. 그는 레이놀드 곁으로 와 갑옷을 입는 걸 도왔다.

"마상창시합에서는 좀 아쉬움이 남기는 했습니다만, 이번에 확실히 영주님이 얼마나 거친 남자인지 보여 주시라고요."

레이놀드는 날이 없고 끝이 뭉뚝한 시합용 검을 허리에 찼다.

"걱정 말라고. 그리고 아르디오넬을 부탁해."

그는 작은 용을 필라보에게 건네고는 말을 타고 시합장으로 출발했다. 도착하자 주위에는 화려하게 치장한 기사들이 삼백여 명이나 있어 그들 모두와 인사를 하는데도 한세월이 걸릴 분위기였다. 미슐레 경, 제리코 경, 보뇌르 경, 안그로 경 등 모두 왕국에서 이름 높은 기사들이었다. 왕자는 그들에게 선봉이 요번 싸움에서 중요하다고 역설했다.

"내겐 여러 뛰어난 기사들이 있지만, 요번 일은 젊고 이름 높은 레이놀드 경에게 맡기고 싶네."

"전하! 신은 아직 많이 부족합니다. 명예로운 분들이 많은데 어찌 제가 감히."

레이놀드가 당황해 거절하자 그는 고개를 저었다.

"걱정할 것 없네. 레이놀드 경. 이건 진짜 전쟁이랑 달라서 패기 넘치는 신예에게 선봉을 맡기는 게 오래된 관례야. 네가 말한 훌륭한 기사들은 본진에서 날 도울 거니깐 가서 마음껏 휘저으라고."

주위를 다른 기사들도 그 결정에 불만이 없는 것 같았다. 오히려 그들은 레이놀드에게 격려의 한마디를 건넸다.

"상대의 선봉은 에티엔이란 젊은 기사인데, 덩치가 크고 사납기가 동부에서도 유명하다더군. 주눅 들지 말고 힘을 내서 떨어뜨려 버려."

"알겠습니다. 미슐레 경."

레이놀드는 씩씩하게 대답하고, 전열(前列)로 나아갔다. 앞쪽에는 그와 같은 젊은 기사들이 잔뜩 모여 있었다. 그는 기사들과 가볍게 인사를 나누었는데 다들 왕국의 유명한 신성에게 호감을 표했다. 사실 레이놀드가 선봉을 맡았다 하여 딱히 뭔가 전술적 움직임이 필요한 건 아니었다. 그건 왕자가 고민할 문제로 그는 그냥 제일 앞에서 돌격하면 되는 것이다. 마상단 체시합장은 대단히 넓긴 했지만 앞으로 달려간 선봉이 옆으로 빠질 공간 같은 건 없었다. 먼저 나선 이가 언제 소모되느냐에 따라 본대와 예비대의 움직임이 결정되는 것이었다.

뿌우우우우우—.

한참이나 진행된 식전 행사 후, 준비를 알리는 나팔이 울렸다. 상대방이 진형을 갖추자 주위로는 팽팽한 긴장이 가득해졌다. 시합은 로에드릭 국왕이 막대기를 던진 순간 엄청난 함성과 함께 시작될 것이다. 레이놀드는 주위를 둘러보다 옆에 있는 기사를 쳐다봤다. 키가 자신과 거의 똑같았고, 처음 보는 문장을 달고 있었다.

'검과 태양을 가진 여성 대천사, 아침 해 천사라 불리는 미카엘라군.'

보통 대천사 문장은 교회에 속한 수도기사들이 사용한다. 하지만 가문 자체가 교회와 밀접한 관련이 있을 수도 있고, 다른 예외도 있기에 그는 크게 신경 쓰지 않았다. 대신 감기 때문에 낮고 거칠어진 목소리로 인사했다.

"나란히 싸우게 되었는데, 잘 부탁합니다."

그러자 상대는 살짝 고개를 끄덕였다.

'이거 원. 어지간히 과묵한 놈이군.'

레이놀드는 상대의 태도가 맘에 들지는 않았으나 더는 신경 쓰지 않기로 했다. 시합이 막 시작되기 직전이었다.

"모두 정신 바짝 차려라!"

뒤쪽에서 고함이 들려왔다. 곧 로에드릭 국왕이 자리에서 일어나 화려한 막대기를 밑으로 집어던졌다.

"와아아아아!"

동시에 양측은 쌍방을 향해 멧돼지처럼 달려들었다. 삽시간에 수많은 말들이 움직이자 모래 먼지가 일어났다. 레이놀드는 목이 아파 기침을 했다.

"콜록! 콜록!"

가뜩이나 투구 때문에 숨쉬기가 힘든데 먼지까지 뒤집어쓰자 더 괴로워졌다. 그러나 시합을 향한 기사들의 열정에 비하면 이건 사소한 문제였다. 금세 여기저기서 싸움질이 벌어졌다.

"죽어!"

"너나 죽어라!"

바짝 달라붙은 그들은 상대의 머리를 향해 마구 검이나 몽둥이를 내리쳤다. 여기저기서 투구 위의 장식들이 부서져 흩어졌다. 수많은 문장을 수놓은 겉옷들이 휘날리며 다채로운 색채의 향연을 만들어냈다. 꽃과 유니콘이 싸웠고, 처녀와 그리핀이 대결을 펼쳤다. 머리 위에 용 장식을 올려놓은 레이놀드는 눈앞에 걸리는 상대방을 마구 두들기고 있었다. 비록 드래고닉 오러를 쓸 수 없었지만, 그의 힘은 엄청나서 제대로 버티는 상대가 별로 없었다.

"물러서라!"

그가 기합과 함께 싱클레어 팀의 젊은 기사를 내리치자 그는 비명과 함께 낙마해 버렸다. 아무리 시합용 검이라지만, 묵직한 쇠막대기라 어떻게 보면 흉기나 다름없다. 레이놀드는 자신의 막강한 힘을 이용해 이걸 수수깡처럼 내키는 대로 휘둘렀다. 그러자 그의 주위로 아수라장으로 변했다.

"캉! 캉! 캉캉! 캉!

사방에 기사들이 얽혀 싸우는 난전이었기에 검술을 제대로 펼치기 힘들었다. 그냥 많이 공격하고 오래 견디는 자가 유리한 시합이었는데, 레이놀드가 어찌나 세게 내려치던지 상대방의 강철 투구가 움푹 들어갈 정도였다.

"우와! 저 기사 좀 봐."

그가 괴물 같은 모습을 보여 주자 관중석이 술렁이기 시작했다. 상대편을 마구 때려눕히며 앞으로 나아가는 그의 모습은 가히 압권이었다. 레이놀드가 지나간 길에 기사들이 우수수 떨어져 이제 군마들이 그를 미리 알아보고 도망갈 정도였다. 어쩌면 공명심에 불타는 주인보다 짐승이 더 현명할지도 모른다.

"진짜 대단하다. 무적의 기사야. 저 사람이 누구지?"

"음…… 용 장식을 하고 있으니깐, 그 왜 있잖아? 작은 용을 데리고 다니는 젊은 영주."

"아. 맞다. 실버레이크의 누구더라?"

"레이놀드 경이에요. 제가 똑똑히 들었어요."

관중이 그런 이야기를 하는 사이에도 레이놀드는 계속 활약하고 있었다. 강력한 힘을 가진 그는 상대방이 휘두른 무기를 쉽사리 튕겨냈다. 그러면 상대는 당해내지 못하고 말머리를 돌리는 것이었다.

　"어딜!"

　또 한 기사가 그의 앞에서 도주했다. 레이놀드가 즉각 따라붙어 등판을 검으로 내리치자 그는 비명과 함께 말 위에서 굴러떨어졌다.

　"우리 팀이 당했어!"

　"이런! 저자부터 처리하자!"

　레이놀드가 위험인물로 판단되자 여럿이 달려들어 왔다.

　"비겁한 놈들!"

　그건 불명예스러운 행동이긴 했어도 반칙은 아니었다. 상대방은 더는 동료가 낙마하는 것을 봐줄 생각이 없는 모양이었다.

　쾅! 캉! 캉!

　레이놀드는 방패와 칼로 사방에서 날아오는 공격을 잘 막아냈다. 그는 벌써 전쟁을 여러 차례 겪은 노련한 기사였다. 그러나 갈수록 상황은 어려워졌다.

　'이대로라면 당하겠는걸.'

　아닌 게 아니라 상대에게 투구를 직격 당하자 현기증이 났다. 그런데 적시에 구원자가 나타났다. 아군의 용감한 기사 하

나가 레이놀드를 구하려 적들 사이에 뛰어든 것이었다. 기사
가 날카로운 기합을 지르며 적들을 두들기는 모습은 언뜻 봐
도 그 솜씨가 보통이 아니었다.

'그 미카엘라 문장의 기사군.'

레이놀드는 그가 시합을 시작할 때 옆에 있던 기사임을 알
아챘다. 천사의 문장을 단 기사는 훌륭한 솜씨로 레이놀드를
향한 집중 공격을 저지했다. 덕분에 숨통이 트였고, 상대방의
공세에 벗어나자마자 지금까지의 일을 복수하려는 듯 적들을
강타했다. 묵직한 검의 위력에 방패가 날아가며 방어가 무너
졌다. 그렇게 세 명의 기사가 순식간에 낙마했다.

"고맙소!"

레이놀드는 도움을 준 그에게 큰 소리로 외쳤다. 그러자 기
사는 방패를 살짝 들어 대답을 하고는 적들을 다시 공격했다.
레이놀드는 기사와 자신이 잘 맞을 것 같다는 생각에 함께 움
직이기로 했다.

"하하하! 제법이구나!"

그때 호탕하고 큰 목소리가 들려왔다. 레이놀드가 그쪽을
쳐다보니 버그베어만큼 덩치가 좋은 기사가 아군을 마구 날려
버리고 있었다. 그가 커다란 몽둥이를 좌우로 휘두를 때마다
기사들이 비명과 함께 말 아래로 떨어져 나갔다. 옆에서 누군
가 다급하게 외쳤다.

"조심해! 에티엔이다!"

레이놀드는 시합 전에 상대편에 에티엔이란 놀랄 만한 기사가 있다고 들은 것이 생각났다. 과연 소문대로 압도적인 박력으로 다가오고 있었다.

"너희 둘! 거기까지다!"

에티엔은 왕자군을 무너뜨려 길을 만들며 레이놀드 쪽으로 다가왔다. 그리고 레이놀드보단 먼저 대천사 문장을 가진 기사를 공격했다. 기사는 기교 넘치게 잘 싸웠으나 에티엔의 막강한 힘에 점점 밀려났다.

캉!

그 순간 방패가 날아가더니 기사는 풍전등화의 위기에 빠졌다.

"멈춰!"

레이놀드는 재빨리 주위에 있던 적을 쓰러뜨리고 에티엔에게 달려들었다. 그러나 그는 레이놀드의 일격을 자신의 검으로 막고는 방패로 대천사 기사의 얼굴을 강타했다.

캉!

그 일격이 어찌나 강력하던지 기사의 투구에 있던 대천사 조각상이 산산이 부서지고 면갑까지 떨어져 나갔다. 기사는 휘청거리더니 한 손으로 얼굴을 가린 채 고개를 숙인 꼴이 아무래도 상처가 심한 것 같았다.

"이 녀석!"

레이놀드는 힘 있게 재차 검을 내리쳤다. 그러나 상대방도

덩치와 힘이 얼마나 좋은지 밀리지 않았다. 둘은 그대로 용호상박의 격투를 벌였다.

'드래고닉 오러만 쓸 수 있으면!'

좀처럼 승부가 나지 않자 그는 답답해졌다. 그러다 한 가지 좋은 수가 생각났다. 전에 군터 경이 마상단체시합에 쓸 만한 비법을 전수해 준 적이 있는데, 바로 상대의 군마에게 소리를 질러 놀라게 하는 것이었다. 시합에서 말을 때리는 건 반칙이었지만, 그 말에게 소리를 지르는 건 제재 사항이 아니었다. 물론 시끄러운 전장에서 견디도록 훈련된 군마를 소리 질러 놀라게 하는 건 보통 일이 아니다. 그러나 레이놀드는 방법을 알고 있었다. 그는 싸움을 계속하며 신중하게 기회를 엿보다 적의 몽둥이가 머리 위로 지나가는 순간 허리를 푹 숙여 피해냈다. 동시에 상대방 군마의 귓가에 대고 있는 힘껏 소리쳤다.

"야!"

자신의 귓가에 울린 고성에 말은 깜짝 놀라고 말았다. 그 때문에 말은 울음소리를 내며 뒷다리로 일어났고, 또 다른 공격을 준비하던 에티엔은 그대로 굴러떨어졌다. 그의 큰 덩치가 모랫바닥에 자욱한 먼지를 피워냈다. 에티엔은 벌떡 일어났지만 이미 시합에서 탈락한 후였다.

"이 비겁한 놈!"

떨어진 그는 분이 풀리지 않는지 고래고래 소리를 질러댔다.

"전쟁터였으면 네놈을 때려죽였을 것이다!"

그러나 레이놀드는 실전이었으면 자신의 드래고닉 오러가 그를 찢어 버렸으리라 확신했다. 오러를 집중시키는 용의 분노 같은 기술을 받아낼 수 있는 자들은 질풍검 요하네스나 죽은 홉고블린 군단장 쿠룩토스 정도였다.

'어림도 없지.'

그는 에티엔을 무시하고는 재빨리 다친 기사에게 다가갔다. 이미 주위는 본대와 예비대까지 합류해 난전이 벌어지고 있었다. 레이놀드는 재빨리 그의 말고삐를 잡고 후열로 이동해 갔다. 쉽지는 않았지만 비교적 안전한 곳으로 갈 수 있었다.

"괜찮으십니까?"

그가 걱정스럽게 묻자 기사는 얼굴을 가린 고개만 끄덕였다. 그런 태도에 레이놀드는 상대가 크게 다친 것 같다고 생각했다.

"이 이상 시합은 무리일 듯합니다. 경기장 밖으로 나가는 게 좋겠습니다."

그러나 기사는 포기하기가 아쉬운 듯 아무 말도 하지 않았다. 결국 레이놀드가 그를 잡아끌자 당황한 기색으로 손을 뿌리치려 했다. 잠시 실랑이가 벌어졌고, 어쩌다 기사의 얼굴이 조금 드러났다.

"앗!"

레이놀드는 화들짝 놀라 탄성을 터뜨렸다. 손이 치워진 틈

사이로 반짝이는 녹색 눈을 가진 아름다운 여자의 얼굴이 보인 것이다. 잠깐 보인 녹색 눈이었지만 레이놀드가 그녀를 몰라볼 리 없다. 당황한 표정으로 레이놀드를 쳐다보는 여자는 바로 하드스톤의 아리엘 아르디였다. 그런데 그녀는 레이놀드를 못 알아보는 것 같았다.

'내 목소리를 알 텐데? 아! 목이 쉬는 바람에 눈치채지 못한 것 건가.'

그는 놀라 두근대는 내심과 다르게 일단 침착함을 가장했다. 일단 아는 체하기보다 그녀를 돕기로 했다. 상황을 보아하니 정체를 숨기고 시합에 참전한 것 같았다. 아리엘은 북부에서 완전히 기사로 인정받고 있었지만 수도에서는 어떤 평가가 기다릴지 모르는 일이다. 많은 참가자들이 그녀를 불쾌하게 여길지도 모른다. 레이놀드는 즉각 자신의 투구덮개를 뜯어냈다. 길고 붉은 천으로 만들어진 그것으로 그녀의 투구에 두건처럼 묶어 앞부분을 가려 줬다. 아리엘은 처음에 놀라 손을 내저었으나 곧 무슨 의도인지 알아채고는 직접 마무리를 해 단단히 묶었다.

"고맙습니다, 경."

이미 들킨 까닭인지 아리엘이 처음으로 입을 열었다. 레이놀드는 그녀의 목소리를 듣는 순간 밀려드는 그리움에 몸을 떨었다. 그러나 지금은 아는 척하는 게 좋지 않을 것이다.

"면갑이 날아갈 정도였는데, 다친 곳은 없으십니까?"

"예 괜찮아요. 투구 덕에 다치지 않았어요. 얼굴을 가리느라 고개를 숙인 것이었답니다."

아리엘의 말에 레이놀드는 안도하며 자신의 방패를 건넸다.

"감사하지만 이것까지는 필요 없어요."

평소 그녀 성격을 알고 있는 그는 조금 단호한 어조로 재차 권했다. 물론 아리엘을 기사로 대하는 것도 잊지 않았다.

"경께서는 지금 면갑이 떨어져서 굉장히 위험합니다. 부디 방패를 가지고 가십시오. 왠지 시합을 포기할 생각이 없어 보여서 그럽니다."

"어머? 제가 기사인 걸 아시는군요?"

아리엘의 물음에 그는 조금 당황했지만 유려하게 넘겼다.

"북부에 녹색 눈을 가진 여기사가 있다는 소식을 들었습니다. 아무튼 이걸 받으세요."

그녀는 다소 망설였다.

"포기하기 싫은 건 맞아요. 그래도 방패같이 중요한 물건은 받을 수가 없어요."

"만약 받지 않는다면 지금 당장 우리 팀에 여기사가 끼어들었다고 사방에 소리 지르겠습니다. 거짓말 같습니까? 무겁습니다. 어서 받으세요."

레이놀드가 방패를 내민 채 재촉하자 그녀는 결국 고개를 끄덕였다.

"감사합니다. 혹시 성함을 알 수 있을까요? 처음 보는 여러 문장이 섞여 있어 어디 분인지 모르겠어요."

애초에 북부인인 그녀가 남부의 문장들을 알아보기는 어려울 것이다. 게다가 보통의 여자가 그렇듯 아리엘도 복잡한 기호에 약했다.

"그건 시합이 끝난 후 이야기합시다."

그렇게 얘기한 레이놀드는 말머리를 돌렸다. 이미 마상단체 경기는 막바지를 향해 가고 있었고, 더는 여유를 부릴 시간이 없었다.

*　　*　　*

시합은 결국 왕자 팀의 승리로 끝났다. 마지막에 싱클레어 경의 팀이 전멸할 때까지 왕자 쪽은 사십여 명이나 살아남아 있었다. 본진의 두꺼운 보호를 받고 있던 싱클레어 경은 결국 왕자의 기사들에 의해 말에서 억지로 끌어내려졌다. 그는 얼마나 화가 났는지 길길이 날뛰다 시합장을 떠났고, 조프루아 왕자가 그 광경을 아주 흐뭇하게 바라봤음은 말할 필요도 없다.

"왕자 전하께 영광을!"

시합 후 벌어진 시상식에서 왕자가 화염용 모양의 트로피를 들어 올리자 주변에 몰려 있던 기사들과 관중들은 환호성을 내질렀다. 다들 승리를 축하하느라 난리가 났다. 왕자에게 트로피를 건네준 국왕은 미소를 지으며 기사들이 즐겁게 뒤풀이를 하길 바란다고 하며 떠나갔다. 아무래도 존엄한 왕이 자리를 피해 주자 사람들은 좀 더 자유롭고 편안한 분위기가 되었다.

기사들은 서로의 어깨를 치며 수고했다고 소리치거나 하인들이 날아온 맥주를 들이켜는 중이었다. 그러나 레이놀드는 그분위기에 끼지 못한 채 다른 생각을 했다. 지금 그는 아리엘의 옆에 나란히 서 있었는데, 이 시상식과 축하 행사가 끝나면 그녀에게 무슨 말을 어떻게 해야 할지 아직 정하지 못한 탓이다. 경기가 끝나자 아리엘은 그에게 이름을 알려달라고 정중히 부탁했다. 그래서 그는 이러지도 저러지도 못하고 식이 끝나고 이야기하자고 얼버무렸다.

'어쩌지.'

레이놀드는 고민을 거듭했다. 그때 호탕한 왕자의 목소리가 들려왔다.

"어제 마상창시합의 우승자의 볼에 아름다운 크리스틴 공주가 뽀뽀를 해 준 것은 다 알고 있을 것이오. 이번에도 승리를 기념하여 우리 중 하나가 그녀에게 영광을 바친 후에 달콤한 선물을 받을 것이오."

"와아아아아!"

사방에서 환호성이 터졌다. 마상단체시합에서 우승하면 그 지휘관이 승리의 영광을 받을 한 숙녀를 지정하는데, 그러면 그녀는 스타레이디라고 불리게 된다. 스타레이디는 축제의 꽃으로 불리는데 이건 숙녀에게도 대단한 명예다. 또 거기에 실질적인 이득도 있다. 축제의 마지막 날 사람들은 다 함께 스타레이디를 위해 노래를 부른다. 그리고 귀부인들은 그녀의 아름다움에 찬사를 보내며 갖가지 선물들을 주는 것이다. 왕자는 이번 시합에 이기자 동생을 스타레이디로 정했고, 모두 더없이 아름다운 여성이 축제의 꽃이 되었다고 기뻐했다.

"다만, 우리 팀에 참가자가 많으니 누가 그 영광을 누려야 할지 모르겠소. 그러니 마지막까지 살아남은 기사 중에서 공주가 직접 고르게 하는 게 어떻겠소?"

기사들은 그 결정에 열렬히 환호했다.

"좋습니다!"

"이의 없습니다!"

사실 공주가 뽀뽀할 남자를 직접 고른다는데 누가 불만이 있으랴. 기사들은 혹시나 자신이 뽑힐까 싶어 기대로 가득 찬 얼굴이 되었다. 평소 기사들의 문화를 동경하던 아리엘은 이 모든 상황을 흥미진진하게 쳐다보고 있었고, 옆에 있는 레이놀드는 그러거나 말거나 고민만 더해 갔다.

'차라리 도망갈까.'

그런 생각은 수도 없이 했지만, 왠지 그러면 나중에 후회할 것 같다는 예감이 발목을 잡는다.

"여러분의 무훈과 용기에 경의를 표하겠어요."

공주의 맑은 목소리가 주위를 울렸다. 그녀는 고민하는 표정으로 잠시 뜸을 들이더니 다시 입을 열었다.

"저는 사실 여러분 모두가 자격이 있다고 생각합니다만, 어렵게 한 분을 결정했습니다."

다들 긴장이 최고조에 도달했다. 어떤 이는 공주가 선택하는 사람이 가질 순수한 명예를 원했고, 또 어떤 이는 공주의 마음을 얻어 왕의 사위가 되는 꿈에 부풀었다. 반면 딱 사람만이 심드렁한 반응이었다. 바로 레이놀드였다.

'누구냐, 대충 뽑아라.'

그는 심지어 속을 투덜대고 있었다. 그때 공주가 똑바로 그를 쳐다보았다. 레이놀드는 왠지 뜨끔했어도 침착한 표정을 유지했다.

"고민 끝에 전 커다란 용기를 보여 주신 레이놀드 경으로 결정했어요."

"허?"

레이놀드는 처음에 공주가 말하는 레이놀드가 자신이 아닌 다른 사람인 줄 알았다. 아마도 레이놀드란 사람이 또 있는 모양이리라. 그런데 웬일인지 수많은 기사들이 시선이 자신에게 향했다. 그리고 옆에 있던 아리엘은 기사들의 시선에 의아한 표정으로 그를 잠시 쳐다보다 곧 놀란 표정을 지으며 눈동자가 커졌다. 레이놀드는 깨달았다,

'그 레이놀드가 이 레이놀드군.'

그는 재빨리 면갑을 들어 올리고 아리엘을 향해 소리쳤다.

"아리엘! 따로 속일 생각은 없었……."

그러나 레이놀드는 끝까지 말하지 못했다. 기사들 사이에서 함성이 터지며 그를 마구 단상으로 잡아끌었기 때문이다.

"하하하하! 축하하네. 젊은이!"

"이런 운 좋은 녀석!"

"부럽습니다! 공주님에게 뽀뽀를 받다니."

"평생 씻지 마십쇼."

끌려가면서도 그는 다급하게 고개를 돌려 아리엘을 쳐다봤다. 그녀는 당황을 벗어나지 못한 듯, 또 옛날처럼 놀란 토끼 눈으로 레이놀드를 쳐다보고 있었다.

'이런, 내가 일부러 속였다고 생각하면 어쩌지?'

그는 당황이 잔뜩 묻은 표정으로 앞으로 나아갔다. 그러다 지금 사태의 본질에 생각이 미쳤다.

'젠장! 지금 아리엘이 보는 앞에서 공주랑 뽀뽀하게 되는 건가?'

레이놀드는 다시 한 번 애타는 심경으로 뒤를 돌아보았다. 반짝이는 녹색 눈동자는 여전히 그를 바라보고 있었는데 처음처럼 당황한 기색은 아니었다. 다만 무슨 의민지 알 수 없는 묘한 눈빛이었다. 이윽고 레이놀드는 단상 위에 올라 공주와 마주 보게 되자, 고양이처럼 매혹적인 눈빛의 그녀가 레이놀드를 쳐다보았다. 그는 공주가 부끄럼을 타 고개를 숙이고 있으리라 생각했지만 그 붉은 눈동자는 전혀 기죽지 않고 있었다.

"투구를 벗으세요. 레이놀드 경."

"아, 예."

얼결에 대답한 그는 자신의 투구를 벗기 시작했다. 금속 핀을 끄른 레이놀드의 손이 조금 떨리고 있었다.

'와, 이거 진짜 어떻게 하냐.'

지금 뽀뽀를 거절하면 그야말로 무슨 일이 생길지 모른다. 정말 상상할 수도 없는 일이라, 결과를 예측하는 것도 불가능했다.

'그래, 왕자가 내 목을 댕강 잘라 기사들과 공놀이를 해도 놀랄 일이 아니지.'

결국 그는 투구를 벗고 그녀 앞에 섰다. 눈앞에는 아름다운 공주가 있었다. 아리엘이 부드럽고 온화한 느낌이라면, 크리스틴 공주는 총명하고 활기차 보였다. 그녀의 붉은 눈은 끊임없이 무언가를 향해 반짝이는 것 같았다. 레이놀드는 이제 어쩔 수 없다는 심경으로 한쪽 볼을 살며시 공주에게 내밀었다. 그런데 별안간 공주가 갑자기 그의 목에 팔을 휘감았다.

"전하?"

그리고 미처 대비하기도 전에 공주의 입술이 그의 입술을 덮쳤다.

"음!"

그 순간 말할 수 없는 달콤함이 레이놀드를 휩쓸었다. 녹은 설탕 같은 달콤한 향이 코를 파고들었고, 따뜻한 입술이 매끈거리며 그를 짓눌렀다.

"와아아아아!"

공주가 기사에게 생각지도 못한 진한 축하를 해 주자 주변은 열광의 도가니로 빠져들었다.

"이거 원, 그러고 보니 크리스틴도 시집갈 때가 다 되었군."

동생의 대담한 행동을 지켜보던 조프루아 왕자는 설레설레 고개를 저었다.

"음……."

잠시 뒤 둘의 입술이 떨어졌다. 제일 먼저 공주의 상기된 얼굴이 보였다. 주변은 온통 소음으로 가득 찼고, 그녀는 레이놀드만 들릴 정도의 목소리로 속삭였다.

"오빠, 정말 섭섭한걸? 아직도 날 기억 못 하는 거야?"

레이놀드는 공주의 말에 또 한 번 충격을 받았다.

"전, 전하."

"빨리 기억해내지 않으면 화낼지도 몰라."

그러나 혼란에 빠진 레이놀드는 대답도 제대로 하기 힘들었다. 보통의 남자가 그렇듯 그도 미녀의 키스를 받고 지능이 반절 이하로 떨어진 상태였다.

"알겠습니다. 공주 전하."

혼란스러운 목소리로 레이놀드는 대충 대답했다. 그러다 자신이 뭔가 중요한 것을 잊고 있다는 사실을 깨달았다.

'맞다. 아리엘!'

그는 황급히 그녀가 있던 곳을 보았지만, 그곳에 금발의 숙녀는 없었다.

* * *

"젠장!"

레이놀드는 지금 다급히 말을 달리고 있는 와중이었다. 쉽지는
않은 일이었지만, 시상식이 끝나고 다쳤다는 핑계로 빠져나올 수
있었다. 그는 곧장 말을 달려 아리엘을 찾으러 나섰다.

"꼬마야, 혹시 대천사 그림이 그려진 방패를 본 적이 있
니?"

레이놀드는 사방을 돌아다니며 방패가 걸려 있는 여관이나
천막을 살펴보았다. 또는 북부나 하드스톤에서 온 자들을 아
는 사람이 없는지 수소문했다. 그러나 인구 10만에 이르는 이
대도시는 그의 조급한 마음으로 뒤지고 다니기엔 너무 넓은
곳이었다.

"넬, 그녀를 찾는 걸 도와주세요."

"진작 내 말을 들었으면 이런 일 없었잖아."

"그러게요."

"그리고 난 만능이 아냐. 마법 같은 걸 부려서 그 아이를 찾
을 수 없어. 그냥 날아다니는 수밖에. 그거라도 좋아? 찾으면
네게 다시 올게."

"부탁드립니다."

아르디오넬은 작은 뿔로 레이놀드의 투구를 톡 치고는 날아올랐다. 레이놀드는 그 모습을 보고는 다시 부지런히 돌아다녔다. 그러나 애달픈 노력에도 별다른 실마리를 잡을 수 없었다. 게다가 시상식에서 공주의 돌발 행동 때문에 아직도 혼란스러웠다.

'대체 왜 그런 소리를 한 거지.'

그녀의 말대로 뭔가 자신이 잊고 있는지도 몰랐지만 전혀 집히는 구석이 없었다. 입에는 아직 붉은 입술이 남긴 느낌이 남아 있었다. 그러다 그는 공주에 대한 생각을 지워 버리고 자신의 처지에 대해 생각했다.

'나는 왜 그녀를 찾으려고 하는 걸까? 내 멋대로 버리고 왔으면서 이제 와서.'

원래 사랑이란 오락가락하는 감정이다. 레이놀드는 아직도 미숙한 젊은이라 자신의 변덕스러운 태도에 혼란을 느끼고 있었다. 원래는 에이드리에 대한 죄책감, 스랭도르 대영주의 정체에 대한 충격 등이 겹쳐 그녀를 매몰차게 대했지만, 그는 자신의 마음을 과소평가하고 있었다. 그저 냉정하게 버리고 가면 모든 게 뜻대로 될 줄 알았는데. 마음이란 녀석이 혼자 애달픔에 물들어 지금껏 그를 괴롭혀 왔다. 그리고 마치 운명처럼 그 녹색 눈을 다시 보게 되었을 때 눌러놨던 감정이 폭발하고 만 것이다. 이젠 더는 자신을 기만하는 건 무리였다.

'어떻게 될지 모르겠지만 일단 미안했다고 해 봐야겠군. 그

리고 혹시라도 공주와의 일을 오해하지 않도록 잘 말하자.'

 그렇게 모든 걸 인정하자 치밀어 오르는 부끄러움과 자기혐오가 그를 괴롭혔지만, 한편으로는 놀랄 만큼 평안해졌다. 이제 그녀를 만나면 무슨 말을 해야 할지 알게 된 것이다. 그러나 이미 해가 지고 있었다. 밤이 되면 밖에 걸려 있는 방패 문양을 확인하기 힘들어진다. 게다가 어쩌면 그녀는 이미 시합이 끝나자마자 수도를 빠져나갔을 수도 있다. 시간은 계속 갔고 점점 희망이 없어져 갔다. 아무리 새로운 다짐을 했어도 만나지 못하면 공염불이다.

 어느덧 주위가 어두워졌다. 말도 지친데다 사람도 지쳤다. 레이놀드와 군마는 터덜터덜 어딘지도 모르는 골목길을 걸어갔다.

 '이대로 끝나는 건가.'

 안타까움이 밀려와 그는 고개를 숙인 채 아무 목적 없이 말을 걷게 했다. 군마는 주인을 태우고 정처 없이 돌아다녔다. 그러다 레이놀드가 정신을 차렸을 땐 대성당에 도착해 있었다. 그는 말의 목을 쓰다듬으며 살짝 웃음 지었다.

 "기도라도 하라는 거야?"

 허탈하게 웃던 중 이제는 정말 기도밖에 없다는 것을 깨달았다. 그는 잠시 대성당을 올려다보다가 어두컴컴하고 거대한 건물의 모습에 매료되었다. 갑자기 종교적인 감동에 빠진 그는 익숙하지 않은 일임에도 나직한 목소리로 기도를 읊조렸다.

"신이시여. 부디 아리엘을 찾을 수 있게……."

그는 눈을 감고 정성껏 기도했다. 그리고 눈을 뜰 무렵이 돼서는 혹시나 그녀가 눈앞에 있지 않을까 묘한 기대를 하게 되었다. 하지만 주위에는 아리엘은커녕 금발의 아가씨도 하나 보이지 않았다. 온통 축제를 즐기고 있는 수도 사람들뿐이었다. 레이놀드는 나직하게 한숨을 내쉬었다.

'하긴, 내가 신이라도 생판 모른 척하다가 갑자기 빌면 안 들어 주겠지.'

그는 이제 슬슬 마음을 접고는 숙소로 돌아갈 생각을 하게 되었다. 땀도 많이 났고 너무나 피곤하고 지쳤다. 레이놀드는 말머리를 돌리면서 마지막으로 거대한 성당을 한 번 더 힐끔 봤다. 그런데 갑자기 잊고 있던 것이 생각났다.

'저, 혹시 수도에 가보셨나요?'

전날 쌓인 눈이 보석처럼 반짝이던 어느 날, 그녀가 레이놀드에게 그렇게 물었었다.

'수도는 엄청 큰 곳이라 대성당이 무려 세 개나 있다고 하더라요. 그중에 도시 동쪽에 있는 게 라테라노 대성당인데, 그 앞에 작은 연못이 있다고 해요. 이름은 웰튼 연못이고요.'

머뭇거리며 힘겹게 말하던 그녀의 모습이 선명하게 기억났다.

'아무튼, 그 앞에서 소원을 빈 연인은 영원히 사랑하게 된다는 그런 이야기가 있어요.'

그리고 붉어진 그녀의 볼, 마치 하얀 눈 위에 포도주를 쏟은 것처럼 보였다.

'아, 뭐 언젠가는 한번 가 보고 싶다고요, 호호호. 너무 쓸데없는 얘기를 했나요?'

레이놀드는 즉각 지나가던 남자를 잡고 물었다.

"이보게. 이 대성당의 이름이 뭔가?"

남자는 그것도 모르냐는 표정으로 말했다.

"조바넬리 대성당입니다요. 나리."

"그럼 라테라노 대성당이 어디인지 아나?"

"이쪽 대로를 따라 쭉 가시면 됩니다. 하얀 석재로 만든 큰 건물이라 금방 눈에 띄실 겁니다요."

"고맙네."

레이놀드는 은화를 하나 꺼내 그에게 던지고 말을 움직였다. 뒤에서 깜짝 놀란 남자가 소리치는 게 들려왔다.

"좋은 밤 되십시오!"

"그래, 부디 좋은 밤이 됐으면 좋겠군."

그는 도로를 따라 바람같이 말을 달려 나갔다.

아리엘은 인공 연못 근처에 앉아 수면을 바라보고 있었다. 184센티미터의 훤칠한 키에 철판갑옷을 입고 있는 그녀는 영락없이 사내로 보였다. 축제 이후 수도에는 기사들로 넘쳐 났기에 사람들은 연못 근처에서 하릴없이 쉬고 있는 그녀에 대해 아무도 신경 쓰지 않았다.

'다 잊었다고 생각했는데.'

그녀는 심란한 마음으로 고개를 숙였다. 부정하고 싶었으나 자신이 그 순간 가슴을 찌르는 아픔을 느꼈다는 건 사실이었다. 약혼자였던 그의 입술에 공주가 키스하는 순간 아리엘의 얼굴은 파리해졌다. 견디지 못한 그녀는 황급히 자리를 피해야 했다. 심장이 두근거리는데다 현기증까지 났다.

'나는 조금도 잊지 않았구나.'

다시 한숨을 내쉰 그녀는 자신의 경박함을 탓했다. 자기 자신도 왜 그렇게 빨리 마음이 가 버린 건지 이해하기 힘들었다. 정말 한때는 어떤 마법의 힘이 강제적으로 자신을 사로잡은 게 아닌가 걱정할 정도였다. 하지만 그게 변명임을 알아채는 데는 얼마 걸리지 않았다. 돌아보면 처음 만난 순간부터 아리엘은 그가 좋았다. 그는 무슨 시합을 하고 있었는데, 상대를 찾지 못하고 난처해하는 중이었다.

그 모습을 흥미롭게 지켜보던 아리엘은 혹시라도 자신에게 부탁하면 어떻게 할까라는 상상을 해 보았다. 그런데 정말 그가 자신에게 다가와 놀라서 가슴이 뛰었다. 그리고 시합이 끝나자마자 얼굴이 붉어져 몰래 도망가야 했다. 따르던 기사들은 이름이라도 물어보라고 했지만 그녀는 자신의 태도에 당황하며 고개를 내저었다.

고상해야 할 숙녀로서 처음 본 남자의 팔에 안길 때 느꼈던 즐거움을 어떻게 받아들여야 할지 알 수 없었던 까닭이다. 그 뒤, 하드스톤에서 벌어졌던 전투에서 그가 자신을 구했을 때 그녀는 처음 운명이란 것에 대해 생각해 보았다. 아리엘은 그와 함께 성으로 돌아오는 길에 자신의 두근거리는 심장 소리가 들리지 않길 간절히 기도했다.

'그땐 정말······.'

잠시 옛날 일을 생각하며 그녀는 조용히 미소 지었다. 그의 이름은 레이놀드 블랙우드였다. 훤칠하고 잘 생긴 미남이었다. 연회가 벌어졌을 때 그가 옆자리로 와서 앉자 얼마나 기뻤는지 모른다. 그리고 아버지가 약혼을 발표했을 때 당황해서 도망가 버렸지만 돌아보니 싫지 않았던 것 같다. 그러나 아리엘은 그를 꺼렸다. 다른 이유가 있던 건 아니고 오래 꿈꿔온 자신의 꿈 때문이었다.

그건 바로 기사가 되는 꿈.

다음 날 레이놀드와 식사를 하게 되었을 때 고민 끝에 그녀는 종자로 받아 달라고 말했다. 그렇게 한다면 그와 같이 있을 수도 있고 기사가 될 수도 있다는 생각에서였다. 그리고 예상은 했지만 딱 잘라 거절당했다.

'좀 야속하긴 했는데······.'

그 뒤로, 그와 관계된 일들은 엄청나게 그녀의 마음을 흔들었다. 아버지 앞에서 자신을 혼냈을 때는 더없이 미웠다. 또 정표를 쥐여 주고 떠나보냈을 때는 마음이 아렸고, 패전 소식을 들었을 때 숨이 멎을 뻔했다.

그리고 기다림.

'그 사람은 모르겠지. 살아 있다는 소식을 듣고 겨우내 애타게 기다렸단 걸.'

그녀는 다시 한숨을 내쉬었다. 벌써 밤이 깊어가고 있었다. 슬슬 자리에서 일어나야 할 때다. 그러나 과거란 미련이 아직 다리를 붙잡고 있어서 아리엘은 좀 더 회상에 빠지기로 했다. 그녀는 곧 거리가 반짝이는 눈들로 가득했던 기사 서임식을 떠올렸다. 그날 모든 의식이 끝나고 그녀는 고백과도 비슷한 것을 했다. 얼마나 큰 기대와 떨림을 안고 말을 꺼냈는지 모른다. 원래 분별 있는 숙녀라면 먼저 남자에게 고백해서는 안 되는 법이었다. 그렇지만 아리엘은 여성이라는 굴레가 만드는 고정관념이 자신이 내릴 결심조차 방해하는 그런 관습이 싫었다. 직접 그에게 자신의 마음을 들려주고 싶었다. 물론 타고난 부끄럼 때문에 빙빙 돌려 말하긴 했지만 말이다.

'날 천박한 여자로 봤을지도.'

그리고 그날의 일은 이제 그녀가 평생 가장 후회하는 것이 되었다. 성으로 돌아와 자신의 경솔함을 얼마나 자책했는지 모른다. 레이놀드는 더는 그녀를 찾아오지 않았고 아리엘은 조용히 자신의 방에 앉아서 그와 관련된 짧은 기억들을 정리했다. 그러나 오늘 일로 아직도 자신이 아픔을 벗어나려면 많은 시간이 필요한 것을 깨달았을 뿐이다. 아리엘은 연못의 물결을 계속 조용히 바라봤다.

'나는 무엇을 기대하고 여기에 있는 걸까.'

어쩌면 기억해 주길 바라는 것일 수도 있었다. 언젠가 그에게 이곳에 같이 오고 싶다고 말했었다. 그가 자신이 용기 낸 한 마디를 소중하게 기억해 줬으면 좋겠다고 생각했던 것 같았다. 그러나 레이놀드는 오지 않았다.

'나는 그에게 아무것도 아니었나.'

생각해 보면 둘은 만남은 아주 짧았다. 그 시간 동안 특별한 의미들이 생겨나지 않더라도 그를 원망할 수 없다. 그저 혼자 애태우고 혼자 설레던 게 바보 같을 뿐이다.

'이제 일어나자.'

아리엘은 모든 감정의 폭풍을 이 고요한 연못 안에 갈무리하기로 했다. 아주 작은 눈물 한 방울이 하얀 볼 위를 타고 흘러내렸고, 레이놀드가 묶어 준 투구덮개에 떨어졌다. 그녀는 자리에서 일어났다. 그리고 자신의 군마에게 다가갔다.

그런데 그때.

뒤에서 그가 소리쳤다.

"아리엘!"

*　　　*　　　*

레이놀드는 말에서 뛰듯 내려서 막 떠나려는 그녀에게 달려

갔다. 아리엘은 놀란 눈으로 그를 보았다.

"여긴 어떻게?"

"허억, 헉, 헉."

그는 아직도 땀에 절고 시합의 흙먼지가 묻은 채였다.

"언젠가 얘기하셨잖아요, 이 연못에 대해."

"네, 그랬죠."

그녀는 아련하게 그날의 기억을 떠올렸다. 그리고 울컥 화가 났다. 대체 이 남자 때문에 얼마나 속이 상했던가, 그런데 이제 와서 뜬금없이 과거 이야기를 하며 왜 다시 다가오는 것일까? 알 수 없는 게 여심이라고 했다. 아리엘은 방금까지 그를 기다렸음에도 막상 레이놀드를 보니깐 화가 치밀어 올랐다. 누군가 이런 그녀를 보면 변덕스럽다 할지 몰랐지만 사실 아리엘은 단순히 서운함이 폭발한 것이었다.

그녀는 사늘한 어투로 쏘아붙였다.

"그런데 그게 어쨌는데요. 전 특별히 여기서 당신을 기다린 게 아니에요."

레이놀드는 갑자기 변한 아리엘의 태도에 당황하긴 했지만 이해는 갔다. 그렇게 매정한 소리를 들었는데 이제 와서 오랜만이에요 하면서 웃는 여자는 없을 것이다.

"죄송합니다. 그래도 이렇게 가버리진 마세요. 할 얘기가 많습니다."

레이놀드는 최대한 정중하고 말했다. 그러나 아직은 그녀의 태도는 풀릴 생각이 없는 것 같았다.

"저는 경과 할 얘기가 없어요."

"부탁입니다."

급기야 레이놀드는 한쪽 무릎을 꿇었다. 기사가 숙녀에게 한쪽 무릎을 꿇는 건 부끄러움이 아니다. 결국 아리엘은 그 모습에 태도를 바꿨다. 그녀는 모질지 못한 사람이다. 황급히 레이놀드를 일으켰다.

"저는 숙녀이자 기사예요. 그러니 제게 함부로 무릎을 꿇지 마세요. 좋아요. 저는 누구처럼 차갑게 말하는 성격은 아니라서 일단 이야기나 들어 보죠."

그녀는 '차갑게'를 강조했다. 분명히 기사 서임식 날 어지간히 섭섭했던 게 틀림없었다. 레이놀드는 그녀의 태도를 보며 조심스럽게 이야기를 꺼냈다. 이미 모든 걸 말할 각오를 한 상태다. 그는 어떻게 말을 해야 좋을까 하다가 결국 결심한 대로 하기로 했다. 말을 타고 아리엘을 찾아다니며 생각한 건데, 구구절절 돌려 말해 봐야 소용없을 것 같다는 생각이 들었다.

"죄송합니다. 그때는 제 본심이 아니었어요. 그 후로 계속 마음이 아팠습니다. 제 잘못된 행동에는 이유가 있었습니다. 물론 그중에 제 비겁함도 포함된 건 부인하지 않겠습니다만, 맹세컨대 당신에게 그렇게 나쁘게 말할 생각이 없었습니다. 제가 잘못했습니다."

그렇게 말한 레이놀드는 고개를 푹 숙여 사죄했다. 정말 솔직한 사과로, 남자의 권위가 압도적인 이 사회에서 그처럼 사과할 인물은 거의 없을 것이다. 아직 좀 더 화를 내려 했던 아리엘조차 상대방의 태도에 조금 당황했다.

"쉽게 용서하시기 어렵다는 것을 압니다. 그렇지만 꼭 당신에게 하고 싶은 말이 있습니다."

갑자기 아리엘은 가슴이 콩닥콩닥 뛰기 시작했다. 이 남자는 대체 또 무슨 소리를 하려는 걸까. 그가 자신을 또 바보로 만들어 버릴까 걱정스러웠다. 레이놀드는 그녀의 눈을 보고 자신의 마음을 다시 돌아봤다. 이제는 자신을 기만하는 데 질려 버렸다. 모든 걸 솔직히 얘기하고 싶었다.

그는 어렵게 입을 뗐다.

"당신을 진심으로 좋아합니다."

"……."

침묵이 주위에 보드랍게 내려 앉았다. 아리엘은 그가 입을 연 순간 무슨 소리를 할지 알아챘다. 그러나 막상 그 이야기를 직접 듣자 가슴속에 파문이 일었다. 생전 처음으로 누군가 자신의 마음을 쿵쿵쿵 두드린 것 같은 느낌을 받았다. 좀 더 자존심을 세워 보고 싶었지만 그러기엔 그녀의 마음이 여렸다. 서러웠던 게 다시 생각나며 뺨을 타고 눈물이 흘렀다.

"기다렸단 말이에요."

아리엘은 기어들어가는 목소리로 속삭였다.

"내가 잘못해서 당신을 화난 게 만든 것 같아서."

솔직해지자 감정이 격해졌다.

"내가 뭘 잘못해서 그렇게 차갑게 대하는 것 같아서 사과하려고 했었어요. 그런데 다시 당신에게 먼저 다가가는 건 정숙하지 못한 행동이니깐. 기다리기로……."

울음소리가 더 커졌다. 레이놀드는 당황했지만, 손수건을 꺼냈다. 그리고 아리엘의 투구를 벗기고는 눈물을 닦아주었다. 처음엔 그녀는 손을 뿌리쳤지만 이내 순순히 받아들였다.

"먼저 당신에게 내 마음을 보여 준 것에 화가 났을지도 모른다고 생각했어요. 그래서 숙녀답게 기다리고 있으면 언젠가는 와줄 줄 알았어요. 화가 풀리면 날 보러 오겠지. 그러면 잘못했다고 사과해야지. 그런데 일주일이 지나고 이 주일이 지나도 오지도 않고! 편지도 한 통 없고!"

그녀는 애써 눈물을 참았지만 찡그린 눈 사이로 마치 월장석만큼 큰 물방울이 떨어져 내렸다. 레이놀드는 그 모든 걸 지켜보는 것조차 힘이 들었다.

'내가 이 순진한 아가씨에게 매정했구나.'

후회가 파도처럼 밀려들었다. 미숙한 행동이 어린 그녀의 마음에 큰 상처를 남긴 것 같았다.

"얼마나, 얼마나 기다렸는데! 그런데 당신은 처음부터 모든 게 없었던 것처럼 남부로 떠나 버리고!"

그녀는 눈물 젖은 눈동자로 화를 냈다. 레이놀드는 그 녹색 눈동자가 분노로 물든 걸 처음 보았다. 아리엘은 쇠장갑을 낀 손으로 그의 흉갑을 때렸다.

콰! 캉! 캉!

레이놀드는 가만히 아리엘을 껴안았다. 그녀는 잠시 앙탈을 부렸으나 곧 가만히 안겨 눈물만 흘렸다. 사실 이 시대 귀족들의 만남이란 게 이름만 듣고 결혼하는 경우가 대부분으로, 결혼 전에 서로 알 기회란 거의 부여되지 않는다. 그런 배경에서 한 번도 가족 외의 남자랑 친분을 나눌 기회가 없던 그녀가 처음으로 같이 식사를 하고, 결투를 벌이고, 같은 전쟁터에 섰던 사람을 특별하게 생각하는 건 어쩌면 당연한 일일지도 모른다. 그런데 그런 남자가 갑자기 냉정하게 자신을 버리고 떠나 그녀는 마음고생을 많이 했다.

"죄송합니다. 앞으로 속상하게 하지 않겠습니다."

그러나 젖은 녹색 눈동자가 그를 쳐다봤다. 그녀의 눈빛에서 두려움이 느껴졌다.

"이제 다시 당신을 믿을 수 있을까요? 전 두 번 상처 받고 싶지 않아요."

"약속합니다. 다시는 멋대로 행동하지 않을게요."

그러자 그녀는 대답하지 않았다. 이제 울음이 그쳤지만, 레이놀드를 껴안은 채 가만히 있었다.

"아리엘."

그의 부름에 아리엘은 대답 대신 그날의 이유를 물었다.

"왜 그랬어요?"

레이놀드는 잠시 고민을 하다 일단 에이드리에 관한 것부터 시작했다. 긴 이야기였지만 차근차근 풀어냈다.

"늘 여기저기 쏘다니길 좋아하던 아이였어요. 친근한 성격이라 영주의 딸임에도 자유민들과 허물없이 지냈었죠."

아리엘은 묵묵히 들어 주었다. 그리고 얘기는 어느덧 사냥터의 밤으로 향했다. 그는 자신을 유혹하는 에이드리의 모습을 떠올렸다.

"모든 게 고마웠습니다. 그래서 여동생 정도로 생각하던 그녀를 사랑하게 됐습니다."

아리엘은 그가 자신의 전에 다른 여자를 알았다는데 아픔을 느꼈지만, 이름밖에 모르는 그 귀족 소녀가 냈던 용기에 감탄했다.

"우리는 미래를 약속했습니다. 그런데 그날 끔찍한 일이 일어났죠."

그건 한 번도 아리엘에게 말한 적 없는 이야기다. 그녀뿐 아니라 누구에게도 이렇게 자세히 말했던 적은 없었다. 레이놀드는 고통 때문이 일부러 헝클어 놓았던 기억의 파편을 조심스럽게 다시 모았다. 그것은 깨진 유리 조각 같았기에 마음을 아프게 찔러왔다.

"마차가 뒤집어지고도 계속 싸워야 했어요."

생각보다 이야기를 꺼내는 건 고통스러웠다. 그는 거칠게 숨을 몰아쉬었다. 마치 가슴을 무언가가 쑤시는 것 같았다. 슬픈 과거는 마치 몸속에 박힌 창날 같아서, 시간이 새살처럼 돋아났지만 그의 내면의 고통을 막아주지 못했다.

"아……."

그리고 얼굴의 흉터가 불타는 것처럼 아려왔다. 우름포프가 남긴 상처가 다시 벌어지는 것 같았다. 그리고 그녀가 죽는 장면이 떠오르자 손이 덜덜 떨렸다. 확실히 과거의 사건은 이 젊은 영주에게 지나친 상처를 남겨 놓았다. 얘기를 꺼내놓는 것만으로도 숨 쉬는 게 답답해져 온다.

"그만하세요."

결국 보다 못한 아리엘이 바짝 다가서서는 레이놀드의 쇠장갑을 벗기더니 자신도 쇠장갑을 벗었다. 그러자 그녀의 손이 주는 따뜻함이 느껴졌다. 손가락이 길고 섬세했지만, 거친 손이었다. 망치를 얼마나 휘둘렀던지 굳은살이 잔뜩 박여 있었다. 하지만 레이놀드는 그 손에서 말할 수 없는 위로를 받았다.

"당신에게는 모든 걸 말해 드리겠습니다."

"아니에요. 괜찮아요. 아직 레이놀드 님에 대해 모르는 것 투성이지만 그래도 뭔가를 알 것 같아요."

잠시 둘은 손을 잡은 채 말없이 있었다. 그러다 아리엘이 조용히 입을 열었다.

"언젠가는 그 이야기, 다 들어야겠어요. 그것뿐이 아니라 레이놀드 님의 모든 사소한 일들 하나하나까지 다 알아야 해요. 하지만 지금은 괜찮아요."

그는 어느새 따뜻하게 변한 그녀의 커다란 눈망울을 쳐다봤다. 아리엘에게 아직 스랭도르 경에 대한 이야기도 하지 못했다. 하지만 도저히 지금 그 이야기를 꺼낼 용기가 나지 않았고 그저 안타까움을 담아 그녀의 이름을 불러 보았다.

"아리엘."

"시간이 지나면 우린 더 많은 이야기를 할 수 있을 거예요. 그때까지 어두운 이야기는 미뤄 버려요."

결국 레이놀드는 고개를 끄덕였다. 에이드리와 스랭도르에 관한 이야기는 아직 마음속으로 간직하기로 했다.

"레이놀드 경."

그녀는 결심한 듯한 표정을 짓더니 용기를 내서 물었다.

"우리의 약혼은 유효한 건가요? 부모님이나 가문의 규칙에 의해 정당하게 설립했는지 따지는 게 아니에요. 당신 마음속에서 아직 유효하나요?"

"물론입니다."

레이놀드는 확고하게 답하자 아리엘의 얼굴에 기쁨이 번져 갔다. 그녀는 붉어진 얼굴로 우물쭈물했다.

"아까 절 좋아하신다고 하셨죠?"

"네, 진심입니다."

아리엘은 살짝 입술을 깨물더니 그와 눈을 마주쳤다. 그날 따라 밝은 달빛이 그녀의 눈 안에서 빛났다. 달을 머금은 그 눈빛이 마구 흔들리더니 그녀는 조용히 속삭였다.

"저도…… 당신을 좋아해요……."

아리엘은 대답을 듣지 않고 그의 입술에 키스했다. 숙녀의 예절 같은 건 이제 그녀에게 어떤 죄책감과 두려움도 느끼게 하지 못했다. 아리엘이 기사가 된 순간 그녀는 자신을 옭아매는 관습과 예절에서 벗어난 것이다.

"음……."

둘은 그대로 설명하기 힘든 느낌에 빠져들었다. 레이놀드는 정열적으로 매혹적인 입술을 만끽했다. 아리엘은 마음을 뺏긴 상대에게서만 받을 수 있는 충만하고 따뜻한 감정에 기쁨을 얻었다. 그렇게 길고 긴 키스가 끝나자 그녀는 부끄럽다는 듯 말했다.

"이제 다른 여자와 키스하지 마세요."

"네."

레이놀드와 아리엘은 동시에 미소 지었다. 그리고 이제 둘 사이에서 사랑이 행복하게 개화했다.

멀리서 그들을 지켜보는 눈이 있었다.

"원 참, 그렇게 들러붙을 거면 첨부터 그랬으면 됐잖아. 하여간 젊은 녀석들이란 복잡하다니깐. 킥킥킥."

그 존재는 오색빛 정령용인 아르디오넬이었다. 그녀는 아까부터 대성당의 가고일상 위에 앉아 흥미진진하게 둘을 지켜봤다. 중간에 아리엘이 소리를 지르자 꽤 맘을 졸이며 걱정했는데, 다행히 잘 풀린 것 같았다. 원래 그녀의 관점으로는 인간 남녀가 입술 박치기를 하면 둘의 사이가 매우 좋다는 것을 의미했다. 그러다 문득 자신의 과거에 있었던 어떤 남자에 대해 떠올렸다. 그리움과 걷잡을 수 없는 향수가 밀려들었다. 갑자기 가슴 한편이 휑한 것 같다는 착각도 들었다.

"오늘은 왠지 아리엘 저 아이가 부러운데."

아르디오넬은 한숨 섞인 투로 말했지만 두 젊은 남녀를 따뜻한 눈빛으로 쳐다보았다. 그러다 문득 그녀는 붉은 눈을 가진 공주가 떠올랐다. 별생각 없이 시상식을 지켜보던 아르디오넬도 갑자기 공주가 레이놀드에게 진한 키스를 해 오자 당황하고 말았다.

'공주는 무슨 의도일까? 분명히 나쁜 아이는 아닌데. 도통 알 수가 없네.'

작은 용은 고민스러운 기색으로 요리조리 머리를 굴리기 시작했다.

*   *   *

다음 날, 아리엘은 하드스톤으로 떠났다. 레이놀드는 말을 타고 그녀를 멀리까지 배웅하러 갔다. 하드스톤의 가신들은 젊은 영주를 알아봤고 친절하게 대해 줬다. 그들은 레이놀드와 아리엘의 사이가 한 번 틀어졌던 걸 모르는 탓에 웃으며 둘이 언제 결혼하게 되냐고 물어 왔다. 그가 남부에서의 전투와 하드스톤의 재건이 마무리되면 신부를 데리러 가겠다고 하자 주위의 기사들이 환호했다. 특히 사연이 많아 보이는 노기사는 살짝 눈물까지 보였다.

"내 생전에 아가씨가 결혼하는 걸 보다니."

"윌리엄 경, 부끄러우니 그만하세요."

그래도 그녀는 기쁜 듯 잔잔하게 웃고 있었다. 투구를 쓰지 않아 찰랑거리는 금발은 예전보다 조금 자랐는데, 레이놀드는 둘의 결혼식까지 머리를 길러 달라고 요청했다. 그러자 아리엘은 "당신을 위해 기꺼이."라고 대답하고는, 그의 볼에 키스를 하며 작별의 인사를 해 왔다.

"다시 만날 때까지 설레는 마음으로 기다리고 있을게요."

"영광입니다. 저도 신부를 데리러 가는 그날을 고대하고 있겠습니다."

"저, 바쁘시겠지만 편지 많이 해 주실래요? 경의 소식을 계속 듣고 싶어요."

아리엘의 부탁에 그는 재치 있게 대답했다.

"물론입니다. 이제 검뿐 아니라 제 펜에도 신경을 쓰겠습니다."

그녀는 맑게 웃고는 가방에서 무언가를 꺼내 건넸다.

"이건."

"정표예요. 언젠가 누가 절 속상하게 만든 것이지만."

그건 레이놀드가 기사 서임식 날 돌려준 아리엘의 단검이었다.

"죄송했습니다."

"이제 다시는 돌려받지 않을 거예요."

단호하게 말한 그녀는 따뜻한 시선으로 그를 쳐다봤다. 아리엘의 눈동자에 담겨 있는 다정함에 레이놀드의 마음은 가득 찼고, 그는 지금 자신의 처지를 왕과도 바꾸고 싶지 않다는 생각을 했다.

"다치시면 안 돼요."

"알겠습니다. 아가씨도 건강하시고요."

"네."

둘은 아쉬움 가득한 눈빛으로 서로에게 작별을 고했다. 레이놀드는 섭섭한 기분에 떠나가는 그녀의 뒷모습을 오랫동안 보고 있었다.

'언제 또 다시 만날 수 있을까.'

귀족의 삶이 다 그렇듯 남녀가 원하는 만큼 함께 있으려면 혼인밖에 방법이 없었다. 결혼만 하면 둘은 매일 한 목욕통에 들어가 포도주를 마시며 수다를 떨고, 잠자리에 들기 전 상대방의 머릿수건을 묶어줄 수 있을 것이다. 그는 곧 다가올 그런 달콤한 일을 생각하며 내년 봄의 전쟁이 빨리 끝났으면 했다. 레이놀드는 아버지의 복수를 하고 남부의 일을 대충 마무리 지으면 북부로 돌아가 아리엘과 결혼하고 레드포레스트의 일을 처리할 생각이었다.

'그래, 다 잘 될 거야. 모든 게 예상한 범위 안에 있어. 마치 운명이 나의 편 같군.'

레이놀드는 자신을 둘러싼 일련의 사건 속에서 승리를 확신했다. 그는 애써 그렇게 우울한 기분을 달랬다. 마음 같아서는 당장 저 하드스톤의 행렬을 따라잡고 싶었다. 그때 가만히 있던 아르디오넬이 뜬금없는 얘기를 꺼냈다.

"근데 쟤는 키가 왜 저리 크니?"

"아리엘이요?"

"어. 너랑 거의 똑같던데."

"원래 북부 여자들이 껑충하니 크잖아요."

"그래도 저 정도는 아니지. 자고로 말이야. 여자는 품에 쏙 들어오는 맛이 있어야지. 남자 품에 안겨서 얼굴을 비비적거리면서 아양 부리는 게 최고지."

"저…… 무슨 본인이 남자인 것처럼 말씀하시고 그러세요."

"아니 뭐, 나중에 혹시라도 차이면 이 귀여운 누나로 어떠냐 말이지. 누나는 품에 쏙 들어올 만큼 작잖니."

"거절합니다."

"뭐? 너 지금 무슨 반응을 보이고 있는 거야?"

"들으신 대로입니다만?"

"세상에! 지금 이름 높은 미녀의 제안을 그딴 식으로 대답하다니! 그래도 왕년엔 이 몸과 결혼하겠다고 다투던 애들이 한 둘이 아니었다니깐."

대답 대신 레이놀드는 갑자기 말을 달려 나갔다. 덕분에 아르디오넬은 짧은 비명과 함께 그의 어깨에서 굴러떨어졌다.

"야 너 거기 안 서!"

뒤에서 도대체 몇 살인지 알 수 없는 정령용 아르디오넬의 비명이 들려왔다. 레이놀드는 아리엘이 가 버리자 꽤 울적한 기분이었는데, 그녀 덕분에 금세 마음이 풀어졌다.

여관으로 돌아오자 필라보가 급하게 달려와 왕성에서 초대장이 왔다는 사실을 전했다. 내용은 왕자 조프루아가 레이놀드와 정령용인 아르디오넬을 저녁 식사에 초대한다는 것이었다. 레이놀드는 이제 자신에게 정치적으로 중요한 순간이 왔음을 깨달았다. 그러나 이미 수도로 오기 전 이에 관한 고민을 끝냈다. 그는 불의 힘이 필요했고 그러기 위해서는 왕자의 도움이 절실했다.

레이놀드는 마음을 굳힌 뒤 왕성 아르테니온으로 나아가 왕자와 독대를 하였다. 그들의 만남은 환담이 오고 갔다. 레이놀드는 어린 시절 왕자의 검술 스승이었던 아버지를 따라 왕성에 왔던 기억을 꺼냈다. 그리고 둘은 언젠가 짧게나마 마주쳤던 적이 있었음을 기억해냈다. 서로가 마음에 들던 차에 작은 추억까지 더해지자 분위기가 더 좋아졌다. 결국 그 자리에서 레이놀드는 왕자의 검이 되겠다고 맹세했다. 그리고 훌륭한 기사를 얻게 돼 감격한 조프루아 왕자는 레이놀드를 자신의 제자로 삼아 정령용에게서 불을 일으키는 기술을 가르쳐 주겠다고 약속했다.

그 후 레이놀드는 아버지인 메이산 경의 죽음에 대해서도 털어놓았다. 메이산 경이 왕자와 대주교 사이를 중재하려 했다는 사실과 이 때문에 대영주 캉브레에게 독살당했다는 내용을 처음 들은 왕자가 대경한 건 말할 것도 없다. 그는 존경하던 스승의 죽음에 자신의 술잔을 부술 정도로 성을 냈다. 결국 그는 복수를 위해 레이놀드와 '검의 맹세'를 했다. 검의 맹세는 신성한 것으로 맹세한 자들의 사이가 원수가 되더라도 그들의 맹약을 위해서는 협력해야 한다. 레이놀드로서는 든든한 조력자를 얻은 셈이었다. 이제 복수를 위한 발판을 하나 더 마련한 그는 겨우내 왕궁 아르테니온에서 머물려 왕자에게 가르침을 받기로 했다.

3장
산사나무 꽃과 마가목 꽃

우리는 '제자리에서 장기적으로 체류하는 것은 젊은 기사를 창피하게 만든다.' 는 말을 통해 당대 기사들의 삶을 엿볼 수 있다. 그들은 활기 넘치는 시절에 유랑하고, 마상시합을 전전하며, 때때로 전쟁을 준비하는 소집군주 아래 들어가 무용을 뽐냈다. 사실 이런 일련의 절차들이 그들의 실적과 승진을 위한 노력이었다. 전쟁에서 공을 세우거나 마상시합에서 우승하고 또는 도적기사를 격퇴하는 자에게는 유력한 귀족들의 관심이 쏟아졌고, 그들은 아름답고 잘 교육받은 숙녀를 아내로 삼을 수 있었다. 그리고 강력한 세력을 가진 아버지를 둔 그녀들은 남편의 신분을 비약적으로 상승시켰다.

레이놀드의 숙소는 왕자궁과 가까운 곳에 있었는데, 아침 일찍 그곳을 찾는 걸로 일과를 시작했다. 황송하게도 왕자는 언제나 일찍부터 수련을 하며 그를 기다리고 있었다. 사람들은 조프루아 왕자를 보고 괴물과 같이 강한 자라고만 생각하는데 그 이면에는 다 그만한 노력이 있는 법이다.

"레이놀드."

"네, 스승님."

왕자와 사제 관계를 맺은 후 그는 전하란 호칭을 버리고 스승님이라 불렀다. 그리고 왕자가 자신을 하대하도록 청했다.

"지금부터 널 가르칠 방법은 왕가의 비밀스러운 전승 지식들이다. 절대로 누설하지 말아야 한다. 맹세할 수 있겠나?"

"네, 맹세하겠습니다."

"좋다. 그럼 일단 제일 먼저 해야 할 일은 네 몸 안의 오러가 화염에 익숙해지도록 하는 것이다. 그리고 스스로 화염을 익숙하게 느끼도록 해야 한다."

그렇게 말한 스승은 그를 왕성 깊은 곳 어딘가로 데려갔다. 그곳은 드래고닉 오러를 사용 가능하게 된 왕족들이 화염용을 다루는 기술을 익히는 장소였다.

"스승님, 그런데 이 기술을 익혀도 용이 없으면 소용이 없잖습니까? 스승님께서는 발란티르를 어떻게 얻으셨습니까?"

"발란티르는 가문에 계속 내려오는 정령용이야. 고맙게도 수백 년간 도를레앙 왕가를 위해 봉사하고 있지. 그리고 전설에는 발란티르가 떠나는 순간 왕가가 끝이 다가온 것이라고 하더군."

"그렇군요."

이윽고 왕자가 그를 데려간 곳은 아무런 장식도 없는 석재 방이었다. 그런데 구석과 벽에는 불로 인한 그을음이 가득한 데다 천장에는 구멍이 난 모양새였다. 거기에 사방에는 커다란 창이 있었다.

"특이한 구조로군요."

"불을 피우기 위해서야."

왕자는 새삼 힘들게 수련했던 기억이 나 쓴웃음을 지었다.

"처음에는 좀 힘들걸."

"각오하고 있습니다."

"좋아. 일단 어떤 식으로 진행되냐면, 자네가 저 방 가운데 앉으면 사방에 불을 피울 거야. 그리고 그 속에서 화염을 느끼는 연습을 하지. 그리고 불의 크기는 줄일 거야."

"네."

"대신 화염에 대한 느낌은 처음과 같이 유지해야 해. 그게 이 훈련의 핵심이야."

"그렇군요. 그런데 아르디오넬도 동반해야 합니까?"

"아니, 용은 따로 수련할 필요가 없어. 정령용의 힘을 끌어내는 건 순전히 주인의 문제야. 그녀와 같이 있을지는 반응을 보고 정하게."

"네, 전하."

잠시 뒤 하인들이 땔감을 잔뜩 가지고 와 방의 사방에 놓기 시작했다. 준비가 되는 동안 조프루아는 그에게 이론적인 부분을 알려 주었다.

"드래고닉 오러를 이루는 마력은 심장에 위치하지. 불의 곁에 있는 동안 상상을 하도록 해. 바로 너 자신의 심장에 화염을 품고 있다고 말이야. 눈을 감고 정신을 집중해서 머리와 마음에 그 느낌을 각인하라고. 곁에 불이 없어도 언제나 심장에 화염이 있다는 생각을 할 수 있도록."

"알겠습니다."

말을 마친 왕자가 사방에 놓인 나무을 향해 손짓했다. 그러자 발란티르가 화염으로 변해 땔감을 향해 날아가 불을 붙였다. 왕자는 레이놀드가 능숙하게 화염용을 부리는 모습에 감탄하자 으쓱해하며 미소 지었다.

"열심히 하면 너도 할 수 있어. 그리고 장작이 모두 탈 때까지 나올 생각은 하지 마."

그대로 왕자는 문을 닫고 나섰다. 이제 레이놀드의 곁에는 타오르기 시작한 나무와 아르디오넬만이 남았다.

"넬, 힘들고 귀찮을 텐데 함께 해 주실 것까진 없어요."

아르디오넬은 그의 말에 반문했다.

"힘들어? 뭐가?"

"지금 사방이 불이잖아요. 엄청 덥네요. 이거 생각보다 보통 일이 아니군요."

레이놀드는 벌써 땀을 한 바가지 흘리기 시작했다. 화상을 입을 정도는 아니었지만, 피부가 따가울 정도로 사방의 화염은 강했다. 또한 검은 연기 때문에 숨 쉬는 게 힘들었다. 천창의 구멍과 유난히 큰 창이 아니었으면 벌써 질식사했을 정도였다. 그러나 아르디오넬은 여유만만했다.

"너 말이야. 나의 힘에 대해 자주 망각하고 그러는데 난 화염용과도 같다고."

그러더니 그녀는 살포시 날아올라 불타는 장작 쪽으로 날아갔다.

"앗!"

작은 용이 화염 속에 뛰어들자 레이놀드는 놀라서 엉거주춤 일어났다. 그러나 아르디오넬은 강력한 불길 속에서도 아무렇지도 않은 표정이었다.

"아 따뜻한데. 이런 느낌 오랜만이야."

오히려 점점 노곤한 표정 되어 갔다. 화염에 달궈진 그녀는 새빨갛게 빛이 나 불 그 자체 같아 보였다. 레이놀드는 자신이 문득 아르디오넬에게 상식의 잣대를 가져다 댄 걸 깨닫고 쓴 웃음을 지었다. 그리고는 화염의 힘을 느끼는 일에 집중해 나갔다.

'내 심장 안에 불이 있다.'

그는 왕자가 가르쳐 준 대로 구체적인 심상을 그리며 화염을 떠올렸다. 이제는 온몸이 땀에 젖고 있었지만, 그는 포기하지 않고 악전고투를 이어갔다.

"콜록콜록."

하지만 화염과 친해지는 건 쉽지 않았다. 첫날은 잔뜩 혼쭐이 난체 아무것도 얻지 못하고 끝났다. 수련이 끝난 뒤 목욕을 하며 레이놀드는 온몸의 그을음을 씻어냈다. 부드러운 천으로 코안을 닦으니 시꺼먼 것들이 잔뜩 묻어났다.

"이거 원, 거지 중의 거지가 따로 없군."

왕자는 모든 불이 꺼졌을 때 제자가 초췌한 얼굴로 걸어 나오는 것을 보고 웃음을 터뜨려 버렸다. 그는 옛 시절이 떠오른다며 계속 "이거 미안해. 하지만 하하하하. 나도 저랬단 말이지!"라며 좋아했다.

"전하께서도 참 짓궂은 면이 있으시단 말이야."

레이놀드는 곰곰이 앞으로의 계획을 세워 나갔다.

수련은 계속되었다. 처음에는 심장 속의 화염을 느낀다는 게 대단히 모호한 개념 같아 어려움이 많았다. 그러나 점점 추상적인 것들이 구체적으로 변해 갔다. 얼마 전까지 심장에는 항상 마력이라는 덩어리들만 있는 것 같았는데, 이제는 불꽃이 느껴졌다. 다만 안타까운 것은 불길로 가득 찬 방을 나오면 언제 그랬냐는 듯 그 느낌이 사라져 버리는 것이었다. 그가 고민을 털어놓자 왕자는 웃으며 충고해 주었다.

"요는 그거야. 방을 나와서도 언제나 심장 속의 화염을 상상할 수 있는 것이지. 그건 단순히 머릿속 생각으로 끝나는 게 아니야. 자신의 화염용이 쓸 수 있는 드래고닉 오러를 만드는 것이기도 해. 그렇게 변형된 마력을 전달해야만 불의 힘을 끌어낼 수 있지."

그러면서 조프루아 왕자는 불길을 마치 신체의 일부처럼 다루는 모습을 보여 주었다.

"너무 실망하지 마. 아무런 불꽃도 없는 곳에서 화염을 느낄 수 있는 건 거의 마지막 단계야. 지금 너는 차곡차곡 해내고 있다."

화염 방에서 진행된 수련은 매일 이어졌다. 레이놀드가 익숙해지자 왕자는 땔감의 양을 점점 줄여 나갔다. 불의 뜨거움과 연기가 줄어 좀 살 만해졌지만, 심장의 화염을 느끼기는 더 힘들어졌다. 수련의 난도가 오른 탓에 그는 정신을 매우 집중해야 했다. 옆에 있는 아르디오넬은 레이놀드가 그러거나 말거나 화염 속에 몸을 누이고 유유자적한 시간을 보냈다. 그는 때때로 정령용이 얄밉기도 했지만, 언제나 말없이 곁을 지켜 주는 고마움에 비하면 아무것도 아니었다. 그렇게 수련은 상급 단계로 나아갔다. 나중에는 화염과 레이놀드 사이에 천막을 쳤고, 그다음에는 위가 뚫린 가죽 상자 안에 작은 모닥불을 피고 수련하게 되었다. 그 정도에 이르자 좀처럼 심장에 화염을 일으키는 일이 되질 않았다. 레이놀드는 다소 불평하는 투로 말했다.

"스승님, 이건 꽤 어려운데요."

"그렇긴 할 거야. 하지만 종국에는 네 상념을 도와줄 불꽃은 모두 없어질 거야. 게다가 실전의 세계로 나오면 집중할 틈도 없어. 앞으로 너는 창과 검이 찔러 오는 순간에도 심장에 불꽃을 일으켜야 해."

"그렇군요. 새삼 스승님의 경지가 아득하게만 느껴집니다."

레이놀드는 가식 없이 순수하게 존경을 표했다.

"뭐든 처음이 힘든 법이야. 나도 이 과정을 할 땐 몇 번이고 궁 밖으로 도망쳤다고."

"정말이십니까?"

그는 정말 의외라는 듯 되물었다. 강철도 씹어 먹을 것처럼 강해 보이는 왕자가 힘든 걸 못 견뎌 하고 도망쳤다는 사실을 믿기 어려웠다.

"이 과정은 그 정도로 힘드니깐 기운을 내. 지금 너 정도면 오히려 빠른 편이니깐. 참고로 나도 이렇게 빨리하지는 못했어."

"황송합니다."

조프루아 왕자의 지도 아래 수련은 계속되었고, 계절은 어느새 12월이 되었다. 수도는 보송보송 내리는 눈에 뒤덮였다.

그동안 레이놀드는 아리엘과 여러 차례 편지를 주고받았다. 그런데 이 얌전한 북부의 숙녀는 편지로 몇 번이나 그를 놀라게 했다. 유려하고 여성스러운 글씨체로 쓰인 내용은, 그녀의 딱딱한 겉모습과는 다르게 다정함으로 넘쳐났다. 그녀는 시와 문학에도 관심이 많아 마지막으로 보낸 편지에는 레이놀드를 위해 직접 지은 14행시(Sonnet)를 적어 주었다.

> 사랑을 몰랐던 나 그대를 만나
> 부끄러움에 빠져 얼굴을 숙이고,
> 고장 난 듯 울리는 심장의 요동에
> 마음이 먹먹해져 두려움에 빠진다.
> 온종일 그대 생각으로 허기짐도 잊었으나,
> 정인도 그와 같을지 고민이 가득이라.
> 사람들이 내게 장미라고 칭송해도
> 그대 내게 들꽃이라 하며 웃어 주는 건 못하니,
> 그 친절한 얼굴 내가 밤새 그리워함이라.
> 첫눈 같이 설레는 숙녀의 마음
> 기다림에 익숙하지 못하니
> 당신 빨리 눈 내리는 이 땅으로 날 보러 와요.
> 사랑하는 그대 만약 그것도 어렵다면,
> 오늘 밤 내 꿈에 와 용기 낸 나의 키스를 받아가오.

레이놀드는 그 적극적인 애정 공세에 당황하면서도 무척 기뻐했다. 마치 그녀는 단단한 껍질에 둘러싸인 달콤한 과일 같았다. 갑옷 입은 기사인 아리엘의 편지에는 여성스럽고 상냥한 그녀의 속마음이 잔뜩 묻어나 있었다. 여러모로 행복감에 빠진 레이놀드도 아리엘에게 열정적인 편지를 보내곤 했다. 그 모습을 지켜보던 아르디오넬은 언제나 "애지간이 해라."라고 질린 듯 말했다. 특히 레이놀드가 아리엘을 '나의 귀여운 하얀 장미'라고 칭하자 표정이 일그러지더니 그가 3시간 동안 정성껏 적은 편지를 향해 불을 뿜어 버렸다.

"앗! 양피지가 타 버리잖아요!"

"불은 태우려고 뿜는 것이야!"

"어째서 태우려는 건데요!"

"되물어 봐도 곤란하다 이놈! 도대체 연인이란 쓸모없는 것들은 자신들이 주위에 얼마나 피해를 주는지 모른다고. 다 꼴도 보기 싫어. 게다가 양피지에 글을 쓰며 히죽거리는 그 얼굴도 진심으로 기분 나빠!"

그녀는 정말로 분하다는 듯 팔다리를 흔들며 양탄자 바닥에서 굴러댔다. 어느새 아르디오넬은 사람으로 변해 있었는데, 많이 흥분한 듯 두 눈이 다 빨간색으로 변한 상태였다. 결국 레이놀드는 고개를 숙이고 사과했다. 아무래도 자신이 좀 심한 것 같긴 했다. 듣자하니 아르디오넬은 독수공방한 지 벌써 몇백 년이 지났다고 한다.

"죄송해요. 다시 생각해 보니 나의 귀여운 하얀 장미 같은 건 심했다고 생각해요."

그러자 아르디오넬은 이제야 그가 알아준다는 표정으로 대답했다.

"그렇지? 그건 도덕을 저버린 행위였지?"

"흠, 그러면 무난하게 '작은 아기 천사' 같은 건 어떨까요?"

레이놀드는 즉각 공격받았다.

"죽어!"

"으악! 어째서 사람의 모양인데 입에서 불을 토해내는 거예요!"

"뭐 작은 아기 천사? 웃고 있네! 184센티가 작은 천사냐! 작은 천사가 다 뒈져 버렸냐!"

그래도 비교적 거기까진 좋았다. 하지만 다음번에 하드스톤에서 배달된 편지에 아리엘이 '당신의 작은 아기천사로부터'라고 적은 것을 아르디오넬이 보자마자, 둘 사이에서는 거대한 전쟁이 터지고 말았다.

*　　　*　　　*

레이놀드는 그렇게 아리엘과 달달한 편지를 주고받고 있었지만, 전쟁터인 남부로부터 시선을 뗀 것은 아니었다. 오히려 아리엘과의 편지보다 몇 배는 많은 서신을 라 파뇰과 주고받으며 스타폴과 문글라스의 동향을 주시했다. 다행히 짧은 정전협정은 잘 준수하고 있는 듯 보였다. 그럼에도 그는 언제든 전쟁터로 떠날 수 있게 준비를 게을리하지 않았다. 때때로 궁금한 게 생기면 스탕달을 전선으로 보내 사정을 살펴보게까지 했다.

아무래도 봄에 다시 시작될 전쟁은 레이놀드에게 있어 언제나 마음 한구석의 걱정거리라 신경이 쓰일 수밖에 없었다. 하지만 다행히 아직 겨울은 충분히 남아 있었다. 그는 남는 시간에 수도에서 산 선물과 안부 편지를 다친 벤쟈민에게 보내거나, 필라보와 술을 마시기도 했다.

그러던 중, 레드포레스트에서 전투가 있었다는 소식이 전해졌다. 홉고블린의 사회에서 축출된 반란군이 레드포레스트까지 내려온 것이다. 총 3천의 군세로, 자르구크란 퇴역한 홉고블린 장군이 지휘관이었다고 한다. 그건 북방 변경의 안정에 심각한 위험이었고 럭리치의 엘프들까지 가세해 레드포레스트에서 이틀 거리에 있는 빅그레이에서 회전을 벌였다. 그리고 다행히 적들을 무사히 격퇴했다고 했다. 그 과정에서 영주 대리 벨라벨로와 방패보병들의 대장 마운트해머의 공이 눈부셨다고 한다. 결과적으로 승전에다 홉고블린의 많은 재화를 얻는 것으로 끝났지만, 이 사건은 레이놀드의 북에 대한 공포를 다시 자극했다.

그는 어느 정도 잊고 있었던 홉고블린에 대한 증오가 다시 뜨거워지는 것을 느꼈다. 때때로 홉고블린 왕국의 수도인 콜라드브리치로 진격하는 작전을 생각하며 밤잠을 설쳤다. 그러면서 레이놀드는 한시바삐 남부의 전투를 끝내고 북부로 돌아가는 것만이 최선이라는 결론을 내렸다. 그는 편지로 벨라벨로에게 홉고블린의 동향을 지속적으로 관찰해서 보고하라고 명했다.

그 뒤로 겨울동안 몇 차례 빅그레이에서 있었던 전투에 관한 사항들을 담은 편지가 도착했는데, 한 가지 이야기가 레이놀드의 관심을 끌었다. 벨라벨로는 약탈한 홉고블린의 군사 문서를 해독한 결과 그들이 남부에 있는 어떤 성물을 노리고 있는 것 같다는 의견을 보내왔다. 그건 굉장히 신경 쓰이는 문제였다. 그러나 자세한 정보가 없는 탓에 레이놀드는 벨라벨로에게 더 자세한 조사를 지시하는 것 외에는 도리가 없었다.

그렇게 예의주시해야 할 것들이 계속 있었지만 궁성에서의 생활 자체는 비교적 만족스러웠다. 다만 크리스틴 공주는 대하기 불편했다. 수련을 위해 왕자궁을 뻔질나게 드나드는 덕분에 몇 번이고 그녀와 마주쳤는데, 공주는 그를 보며 뭔가 화가 난 표정을 계속 짓는 것이었다. 아마 그 기억이란 것에 관련된 문제가 틀림없어 보였다. 사실 이쪽도 답답한 게 레이놀드는 그게 뭔지를 도저히 생각해내지 못했다. 둘은 겨울동안 별다른 대화가 한마디도 없었지만 점점 그녀의 시선이 강해지자, 무심했던 왕자조차 눈치챌 정도였다.

"크리스틴과 말다툼이라도 한 거야? 지난번에 키스하는 걸 보고 그 애가 널 꽤 마음에 들어 한다고 생각했는데."

그는 당치 않는다는 듯 부인했다.

"아닙니다, 스승님. 제가 감히 공주 전하와 말다툼이라뇨."

"그런가? 그래도 녀석과 오해라도 있으면 잘 풀도록 해. 아끼는 동생과 제자가 불편하게 지내면 내 마음이 좋지가 않아."

"알겠습니다."

그 후로 레이놀드는 공주와 대화할 기회를 호시탐탐 노렸다. 그리고 얼마 뒤, 적당한 겨를이 났다. 공주가 왕자의 정원에서 시녀들과 함께 화초를 돌보고 있던 것이다. 그는 망설였으나 마음을 다잡고 그녀 앞으로 나아갔다. 공주는 흙 묻은 손을 털고 일어나 다소 냉랭한 표정을 젊은 영주를 쳐다봤다.

"전하, 전하의 기품과 아름다움에 영광을."

일단 레이놀드는 예법을 다해 무릎을 꿇고 인사했다.

"일어나세요, 경."

크리스틴은 작은 모종삽을 시녀에게 건네주고는 무슨 일이냐고 물었다.

"그냥 전하와 이런저런 이야기를 하고 싶었습니다."

그러자 공주는 도도하게 웃었다.

"배짱 한번 좋군요. 일국의 공주와 그냥저냥 이야기나 하자고 하다니."

크리스틴의 태도에 그는 다시 고개를 숙이고 사과했다. 레이놀드는 아리엘이라면 모를까 관심 없는 여자에게 이렇게 저자세로 나가야 한다는 사실에 화가 났다. 그러나 상대가 왕족이니 어쩔 수 없는 일이었다.

"전하, 전하와 기억에 관한 그 일에 대해 이야기하고 싶습니다."

"그것 말인가요."

공주가 시녀들에게 손짓하자 그녀들은 대화 소리가 안 들릴 정도로 물러났다. 그러자 공주의 태도가 갑자기 바뀌었다.

"이제 말해 봐. 날 기억하는지."

레이놀드는 자신의 대답이 그녀를 꽤 실망시킬 거라고 생각했다. 게다가 화나게 할지도 모르지만, 솔직하게 털어놓기로 했다.

"전하, 죄송합니다만 저는 전하가 무슨 말씀을 하시는지 여전히 모르겠습니다."

결국 공주는 속상한 표정을 지었다. 작은 입술을 깨물고는 분해하는 느낌이었다.

"에휴. 이래서야 그날 준 내 입술이 아깝네."

잠시 후 그녀가 다시 고개를 들었을 때는 화난 얼굴을 하고 있지 않았다.

"이리와 오빠. 저기 가서 얘기하자."

그녀는 정원 구석에 있는 정자를 가리켰다. 공주의 말투에는 섭섭함이 묻어났어도 태도는 한결 친절해졌다. 레이놀드는 그 변화에 의아해하면서도 말없이 그녀를 따라갔다.

'갑자기 저러니 미안하네. 아 그런데 왜 또 오빠라고 부르지?'

그래도 그는 재빨리 공주가 안기 전에 재빨리 손수건을 까는 데 성공했다. 신사라면 여성을 상대할 때 예절을 보이는 게 당연하다. 특히 상대방이 존경할 만한 여자일 경우에는 더 그렇다. 공주는 시녀들에게 손짓을 해 차를 가져오라고 지시했다.

"그리고 힘들 테니깐 너희들은 저쪽에 가서 앉아 있어."

"아닙니다, 공주 전하."

"괜찮아."

공주가 떠밀자 시녀들은 다른 편에 있는 의자에 가서 앉았다. 그럼에도 그들은 혹시나 공주가 부를까 눈에 불을 켜고 이쪽을 바라보고 있었는데, 레이놀드는 그게 여간 불편하기 짝이 없었다. 그러나 공주는 익숙한 듯 신경 쓰지 않았다. 잠시 뒤 차가 나오고 둘이 대화할 수 있는 분위기가 만들어지자 그는 힘겹게 입을 열었다.

"전하, 이제 제 의문을 해결해 주실 수 있으신지요."

크리스틴은 대답 대신 딴 이야기를 꺼냈다.

"혹시 어릴 때 여기 와 본 적 없어?"

"이곳 말씀이십니까?"

"그래, 여기."

레이놀드는 잠시 고민했다. 그는 어릴 때 아버지를 따라 궁에 드나든 적이 있었음에도 이런 곳은 본 적이 없었다.

"오래전이라 기억이 희미하긴 합니다만, 이런 정원은 처음 봅니다."

그러자 그녀는 조심스레 차를 한 모금 마시고는 정자의 한 구석을 가리켰다. 그곳에는 지금은 쓰지 않는 주춧돌이 보였다. 돌은 하얀색의 단단한 화강암으로 만들어졌는데 아랫부분에는 꽃무늬가 새겨져 있었다.

"그리고 이것도 봐."

레이놀드는 공주가 가리키는 뒤편의 벽도 봤다. 그곳은 주변에 반짝이는 새 벽과 다르게 오래된 느낌이 드는 것으로 벽면에는 꽃이 조각돼 있었다. 그건 주춧돌에 조각된 것과 같은 모양이었다. 레이놀드는 그것을 보며 무의식적으로 중얼거렸다.

"마가목 꽃이군요."

그 순간 공주가 큰 소리로 웃음을 터뜨렸다.

"꺄하하하하."

도저히 기품이라고 찾아볼 수 없을 지경이었는데, 어깨를 들썩거리고 눈물까지 조금 흘렸다. 멀리 있던 시녀들이 당황해하는 기색이 역력하다.

"전, 전하."

레이놀드도 당황해서 말리듯 그녀를 불렀으나 공주는 자신이 원하는 만큼 웃고 나서야 멈췄다. 그리고 단언하듯 말했다.

"아니야. 이건 산사나무 꽃이야."

평소 그의 성격이라면 대충 넘어갈 것이나 지금은 무언가 알 수 없는 기분에 사로잡혔다. 공연히 반발심이 생겼다.

"아닙니다. 이건 마가목 꽃입니다."

공주 역시 한 치 양보도 없었다. 그런데 그녀는 말다툼을 하면서도 웃고 있었다.

"산사나무 꽃이라고."

"마가목……."

그는 재차 따지려다 어렸을 때의 어떤 기억이 떠올랐다. 그리고 옛날에 어떤 작은 여자아이와 이 문제를 다퉜다는 생각이 들었다. 그때는 정자가 좀 더 작았고 뒤쪽의 벽은 하얀빛이었다. 오래 잊고 있던 것들이 물 위로 오르는 돌고래처럼 갑자기 튀어 나왔다. 레이놀드는 공주와의 입씨름을 멈추고 조심스럽게 기억을 더듬었다.

"그때는 지금과 달랐는데. 이런 모양이…."

그는 어린 시절 왕자의 검술 스승인 아버지를 따라 몇 번이고 왕성을 방문하곤 했다. 그리고 메이산 경이 조프루아 왕자를 가르치는 동안 별다른 제재 없이 왕자궁 주변을 돌아다니곤 했는데, 어느 날 인자해 보이는 귀부인의 눈에 띄게 되었다. 그녀는 "어머, 우리 딸과 친구가 되어 줄 수 있겠구나."라며 레이놀드에게 데려가서는 맛있는 과자를 주며 친절하게 대해 줬다. 그때 작고 앙증맞은 소녀가 쭈뼛거리며 그의 앞에 나타났다. 처음에는 그 작은 여자아이가 너무 낯을 가려 친해지지 못했다. 그러다 어린 레이놀드가 궁성에 머무는 시간이 늘어날수록 둘은 점점 사이가 좋아졌다. 함께 떠들고 장난도 쳤고 어떤 때는 손을 잡고 사이좋게 정원을 걸어 다니기도 했다. 흙과 작은 장난감으로 소꿉놀이를 하다가 정원의 구석구석을 다니며 술래잡기도 했다. 단둘이서의 놀이였지만 작은 소녀와 어린 레이놀드는 어떤 일보다 그것에 열중했다. 처음에 과자를 주고 그에게 소녀를 데려온 아름다운 귀부인은 둘이 사이좋게 지내는 걸 좋아했다. 덕분에 레이놀드는 궁성을 방문할 때마다 환영받았다. 그는 자세한 사정은 몰랐지만, 엄한 아버지가 이 일을 혼내지 않는다는 것과 아버지가 그 귀부인에게 깍듯하게 고개를 숙이는 일을 조금 의아해하기는 했다. 하지만 새끼고양이처럼 작고 앙증맞은 소녀와의 놀이는 즐거웠고 홀로 자란 그는 여동생이 생긴 것 같아 좋았다. 그러다 언제부턴가 왕성에 갈 일이 줄어들었다. 시간이 흐르자 레이놀드가 작은 꼬마 친구와 만나는 일은 없었다. 한동안 그는 그것을 매우 아쉬워했지만, 으레 어린아이가 다 그렇듯 다른 재밌는 게 생기자 소녀에 대해 잊어버리고 말았다.

'맞아. 이 벽을 따라 걸었지.'

레이놀드는 아련한 그리움에 잠겨 주위의 벽과 돌을 살펴봤다. 어린 시절의 기억과 비슷했지만 그곳은 뭔가 달라져 있었다. 그때 공주가 설명했다.

"정원은 공사를 했어."

"……"

레이놀드는 놀란 얼굴로 그녀를 쳐다보았다. 그리고 공주의 코와 눈동자, 입술 등을 바라보았다. 그는 이제 크리스틴이 자신의 어린 시절 꼬마 친구와 거의 비슷하게 생겼다는 것을 깨달았다.

'이럴 수가.'

충격이 밀려왔다. 그러나 확신하기에는 아직 의문점이 남아 있었다. 공주는 그의 얼굴에 떠오른 당황과 혼란을 보고 다시 웃음을 터뜨렸다.

"하하하하. 뻣뻣한 남자지만, 가끔 이렇게 재밌는 표정도 짓곤 했지! 난 어릴 때부터 오빠의 얼굴에 그런 표정을 만드는 게 좋았어."

"전하."

"왜? 내가 갈색 머리가 아니라서?"

"그걸 어떻게."

공주의 눈빛은 장난스러운 고양이 같았다.

"우리 혈통의 특질인 이 피처럼 붉은 머리와 눈은 마법적인 이유가 있어. 정상적인 인간이면 이런 색을 가질 수 없는 게 당연하잖아. 그런데 도를레앙 왕가의 아이들은 어릴 땐 보통 사람과 똑같다가 자라면서 이 희한한 특질이 발현되는 거야."

모든 정황이 확실했다. 그는 떨리는 목소리로 마지막 확인을 했다.

　"그럼, 전하께서 제 기억 속에 있는 소녀와 같은 분이란 말씀이십니까?"

　그녀는 그 물음에 대답하지 않았다. 공주는 항상 자신이 대답하고 싶은 것에만 대꾸하는 성격을 가지고 있었다. 어릴 적 그 아이도 그랬다.

　"자, 이제 그 소녀를 불러 봐."

　레이놀드는 망설였다. 딱 한마디가 기억을 현실로 끌어내리라는 생각에 가슴이 떨려왔다. 그러다 그는 어렵게 한마디를 뗐다.

　"이레인?"

　그 순간 어릴 적 이레인이란 아명(兒名)을 쓰던 케스핀 왕국의 공주 크리스틴 라우렌시아 도를레앙은 뛰듯 레이놀드의 품에 파고들었다.

　"헉."

　그는 얼결에 그녀가 넘어지지 않게 안았다.

　"꺄하하하. 나는 지금 오빠가 놀랐거나, 당황했거나, 뭐 그러길 바라!"

　어린 시절, 레이놀드가 꽂아 준 꽃을 머리에 달고 기뻐하던 소녀가 갑자기 추억 속에서 뛰쳐나와 눈앞에 나타났다.

그 후 공주는 이제 더는 레이놀드를 불편하게 하지 않았다. 정체가 밝혀지자 예전처럼 그를 대했다. 덕분에 둘은 금세 친해졌고, 주위에 듣는 사람이 없을 때는 서로 편하게 말하는 사이까지 됐다. 물론 레이놀드는 끝까지 예의를 지키려 했으나 고집쟁이 공주를 당해낼 수 없었다.

*   *   *

레이놀드의 수련은 계속 이어졌다. 아직 겨울은 많이 남았고 해야 할 것들이 많았다. 그는 계속 왕가에 내려온 오래된 방식대로 불에 익숙해지는 수행을 했다. 그러다 보니 이제 방 구석에 있는 위가 트인 가죽 상자 안에 든 불도 느낄 수 있게 되었다. 화염의 모습도 보이지 않고, 온기도 느껴지지 않는 상태에서 심장의 마력을 변형할 수 있게까지 된 것이다.

"좋아. 잘했어, 레이놀드. 이제 마지막 단계다."

왕자는 미소 띤 얼굴로 그를 칭찬했다. 그리고 다음 날 조프루아는 가죽 상자가 있던 자리에 철 상자를 설치했다. 사방이 막혀 있었고 크기도 작았다. 그는 레이놀드를 보자마자 대뜸 말했다.

"안에 작은 불이 있어. 이제 이걸 느껴 봐."

"전하, 하지만 이렇게 밀폐된 상자 안에 들어간 불은 금방 꺼질 텐데요?"

"걱정하지 마. 너는 내가 누구라고 생각하는 거야? 마법의 불이니깐 꺼질 일은 없어."

'하긴 전하는 화염이라면 자유자재로 다루시는 분이지.'

레이놀드는 공연한 걱정하지 말고 수련에만 집중하기로 했다. 그는 바닥을 뒹굴어 다니는 아르디오넬에게서 신경을 끄고는 방 한가운데 있는 의자에 앉아 정신을 집중해 나갔다. 그러나 생각대로 되지 않았다.

'안 느껴진다.'

수련의 마지막이라 그런지 난도가 대단히 높았다. 그는 불이라면 아주 민감하게 느끼는 경지까지 올랐지만, 철 상자 속의 것은 도저히 짐작조차 되지 않았다. 몇 번이고 끈덕지게 다시 시도해도 실패가 반복됐다.

"이봐, 좀 힘을 내보라고."

아르디오넬이 옆에서 뒹굴면서 빈정거리자 그는 짜증을 살짝 냈다.

"이게 무식하게 힘쓴다고 되는 건 줄 아세요?"

"너 이 누나한테 이제 말대꾸도 하냐?"

둘은 티격태격하기 시작했다. 그리고 별다른 성과 없이 그날의 수련은 끝나나자 레이놀드는 한숨을 내쉬었다. 이제 코에 검댕은 묻지 않아도, 모든 게 훨씬 어려워진 것이다.

'뭐, 좋게 생각하자. 내일은 더 나아지겠지.'

연말의 성탄절 행사는 꽤 떠들썩했는데, 해가 바뀌어 성력 1217년이 되자 왕국은 침착하고 경건하게 새해를 맞이했다. 눈이 사방을 덮었고 다들 좀처럼 집 밖으로 나오지 않았다. 살을 에는 것 같은 찬바람 때문에 모든 중요한 일들은 집 안에서 이루어졌다. 다만 수련에 매진하는 레이놀드는 한겨울의 야외를 자유롭게 돌아다녔다. 철 상자 속의 불을 느끼는 것에서 그는 한계에 부딪힌 탓에 새로운 환경에서 다양한 방법을 시도해 보고자 했던 것이다.

휘이이잉—.

황량한 바람이 사방에 분다. 지금 레이놀드는 작은 얼음 연못 근처에 앉아 불을 피워놓고 정신을 집중하는 중이다. 조용한 실내보다 다양함으로 가득한 야외에서는 불의 기운을 느끼기 더 어려웠다. 그는 불로부터 점점 물러나 감각을 잡으려고도 했으며, 마지막에는 주위를 달리면서도 그것들을 시도했다. 15미터 정도 거리에서 모닥불을 중심으로 원을 그리며 달렸다.

"헉! 헉!"

앞뒤 사정을 모르는 누군가가 본다면 웬 젊은 귀족이 미쳤다고 생각할 만한 광경이었다.

"애쓴다. 애써."

아르디오넬은 나무 위에 올라 고드름을 먹다가 괜히 한마디 뱉었다. 그러나 레이놀드는 이따금 튀어 나오는 그녀의 빈정거림에 익숙해져 있었기에 가볍게 무시해 버렸다.

'따뜻함을 느낀다.'

그리고 머릿속으로 연못 근처에 피워 놓은 모닥불을 생각하면서 심장의 마력을 화염 성질로 바꾸는 것을 연습했다. 한참 땀을 뻘뻘 흘리며 시도하던 그는 마침내 기분 좋은 외침을 토해냈다.

"됐다! 됐어! 내가 해냈어!"

그는 즐겁게 웃으며 손을 쭉 뻗은 뒤, 눈 위로 풀썩 쓰러졌다. 레이놀드는 달리기를 하면서도 십여 미터 이상 떨어진 곳의 모닥불의 기운을 느꼈다. 제자리에서도 불의 기운을 느끼는데 애먹던 것과 비교하면 장족의 발전이다.

"오! 굼벵이도 구르는 재주가 있다더니."

물끄러미 위에서 그런 모습을 지켜보던 아르디오넬은 나무 위에서 내려와 사람의 모습으로 변해 다가왔다. 그리고 그녀는 누워 있는 그의 옆에 풀썩 앉았다. 아마 보통의 숙녀라면 이렇게 쌓인 눈 위에 앉지 않을 테지만, 별난 그녀는 신경 쓰지 않았다. 오히려 자신의 몸에 묻은 눈보다 레이놀드의 옷에 묻은 눈이 더 신경 쓰이는 모양이었다.

"그런데 올해 너도 21살인데 이렇게 어린아이처럼 좋다고 눈밭 위를 구르면 어떻게 하니."

아르디오넬은 제법 다정한 어투로 말하며 레이놀드의 머리칼에 묻은 눈을 털어 주었다. 양 갈래로 묶어 길게 늘어뜨린 그녀의 머리칼은 눈 위로 반사된 태양 빛에 반짝였다.

'마치 무지개 같군.'

레이놀드는 그 아름다움에 빠져 그녀의 머리칼을 쓰다듬자 아르디오넬은 그냥 가만히 그가 만지는 대로 내버려 두었다. 레이놀드는 그녀의 두 눈이 청금석처럼 빛나고 있다는 것을 깨달았다. 기분이 좋다는 소리다.

"제 성공이 기쁘세요?"

레이놀드는 호기심 어린 말투로 물었다. 그러자 아르디오넬은 잠시 생각하더니 대답했다.

"아니, 네 기쁨이 기쁘구나."

레이놀드는 그녀의 심원한 눈빛을 쳐다보았다. 신비로운 푸른 눈 안에는 오랜 세월과 그가 헤아리기 어려운 정신이 담겨 있었다.

'언제나 느끼는 거지만 이 눈동자를 바라보면 편안하고 행복해지는군.'

홀린 듯 아르디오넬의 눈을 바라보던 그는 언젠가부터 생각했던 것을 물어보기로 결심했다. 망설여졌지만 조심스럽게 입을 뗐다.

"저, 저기…… 혹시……."

"꺄악!"

그러나 레이놀드의 말은 갑자기 터진 아르디오넬이 비명 때문에 묻혀 버리고 말았다.

"왜 그래요?"

그가 깜짝 놀라서 묻자 그녀는 손가락으로 한쪽 구석을 가리켰다. 그리고 레이놀드가 황급히 일어나 그쪽을 쳐다보니, 작은 너구리가 두 발로 일어나 그들을 보고 있었다. 그것도 무려 양 볼에 눈을 잔뜩 묻힌 채 말이다.

"어떡해! 귀여워!"

아르디오넬은 마치 작은 아기를 보고 감탄하는 소녀처럼 다시 비명을 질러댔다. 그 모습을 보며 레이놀드는 쓴웃음을 지었다. 그가 알기엔 그녀는 감탄한다고 소리를 꺄악 하고 지르거나 하지는 않았는데, 아무래도 수도에서의 생활이 영향을 끼친 듯했다.

'그러고 보니 넬도 요즘 대부분의 대화를 비명으로 해결하려고 하는 것 같네.'

그사이 작은 너구리가 놀라 뒤로 달아났다.

"기다려 너구리야!"

그녀는 작은 용으로 변해 다급히 녀석을 쫓아갔다. 덜렁 홀로 남겨진 레이놀드는 헛웃음을 터뜨렸다.

"아니 나보고 21살이니 체통을 지켜 눈밭에 구르지 말라고 하더니…… 자기는 수백 년은 더 살았으면서 너구리를 소리 지르며 쫓아가네."

그는 고개를 설레설레 저으며 자리에서 일어났다.

'나중에 물어보자, 이 의문은. 그녀는 평생 내 옆에 있겠다

고 했으니 아직 시간은 많아.'

레이놀드는 부지런히 팔을 움직여 눈을 털어낸 뒤, 불을 피워 놓은 얼음 연못으로 향했다. 소기의 성과도 있고 하니, 이제 늘어놓은 걸 챙겨서 성으로 돌아갈 요량이었다. 너구리를 따라간 아르디오넬은 아마 잠시 후면 금세 질려서 그를 다시 쫓아올 것이다. 레이놀드가 연못으로 돌아와 보니 어느새 모닥불은 꺼져 있었다.

'흠, 설마 내가 불을 느끼던 순간에도 이미 꺼져 있었나?'

그는 잠시 생각에 잠겼다. 달리면서 집중했을 때는 확실히 모닥불이 피어오르고 있다는 생각을 하며 마력의 변환을 시도했었다.

그런데 만약 사실 모닥불이 진작 꺼져 있었다면?

만약 그렇다면 자신은 생각보다 더 높은 경지에 올라 있는지도 몰랐다. 그는 잠시 자리에 서서 다시 불을 느끼려고 시도해 보았다. 그런데 생각처럼 되지 않았다. 왠지 긴가민가하고 더 헷갈렸다.

'이런, 아직은 역시 아닌가.'

레이놀드는 괜히 아쉬워 모닥불을 다시 피웠다. 성으로 돌아가기 전에 화염을 한 번 더 느껴보려고 했던 것이다. 곧 부싯돌로 불을 일으켰다. 안정적인 자세로 선명한 불꽃을 마주하자 심장에서 뜨거운 기운이 용솟음쳤다.

'좋아, 잘되는군.'

그때 아르디오넬이 날아왔다.

"넬, 너구리는 어떻게 됐어요?"

"굴로 도망쳤어. 쳇, 누나가 귀여워 좀 해 주려고 했는데 말이야."

"그렇군요. 근데 왜 입맛을 다셔요."

그 지적에 작은 용이 딴청을 부리자 레이놀드는 피식 웃고 말았다. 그리고 아르디오넬에게 화염력으로 변형한 오러를 보내보겠다고 말했다. 최근에 레이놀드가 불길 옆에서는 변형된 드래고닉 오러를 쉽게 만들 정도가 되자 둘은 이것저것을 시도해 보는 중이었다. 아르디오넬은 그를 보며 끼룩끼룩하는 소리를 내고는 말했다. 정말 작은 도마뱀이나 낼 듯한 소리였다.

"오빠아, 부드럽게 다뤄 주세요."

"아이고!"

레이놀드는 오색빛 작은 용이 애교를 부리는 게 아직도 익숙하지 않았다. 그녀가 인간으로 변했을 때는 홀릴 만큼 매혹적이었지만, 용의 모습으로 인간의 애교를 부리는 건 정말 희한한 볼거리였다. 아마 그녀는 자신이 그런 모습이라는 것을 알고 일부러 더 그러는 것 같았다. 지낼수록 느끼게 된 것이지만, 쾌활한 아르디오넬은 벨라벨로만큼이나 개구쟁이였다. 그는 애써 그런 장난을 무시하고는 심장에 마력을 일으켰다.

화르르륵—.

그 순간 아르디오넬이 화염에 둘러싸였다. 레이놀드의 마력을 받고 불로 변하는 것이다. 오색빛이던 비늘은 달궈진 무쇠처럼 새빨갛고 반짝거리며 화염 그 자체처럼 아름답게 변해갔다. 하지만 아직 둘 다 실력이 부족했던 건지 아르디오넬은 발란티르처럼 완전한 화염 그 자체로 변할 수 없었다. 그래도 아르디오넬의 모습은 마치 불을 마시며 숨을 쉬는 화염 정령처럼 보였다. 평소에 대체로 푸른빛이던 그녀의 날개 피막은 이제 불로 변해 있었다. 짧게 그녀가 비상하자 주변에 화염이 뿌려졌다.

"우와!"

레이놀드는 그 환상적 모습에 감탄을 터뜨렸다. 이건 진정 마법과 정령이 만드는 요술이었고, 초현실적인 광경이었다. 우아한 그녀의 날갯짓은 마치 한 마리의 화염 나비를 보는 것 같았다. 짧은 비행을 끝내고 눈 위에 내려앉은 아르디오넬은 제법 자랑스럽다는 태도로 말했다.

"어때? 지난번보다 좀 더 불에 가까워졌지?"

확실히 전에는 아르디오넬의 몸에 살짝 불이 붙었다는 느낌이었는데, 이제는 반은 불이 돼버린 것 같았다. 레이놀드는 즐거운 얼굴로 손바닥을 내밀자, 아르디오넬은 자신의 탄력 있는 꼬리로 찰싹 소리가 나게 그의 손바닥을 때렸다.

"자 이제 돌아가죠."

레이놀드는 어느새 군마에 올랐다. 그러자 그녀는 고양이가 뛰듯 날아올라 그의 어깨 위에 사뿐히 올라탔다.

"돌아가면 난 고기를 먹을 거야."

"드세요, 누가 말립니까."

상대방의 실없는 소리에 레이놀드는 무심히 대답했다. 아마 그녀를 잘 모르는 예전이었으면 특별히 먹고 싶은 고기가 있는지 성실히 물어봤을 것이다. 그럼 아르디오넬은 드래곤 고기가 먹고 싶다고 했을 것이고, 레이놀드는 당황해서 인상을 찡그릴 것이다. 그런 행태가 몇 번이고 반복되고 나니 이제 고지식한 편인 레이놀드도 제법 유연하게 상대를 대할 수 있게 되었다. 둘은 그렇게 익숙하게 별 의미 없는 대화를 이어 나갔다. 그리고 조용한 야산을 시끄럽게 했던 둘의 수다 소리는 점점 멀어져 갔다.

찌룩— 찌룩— 찌룩—.

사람의 기척이 사라지자 자연이 다시 고개를 들었다. 얌전히 있던 작은 겨울 철새는 노래를 불렀고 굴에 숨었던 너구리는 고개를 내밀었다. 그런데 작은 생물들의 짧은 평화는 오래가지 못하고 재차 방해를 받았다.

저벅저벅—.

둔중한 발걸음 소리와 함께 어두침침한 어떤 존재가 나타난 것이다. 발밑으로 놀란 너구리가 황급히 도망갔지만 그는 무관심했다. 자연은 다시 고요로 잠겨 들었다. 이 갑작스러운 방문자의 외형은 이 근처에서 볼 수 없을 정도로 신기했다. 거대한 산양 해골을 얼굴에 쓰고 있었고 부정한 깃털과 뼈로 만든 지팡이를 들었다. 또한 야만스러운 문자가 새겨진 더러운 로브를 몸에 걸치고 알 수 없는 말을 웅얼거렸다. 그는 바로 홉고블린들의 주술사인 스르굴이었다. 지금으로부터 사 년 전 레드포레스트에 악몽을 선사했던 자였다. 주술사는 낯설지 않다는 듯 주위를 둘러봤다.

"수도 쪽은 오랜만이군."

스르굴이 비밀스러운 주문을 외우자 갑자기 몸이 찢어지며 외형이 변형되어 갔다. 잠시 후 떨어져 내린 홉고블린의 살덩이를 털어내며 말쑥한 남자가 나타났다. 바로 지금은 죽은 걸로 되어 있는 하드스톤의 대영주 스랭도르 아르디였다.

"그러나저러나 사위는 아직도 참 특이한 짓을 하고 있군. 용의 피로 부릴 수 있는 재주란 게 꽤 종류가 많은가. 지난번엔 눈알이 벌게져서 덤비더니 이젠 불도 다루는군. 허허 참."

평범한 동네 노인처럼 중얼거리는 대영주는 레이놀드가 모닥불을 피웠던 곳으로 걸어갔다. 그러나 그의 관심은 불을 피웠던 자리가 아니라 불타는 작은 정령용이 내려앉았던 곳이었다. 숨어서 그 광경을 흥미롭게 지켜보던 그는 뭔가 이상한 점을 발견했고 확인해 보고자 한 것이다. 흔적을 살펴보던 대영주는 눈살을 찌푸렸다.

"역시 이상해."

왜 그런가 하니, 찬란하게 타오르던 기세에도 주변에 쌓여 있던 눈은 하나도 녹지 않았던 것이다. 모닥불 주변으로는 눈이 녹아 땅이 젖어 있었지만 용이 있던 자리는 작은 발자국만이 남았다.

'희한한 일이야. 태우지 못하는 불이라니.'

스랭도르는 잠시 고민에 빠져들었다. 그러다 계속 골똘히 생각해 봐야 소용없다는 것을 깨닫고는 주위의 흔적을 발로 지워 버렸다.

'사소한 문제치고는 제법 흥미롭지만 일단 중요한 건 이게 아니지.'

그는 모종의 음모를 위해 이곳에 자신이 있음을 상기했다.

"모두 나의 방문을 즐겁게 맞아 줬으면 좋겠군. 하하핫!"

"자신만만한 것도 좋지만, 조금은 경계심을 가졌으면 좋겠군."

호탕하게 웃던 대영주의 뒤에서 음산한 목소리가 들려왔다. 수도사와 같은 복장에 검은 날개를 달고 있는 그는 바로 요스웨르스였다. 스랭도르는 그가 반갑지 않은 듯 인상을 찌푸렸다.

"경계심도 좋지. 하지만 필요 이상으로 겁쟁이가 될 필요는 없잖은가."

스랭도르의 불만에 요스웨르스는 고개를 저었다.

"그렇게 간단한 일이 아니게 되었다. 상티아노의 졸개들이 냄새를 맡은 것 같다."

"상티아노의 졸개들? 아, 그 형제단인가 뭔가 하는 녀석들 말이군."

"조심하는 게 좋아. 아무리 네가 위대한 분의 축복을 받은 존재라 해도 그들도 위험한 적. 자칫하면 일을 그르칠 것이다."

스랭도르는 알겠다고 짧게 대답하고는 고개를 돌려버렸다. 말을 전한 요스웨르스는 더 볼 일이 없다는 듯 나타난 것처럼 표홀히 사라졌다. 타락한 천사는 사라지면서도 주변에 음울한 한기를 남기고 갔다.

'맘에 안 드는 녀석.'

기분 나쁜 표정이던 대영주도 더 이곳에는 볼일이 없었기에 이동을 위해 마법을 읊조려 나갔다. 그의 몸체는 스멀스멀 야산의 그림자 속으로 녹아들어 갔다. 물론 완전히 사라지기 전에 저 멀리 말을 타고 가는 레이놀드를 향해 인사하는 것도 잊지 않았다.

"평화가 함께하길."

그리고 그는 갑자기 나타났던 것처럼 묘연히 사라져 버렸다.

같은 시간, 성으로 돌아가던 레이놀드와 아르디오넬은 그 문제에 대해 고민을 하지 않았다. 둘은 아직 불꽃을 일으켜 뭔가를 태운다는 생각을 하고 있지 않은 상태였다. 게다가 지금껏 딱딱한 성의 돌바닥에서만 불을 시험하곤 해서 뭔가가 자연스럽게 불탄 적도 없었다. 그래서 그런지 아르디오넬이 눈을 녹이지 못한 것도 눈치채지 못했다. 물론 부주의한 일이었지만, 둘이 일으킨 새로운 힘에 빠져 신경 쓰지 못하고 말았다.

4장
성자의 불

　사실 얀센 성 놀이는 아주 유쾌한 행사긴 하지만 그 시작에는 슬픈 이야기를 담고 있다. 얀센 성은 케스핀의 남동부에 있는 성으로 어느 날 갑자기 들이닥친 해적들에 의해 점령된다. 성주는 격렬히 싸웠지만 전사했고 성 안에는 여자들만이 남았다. 고민하던 그들은 잡혀서 수치를 당하느니 끝까지 저항하기로 하고, 식탁과 의자들을 쌓아 방 안에 벽을 만들고 해적들과 대치했다. 해적 선장은 그 모습을 보고 코웃음을 쳤으나, 벽 안쪽에서 십자궁과 활을 쏘며 버티는 탓에 반나절 동안이나 방을 점령하지 못하게 된다. 해적 선장은 성주의 아내와 딸들을 취할 생각에 부풀어 있었기에 화가 머리끝까지 났고, 결국 작은 성에 통째로 불을

질러 그들을 다 죽여 버렸다. 이 안타까운 이야기는 후에 널리
퍼졌고, 사람들은 큰 용기를 보여준 여인들을 기념하기 위해 그
녀들을 흉내 내는 놀이를 하게 된 것이다.

—쉬제 베르탕 경의 『케스핀 왕국의 역사』 中

신년의 분위기는 조용하고 정적이었지만 집 안에 갇혀 있는 사람들의 마음까지는 그렇지 않았다. 추운 겨울이 계속되고 할 일은 없자 모두 심심해 죽을 지경이었다. 사실 양민들이야 백개먼(Backgammon)이나 나인 맨스 모어리스(Nine Men's Morris), 거위와 여우 등의 놀이를 하며 어떻게든 버틴다 해도, 높으신 양반들은 워낙 삶이 다채롭고 윤택했던지라 이 정도로는 겨울을 보내는 데 한계가 있었다. 그리하여 나리들의 고고한 입맛에도 맞고 규모도 큰 겨울 놀이가 생겨났으니 그 이름도 유명한 얀센 성 놀이다.

시작은 이름 그대로 얀센 성에서 유래했다. 게다가 노는 방법도 간단하다. 고상한 귀족님들이 하시는 것이라 이 또한 우아할 거라 생각하면 오산이다. 우선 집 안의 가구들, 이를테면 탁자나 의자, 심지어 침대 같은 것들을 모아서 방의 한쪽에 쌓아 마치 성벽처럼 만든다. 그리고 여자들은 성을 지키는 역할을 하고 남자는 점령하는 역할을 한다. 이때 여자들은 말린 사과나 호두와 같은 견과류를 던지며 막으면 된다.

이쯤 되면 알겠지만, 얀센 성 놀이는 딱 봐도 남자들에게 무지하게 피곤한 놀이이다. 철저히 여자를 위한 놀이라 사내들은 이날 죽었다 생각하고 날아오는 견과류를 견뎌내야 한다. 특히나 평소 말썽을 부린 남편이라면 아내와 그 자매들까지 가세한 집중 공세를 받을지도 모른다. 그래서 그런지 이때쯤 귀족 집 안 곳곳에서 아내가 남편에게, 여동생은 오빠에게 말린 사과를 힘껏 던지고 있는 꼴을 쉽게 볼 수 있다. 여기에는 왕성도 예외가 아니었다.

"우와, 굉장한데."

레이놀드는 눈앞의 광경을 보고 놀라움을 금치 못했다. 옆에 있던 필라보도 정말 그렇다는 듯 고개를 끄덕였다. 그는 성 안으로 라 파뇰의 전언을 전하려다 덤으로 이곳에 딸려왔다. 지금 그들은 왕자궁에서 벌어질 얀센 성 놀이 준비 현장에 와 있었다. 하인들이 부지런히 자재를 나르고 있었는데 문제는 그들이 옮기는 게 가구가 아니란 것이다. 왕성에서 벌어지는 놀이의 품격이라고 해야 할까, 건축용 목재를 써 진짜 나무 성을 만들고 있는 것이다. 게다가 3층 구조로 가장 위에는 노란 마름모 모양의 문장이 그려진 깃발이 꽂혀 있었다.

바로 왕자비 아가사의 문장이었다. 여자의 문장을 뜻하는 마름모 안에 친정인 신성 벤타케 제국의 황금 날개 십자가와 첫째 딸을 상징하는 하트 문양, 시집온 케스핀 왕가의 화염용 문양으로 구성되어 있었다.

"참가진이 화려하군요."

필라보는 깃발을 보고 나지막하게 중얼거렸다. 왕자비는 그
아름다운 미모와 기품으로 이름이 높았고 덕분에 하트의 여왕
이란 애칭으로 불렸다. 지금 저 깃발이 목재성 가장 위에 보란
듯이 있다는 건 이번 놀이에 왕자비도 참가한다는 뜻이다.

"왕족들 다수와 지체 높은 영애들이 참가할 거야. 물론 공
주 전하도 그렇고."

예전 같으면 레이놀드가 끼기 어려운 자리였는데 최근 전쟁
의 성공으로 입지가 커졌기에 가능하다. 그는 안달루시아와
코르도바에 이어 투르, 베즐레, 리모쥬까지 점령한데다 북부
에도 땅을 가지고 있었다. 왕국에서 부모의 도움을 받지 않고
전쟁으로 젊은 귀족이 이렇게 땅을 불린 것은 그가 유일했다.

"레이놀드 경."

그때 뒤쪽에서 작게 부르는 소리가 들렸다. 돌아보니 즐거
운 표정을 짓고 있는 크리스틴 공주가 보였다.

"전하."

레이놀드가 예를 표하자 그녀는 왕족다운 자세로 기품 있게
인사를 받았다. 공주는 목재성을 만드는 과정이 보고 싶어서
왔다고 말했다. 인부들의 일은 거의 끝나가고 있었고, 점심 후
차를 마시고 나면 놀이가 시작될 것이다. 공주는 흥미로운 듯
주위를 둘러보더니 레이놀드에게 다가왔다. 그녀는 주변에 보
이지 않게 입 모양으로 살짝 속삭였다.

"이따가 보자. 오빠."

그리고 오후 차 시간이 끝나자 사람들은 즐거움을 기대하며 모여들었다. 이 놀이의 주인공은 여자들이라, 남자들은 '너그러운 내가 오늘 하루 아녀자들을 위해 희생한다.'는 표정을 짓고 있었다. 그래도 개중에는 즐거운 듯 들뜬 표정인 자도 많았다. 사실 놀이를 하는 동안 한눈을 판다면 날아온 호두에 이마를 맞기 좋았지만, 평소 호감 있는 숙녀와 눈을 맞추기에 더없이 훌륭한 기회기도 했다. 얀센 성 놀이는 무도회나, 마상창시합의 또 다른 형태라고도 할 수 있었다. 그렇게 다들 설레며 삼삼오오 모여 있을 때 중년의 시종이 큰 소리로 외쳤다.

"왕자 전하와 왕자비께서 드십니다."

존귀한 자의 등장에 사람들이 썰물처럼 밀려났다. 그들은 앞다투어 인사를 건네려 노력했다. 왕자 부부는 밝은 표정으로 신하들에게 답례하며 상석으로 향했다. 그러다 왕자는 레이놀드를 발견하고는 다가왔다.

"하하하핫! 레이놀드 경."

그는 유쾌한 태도로 자신의 기사를 끌어안으며 이런저런 말을 걸었다. 가벼운 안부였지만 주변의 신하들은 그걸 주목했다. 어떤 이는 질투, 또 어떤 이는 흥미를 보였다. 지금 누구도 순진하게 왕자가 사람이 좋아 레이놀드를 잘 대해 준다고 생각하는 이가 없었는데, 그들의 연합에 대해서는 이미 소문이 많이 돌고 있었다. 이 가벼운 포옹은 모여 있는 유력자들에게 이 젊은 영주가 왕자의 충실한 기사임을 말하는 것이다.

"안녕하세요, 레이놀드 경."

뒤이어 아름다운 왕자비까지 그에게 친근하게 인사했다. 그녀는 타고난 아름다움과 성품으로, 많은 기사들이 그녀를 마음속의 숙녀(Fair Lady)로 정하고 있었다. 그러나 아가사는 왕국에서 가장 존엄한 여인 중 하나였고, 그녀 앞에 나아가 가벼운 이야기라도 나누는 영광은 아무에게나 허용된 것이 아니었다. 그때문에 더더욱 질투의 시선이 꽂혔다. 그녀와는 스승인 왕자 덕분에 최근에 무척 친해졌는데, 그래서 그런지 마치 레이놀드에게 사촌 누나 같은 태도를 보여 줬다. 그녀가 젊은 영주의 어깨에 묻은 먼지를 털어 주는 장면은 사뭇 다정해 보였다. 곁에 있던 왕자는 짐짓 그런 모습을 모른 척했고 그건 사람들의 위험한 상상력을 자극했다. 원래 궁중에서의 암투는 군주와 그 아내, 충성된 기사로부터 시작된다. 거기에 소문을 달고 온 이간자에 의해 군주와 기사는 흔들리게 된다. 그러면 그들은 신뢰와 의심 중 하나를 선택해야 한다. 이건 고래로부터 오래된 암투의 방법이고 현명한 자라면 이걸 이용하기도 하는 법이다. 조프루아 왕자는 사랑스러운 부인과 든든한 젊은 영주를 자신의 말로 쓰기로 결정한 것이다. 그의 부인은 남편의 일을 위해 헌신적으로 움직이고 있었다. 아가사는 주위 사람들이 집중하면 들릴 만한, 속삭이는 것도 아니고 그렇다고 조심성 없는 태도도 아닌 목소리로 레이놀드에게 말했다.

"내일 따로 시간을 내주세요. 차를 한 잔하고 싶군요."

레이놀드는 미소 띤 얼굴로 대답했다.

"영광입니다, 왕자비 전하."

그때 사람들과 얘기하던 왕자가 다시 돌아왔다.

"그럼, 우리 같이 하트의 여왕이 던지는 사과에 전사하지 않게 조심하자고."

"물론입니다, 전하. 다만 소신이 어찌 왕자비의 사과를 피하겠습니까, 그저 왕자 전하의 등 뒤에서 자비를 구할 뿐입니다."

왕자는 자신을 방패로 쓰겠다는 말에 크게 웃음을 터뜨렸다. 아가사 왕자비는 재치 있게 농담에 화답했다.

"그렇다면 저는 남편을 이용하는 경을 벌주기 위해 사과를 무척이나 집중해서, 많이 던져야겠군요?"

"물론입니다. 이 건방진 신을 벌하기 위해 말린 사과를 제게 집중하시면 됩니다. 물론 그 앞에 계실 왕자 전하께서 조금 괴로우실지 모릅니다만."

"호호호호."

레이놀드의 농담이 재밌었던지 왕자비는 입을 가리고 즐거워했다. 그때 나이 많은 시종 하나가 소리쳤다.

"공주 전하께서 드십니다."

사람들의 시선이 문으로 향했다. 시종의 안내에 따라 타오르는 화염 같은 머리칼을 틀어 올린 공주가 모습을 드러냈다.

그녀의 마법적 혈통은 하트의 여왕을 능가하는 매력을 갖게 해 줬다. 여기저기서 탄성이 터진 건 말할 필요도 없었다. 타고난 기품과 고귀한 지위는 귀족들조차 이 소녀를 우러러보게 만들었다.

"레이놀드 경."

그런데 그런 그녀가 방에 들어오자마자 미소를 지으며 레이놀드에게 다가왔다. 왕자 부부에 이어 공주의 관심까지 쏟아지자 주위 사람들의 표정이 또 어땠는지 말할 것도 없다.

'이거 원! 빼도 박도 못하겠는걸.'

그는 자신을 향한 유력자의 총애가 즐거웠으나, 이제 정치적 투쟁의 전면에 나서게 된 건 그다지 달갑지 않았다. 하지만 남부의 캉브레 경을 쓰러뜨리고 실버레이크의 승리를 이끌려면 역시 권력에 발을 들여 놓아야만 했다. 자고로 군주의 사랑만큼 강력한 힘은 없다.

"얏!"

한 귀부인이 있는 힘껏 마른 사과를 던졌다. 부인은 평소에 얼마나 잘 먹었는지 팔뚝이 굵고 덩치도 좋아 그 기세가 보통이 아니었다. 아니나 다를까 레이놀드의 옆에 있던 비리비리한 중년 남성이 외마디 비명과 함께 쓰러졌다.

'이거 장난 아닌데!'

3층 구조물인 목재성에 숨은 수십 명의 귀족 여자들은 쉬지도 않고 호두와 말린 과일 따위를 던졌다. 평소 집안일에 스트레스를 많이 받았던 것인지 그 손길에는 조금의 자비도 없었다. 널찍한 방 안은 겨울이라 생각할 수 없을 만큼 열기가 오르고 있었다. 정말로 그녀들은 할 수만 있다면 호두로 남편을 죽여 버리려고 하는 게 아닌지 의심스러울 정도였다. 반면 공격자인 남자들은 접시만큼 조그마한 나무 방패를 들고 넓은 방 이곳저곳으로 호두가 맞기 싫어 뛰어다니고 있었다. 사실 여기 있는 남자들의 반은 전문 싸움꾼들이었다. 전장의 살인 기계인 기사 양반들이란 소리다. 그런 그들이 이런 목재성을 점령하지 못할 리 없다. 하지만 정말 그렇게 하겠다고 뛰어올라 꼭대기에 매달린 왕자비의 깃발을 뽑아 버리는 것도 곤란하다. 아마 그는 천하의 불학무식한 놈이 되어 버리는 것이다. 이 놀이 자체가 여자들을 위한 것인데, 그랬다가는 실망한 소녀 중 하나는 울음을 터뜨려 버릴지도 모르는 일이다. 덕분에 남자들은 이러지도 못하고 저러지도 못하고 그저 '놀이야, 빨리 끝나다오. 이것만 끝나면 술을 퍼먹으러 갈 것이다. 난 아마 오늘도 늦을 거다. 이 여편네야!'란 생각으로 버티고 있는 상황이다. 너무 무성의하게 보이면 그것도 곤란하다는 것이 이 놀이의 어려운 점이다. 수비자인 여성들을 확실히 기쁘게 해주려면 마냥 얻어맞지 말고 일부를 점령해 버리는 재치가 필요하다. 그러면 여자들은 '꺄악' 하는 비명을 지르며 도망가고 빼앗긴 부분을 찾고자 더 열정적으로 호두를 던지게 된다. 물론 그것이 점수를 딸 수 있는 행동이지만 기지를 발휘하는 남자에겐 가혹한 시련이다. 그 남자가 자신에게 집중된 호두들의 화망에 징벌당하는 건 너무나도 당연한 일이기 때문이다. 그래서 이제 성의 1층이나 2층의 일부를 점령할 때가 되었는데도 남자들은 슬슬 서로 눈치를 보고 꺼리는 중이었다. 관망하던 상급자들이 하급자들의 팔꿈치를 찌르기 시작했다. 이쯤에서 알아서 가라는 것이다. 물론 레이놀드도 필라보를 팔꿈치로 슬슬 찌르고 있었다.

"때리기 전에 알아서 가라."

필라보는 잠시 소극적으로 반항했으나, 레이놀드가 인상을 쓰자 결국 앞으로 나섰다. 그는 만족한 표정으로 부하의 용맹스러운 전진을 지켜보았다. 그런데 그때 누가 레이놀드를 팔꿈치로 찔러댔다.

'뭐야? 누가 잘난 이 몸에게 감히?'

돌아보니 왕자였다.

"뭐해, 너도 가야지."

"전하……."

갑자기 조프루아가 인상을 썼다.

"아무리 연기라지만 너 아까 아가사랑 너무 다정하더라?"

상냥한 왕자비랑 친해진 게 좋았던 레이놀드는 속으로 뜨끔한 기분이었다.

"전하, 설마 그런."

"알지, 내 너의 마음가짐을 의심하는 건 아니야. 다만 너무 사이좋은 것 같아서 새롭게 네 충의를 보여 줄 필요가 있다고 생각하는 것뿐이다."

왕자의 얼굴에는 장난기가 가득했다. 올해 30대 중반인 이 남자는 아직도 소년 같았다. 그는 턱으로 얼른 가라는 듯 성을 가리켰다.

"네……."

제아무리 잘나가는 젊은 영주라고 해도 왕자 앞에선 소용이 없는 법. 그는 진짜 공성전처럼 몸 사리며 나아갔다.

'와! 이게 일반 병사의 기분인가.'

그때 성의 왼쪽에서 여자들이 소란스러워졌다. 드디어 일단의 기사들이 나무 방책에 붙어 올라가려고 했다.

"어딜 올라오려고!"

"노이어셔 경 미안해요!"

그녀들은 소리를 지르며 그 부분에 말린 사과와 호두를 집중했다. 불쌍하게도 나무 벽에 매달려 있던 기사는 더 견디지 못하고 떨어졌다. 지금 그렇게 왼편 곳곳에서 올라가려는 기사와 한창 열을 올리는 여자들 사이에서 실랑이가 벌어지고 있었다. 언뜻 보니 필라보도 꽤 고생하는 게 같았다. 레이놀드는 피식 웃으며 성의 오른편을 뛰어갔다. 지금 여자들은 거의 다 왼쪽으로 시선이 쏠려 있어서 이 기회를 이용하기로 했다.

그는 날렵한 동작으로 풀쩍 뛰어올라 나무 방책에 한쪽 다리를 걸쳤다. 레이놀드는 쉽게 목재성 1층에 오른 뒤 욕심을 부려 2층 벽에 매달렸다. 이 역시 그는 별다른 제지 없이 쉽게 도달했다. 여자들은 지금 십여 명의 기사를 상대하느라 정신이 없는 까닭이다. 생각해 보라. 평소 거들먹거리기 좋아하던 남편과 남편의 친구들에게 맘껏 딱딱한 호두를 던져도 아무일 없다는데 누가 열을 올리지 않겠는가. 얀센 성 놀이가 끝나면 귀부인들은 차를 마시며 누가 더 남편의 눈을 시퍼렇게 만들었는지 자랑한다는데 그게 정말인 것 같았다. 아무튼 레이놀드에겐 좋은 기회였다. 성의 2층 벽은 양쪽 끝이 꺾여 사각지대를 만들었다. 그는 그곳으로 숨어들었고, 지금 소란을 피우고 있는 인원들이 격퇴되면 자신이 2층에서 시선을 끌 작정이었다. 물론 그 과정에서 얼마나 호두를 맞게 될지 걱정이 되었지만 어쩔 수 없는 일이었다. 왕자가 시키면 시키는 대로 해야 했다.

'정말 권력이란 비정하군.'

옛말에 억울하면 출세하라더니 그 말이 딱 맞았다. 그런데 그때 누가 살금살금 레이놀드 쪽으로 다가오는 소리가 들렸다. 그리고 갑자기 눈앞에 한 여자가 나타나며 소리를 질렀다.

"왐!"

그 기습적 고함에 레이놀드는 깜짝 놀라 간신히 소리를 지르려는 걸 참아냈다. 그리고 눈앞의 인물을 보며 어색하게 웃었다.

"전하."

그러나 공주 크리스틴은 대답 대신 숨어 있는 그의 앞으로 달려와 쭈그려 앉았다.

"잡았다. 요놈!"

그리고는 레이놀드의 손을 꽉 붙잡고는 즐겁게 웃었다. 공주의 손은 아기처럼 작고 귀여웠다. 그는 민망한 표정으로 그걸 뿌리치려 했지만, 크리스틴은 좀처럼 놓아주지 않았다. 레이놀드는 할 수 없이 손을 잡은 채 말했다. 그는 존대를 하려다 그녀에게 즉각 제지받고는 둘만 있을 때의 말투를 썼다.

"눈치가 빠르네. 몰래 올라왔다고 생각했는데."

그의 말에 공주는 쾌활하게 대답했다.

"아 그건 말이지. 나는 오빠만 보고 있었으니깐."

"어?"

갑작스러운 말에 레이놀드는 멍한 얼굴로 반문했다. 그러나 눈앞의 공주의 표정은 진지했다. 잠시 망설이는 표정이 이어지더니 그녀는 조심스럽게 속삭였다.

"오빠가 좋아. 어릴 때부터 계속……."

그리고 갑자기 레이놀드에게 입을 맞췄다.

"음!"

그는 깜짝 놀랐지만 쉽게 떼어낼 수 없었다. 공주의 붉은 입술이 자신의 입술 위로 미끄러지는 느낌은 뭐라 표현하기 힘들 만큼 강렬했다. 레이놀드가 그러다 아리엘에 대해 떠올리고 이성을 되찾았을 때는 이미 공주는 눈앞에서 고양이처럼 웃고 있었다. 그녀는 지금 무언가 대답을 들을 생각이 없는 듯 곧바로 일어나 소리 질렀다.

"여기 숨은 침입자가 있다!"

그녀의 외침에 호두를 든 귀부인들이 우르르 몰려왔고, 레이놀드는 황급히 아래쪽으로 도망가야 했다. 그러나 이미 놀이 같은 건 중요한 게 아니었다.

＊　　＊　　＊

"확실히 블랙우드가는 왕자의 손을 잡았군요."

"아직 미숙할 것이라 생각했는데. 전쟁에서는 무적이고 정치적 행보도 제법입니다. 그는 이제 봄에 시작될 전투에서 어쩌면 왕자의 도움을 받을지도 모릅니다."

"구체적으로 도움까지는 아니더라도 정치적 압박만 있어도 캉브레 경에게는 힘든 일일 겁니다."

"그에 반해 우리는 겨울 동안 수도에서 별다른 외교적 성과를 내지 못하고 있습니다."

"끄응!"

"정말 큰 일입니다."

한 무리의 귀족들이 밀실에서 얘기를 나누고 있었다. 그들은 캉브레와 그 가신 가문의 인물들이다. 겨울의 이븐스타는 차분히 쌓인 눈과 다르게 외교적 각축장이었다. 대영주과 대주교의 수하들은 소기의 성과를 위해 계속 수도에서 머물렀으나 일진일퇴를 거듭해 양측 다 별다른 성과가 없었다. 그런 와중에 레이놀드의 행보가 사뭇 눈에 띄었다. 이 호수의 젊은 영주는 왕자의 제자가 되더니, 왕자비와도 차를 마실 정도로 친해졌다. 하지만 그 정도라면 지금 이 무리들이 이 정도까지 신경 쓰지는 않았을 것이다. 문제는 지금 왕국의 모든 이가 노리고 있는 크리스틴 공주가 이 야심만만한 신성에게 목을 매고 있는 것 같다는 것이다. 아직 소문이 돌고 있지는 않았지만, 궁중에 눈을 두고 있는 자들은 공주의 짝사랑을 눈치채고 있었다.

"이자가 공주와 혼인이라도 하는 날에는 주군의 앞날이 어두워집니다."

"그럼요. 블랙우드가가 얼마나 큰 권세를 얻게 될지 안 봐도 뻔합니다."

사내들은 걱정스러운 어투로 말했다. 그때 잠자코 이야기를 듣고만 있던 노인이 입을 열었다. 그는 캉브레가의 신하 가운데 가장 존경받는 자였다.

"이제 고상한 방법으로는 그를 견제할 수 없어. 손을 써야겠네."

노인의 말에 사내들도 결국 동의했다.

"생각해 놓으신 방법이 있습니까?"

"그러네."

그가 단호한 태도로 말하자 방 안의 귀족들은 모두 고개를 숙였다.

"그럼 그 뜻에 따르겠습니다. 어르신."

＊　　　＊　　　＊

레이놀드가 악착같이 화염의 기술을 수련하는 이유 중 가장 중요한 건, 봄에 시작될 전투에서 상대에게 한방을 제대로 먹이기 위해서다. 그는 얼음 기사 에튈라 부아뱅의 얼굴이 꿈에 나올 정도로 겨우내 이를 갈았다. 이제 당한 것을 몇 배로 갚아 주지 않으면 너무 화가 나 견디지 못할 것 같았다.

수련은 힘들었다. 그럴수록 레이놀드는 사자 심장 기사단의 단장을 쓰러뜨릴 생각을 하며 버텨냈다. 아르디오넬이 제공하는 '원소 저항'과 자신의 '붉은용의 힘'을 합치면 충분히 승부를 볼 만했음에도 그는 더 확정적인 방법을 원했다. 아마 불의 힘은 그를 물리칠 완벽한 수단이 될 것이다. 그리고 생각 외로 복잡해져 버린 남부의 일을 처리하지 못하면 복수를 위해 북부로 돌아갈 수 없다. 솔직히 속이 타긴 했지만, 일에는 단계가 있는 법이라 일단 그는 실버레이크에서의 싸움을 마무리하기로 작정했다.

"집중해. 이제 이 방에서 하는 수련의 마지막 단계이니깐."

왕자는 레이놀드를 격려하고는 방을 나섰다. 지금 주위에는 네 개의 조그마한 철 상자가 있다. 모두 방구석에 배치되어 레이놀드로부터는 꽤 거리가 먼다. 이제 상당히 난도가 높은 과정까지 왔다고 할 수 있었다.

'좋아.'

스스로 다짐한 그는 정신을 집중했다. 앞에서는 아르디오넬이 조금은 염려와 긴장이 섞인 표정으로 그를 보고 있었다. 레이놀드는 작은 용에게 살짝 미소를 지어 보이고는 정신을 집중했다.

'상자 속에 작은 불이 있다.'

보이지는 않지만, 그는 작은 철 상자 속에서 타고 있을 마법의 불꽃을 떠올렸다. 그러자 몸속에 따뜻함이 깃드는 느낌과 함께 심장에 양초 정도의 온기가 생겼다.

'됐다!'

용의 심장의 강대한 마력이 화염 마법을 일으키기 적합한 형태로 변해 갔다. 그는 즉각 아르디오넬에게 기운을 보냈다.

"넬."

영민한 작은 용은 그가 말하기 전부터 이미 자신의 몸에 흘러들어온 화염의 기운을 느끼며 스스로 변형 중이었다. 순간 그녀의 몸이 새빨갛게 달아오르더니 연기와 불길이 피어났다. 화염에 둘러싸인 용은 멈추지 않고 계속 기운을 받아들였다. 이 과정은 처음 시도하는 것이라 레이놀드는 긴장된 얼굴로 아르디오넬을 쳐다봤다.

"힘들면 그만해도 되요."

그의 걱정스러운 권유에도 용은 멈추지 않았다. 그러나 힘에 겨운 듯 신음을 흘렸다. 왜 힘들지 않겠는가. 아무리 그녀가 반정령이라고 해도 엄연한 생물이다. 그런데 그런 작은 용이 지금 완벽한 화염으로 변신하려 하고 있는 것이다.

"와!"

지켜보던 레이놀드는 탄성을 터뜨렸다.

마침내, 그녀가 화염 그 자체로 변했다. 아르디오넬을 구성하던 윤곽들은 모조리 불길에 녹아내렸다. 그녀라고 추정할 흔적은 모조리 타버렸고, 눈앞에는 일렁이는 붉은 화염만이 보였다. 레이놀드는 더는 참지 못하고 소리쳤다.

"괜찮은 거예요? 넬, 대답해 봐요!"

그러나 화염은 아무런 대답도 없이 그 자리에서 타오르고만 있었다. 그는 겁이 털컥 났다.

'만약 그녀가 화염에서 원래대로 돌아오지 못하면 어떻게 하지? 아니면 화염으로 변한 게 아니라 열기에 타버렸던 것이면?'

일이 잘못된 게 아닌가 싶어 그는 다급해졌다.

"대답해요!"

그래도 그녀가 반응하지 않았다. 레이놀드를 급하게 화염을 손으로 휘저었다. 무척이나 뜨거워 보였지만, 화염용의 불은 계약자에겐 피해를 입히지 않는다.

"제발 좀!"

그가 재차 다급하게 부르자 갑자기 불이 굳기 시작했다. 그리고 점점 형태를 만들어 가더니 작은 용의 모습으로 변해 갔다. 타다만 재가 뭉치면서 형체를 갖추자 색깔이 조금씩 돌아왔다.

'아 됐어. 돌아오고 있어.'

레이놀드는 안심해서는 그녀의 앞에서 차분히 기다렸다. 곧 새빨갛게 비늘이 달아오른 아르디오넬이 나타났다. 아직 몸 곳곳에 불이 붙어 있어 시커먼 연기가 피어올랐다. 레이놀드는 걱정이 가득한 목소리로 물었다.

"괜찮아요?"

작은 용은 대답대신 뛰어올라 그의 머리에 박치기를 했다.

"이 녀석!"

"왜 이러세요?"

그녀는 씩씩거리며 화를 냈다.

"모처럼 불로 변해서 이것저것 해 보려고 했는데! 왜 자꾸 소리를 지르고 손을 휘저어서 방해하는 거야!"

이런 소리를 들으면 왠지 억울했다. 한참 걱정했는데.

"아니 전 넬이 어떻게 된 줄 알고 걱정돼서 그랬는데 박치기나 하고!"

"너 이 녀석! 그렇게 진중하게 기다리지 못하면 여자들이 싫어해."

"상냥한 겁니다."

아르디오넬은 변함없이 여자 맘을 모르는 녀석이라는 생각이 들었다.

"웃기네. 자꾸 그러다가는 아리엘도 도망갈걸!"

둘은 그대로 말다툼을 시작했다. 그때 밖에서 기척이 느껴지자 레이놀드는 손가락으로 조용히 하란 신호를 보냈다. 그녀가 말하는 건 왕자에게도 비밀이다. 아르디오넬의 비밀은 묵언의 맹세를 한 벤쟈민과 스탕달, 필라보를 빼고는 알지 못한다. 심지어 약혼녀인 아리엘에게도 숨기고 있었다.

"왠지 시끄러운 것 같다. 잘 되고 있는 거야?"

왕자가 방으로 들어오자 레이놀드는 황급히 웃었다.

"네, 전하. 철 상자 속의 불을 느끼고 넬을 완전한 화염으로 바꾸었습니다."

"정말인가?"

"물론입니다."

"이 작은 철 상자 속에 화염이 느껴졌던 건가?"

막상 그렇게 묻자 대답이 궁했다. 화염을 의식하고 해내긴 했지만, 정말 불을 느낀 건지는 모르겠다는 생각이 들었다.

"……."

그가 마땅한 대답을 찾지 못하고 망설이자 왕자가 킥킥거리며 웃었다. 그러더니 자신을 따라오라고 하더니 방구석으로

가 상자를 들어 올렸다.

"어?"

레이놀드는 깜짝 놀라고 말았다. 그리고 속았다는 생각이
들었다.

"전하, 처음부터 불은 없었던 겁니까?"

"맞아. 하하하핫! 자네도 꽤 얼빵한 표정을 짓는군. 아무튼
축하하네. 이제 곁에 불을 두지 않고도 심장에서 화염의 마력
을 일으킬 수 있게 되었으니."

이틀 뒤, 레이놀드는 수련의 마지막 단계를 시행하기로 했
다. 사실 이미 왕자에게서의 배움은 다 끝난 상태다. 그의 말
로는 정령용을 조정해 화염 폭발이나 불의 벽을 만드는 기술
은 드래고닉 오러 능력자와 정령용 둘이서 고민해야 할 문제
란 것이다. 그 외에 갑주로 변하는 능력은 발란티르만이 가능
한 일이라 가르칠 수도 없다고 했다.

왕실의 수련법도 지금 레이놀드가 하려는 것까지뿐이었고
뒤로는 정령용과 사용자의 노력에 달려 있었다. 다만 지금 레
이놀드가 하려는 것은 꼭 필요한 단계는 아니나 중요한 전투
경험을 줄 수 있는 일이었다. 바로 얼음계의 정령을 불러 싸우
는 것이다. 얼음의 정령들은 화가 나면 무서운 존재지만 불을
다루는 자들에겐 상대적으로 취약했다. 그래서 화염을 다루게
된 지금 정령을 불러 시험해 보려는 것이다.

"넬, 준비됐어요?"

레이놀드가 마법진을 준비 중인 마법사를 바라보며 물었다. 그 목소리에는 다소 긴장감이 어려 있었다.

"왜 걱정돼? 너무 염려하지 마. 우리 이틀 동안 연습했잖아. 그리 어려운 것도 아냐. 난 이제 내가 지정한 곳으로 가서 타오를 수 있어."

사실 곁에는 왕자도 와 있어서 사실 큰 문제는 없을 것 같았다. 그 또한 대단한 전사라 레이놀드가 화염으로 얼음 정령을 추방하는 데 실패하더라도 충분히 뒤처리해 줄 것이다. 그때 한 마법사가 앞으로 나섰다. 앙브루아즈란 이름의 왕실에 고용된 노마법사로, 화이트클리프 전투 때 홉고블린의 무리에게 전격의 다발을 안겼던 자다.

"전하, 소환을 시작하겠습니다."

조프루아는 대답 대신 레이놀드를 쳐다보았다.

"준비됐어?"

"물론입니다, 전하."

"좋아. 앙브루아즈, 시작하게."

왕자의 허락에 마법사는 주변에 있던 보조자들에게 고개를 끄덕였다. 마법의 시료를 주위에 뿌리며 준비를 시작하는 그들을 보는 앙브루아즈의 눈빛은 복잡했다. 그는 겉으로는 몇 년이나 왕자의 사람으로 봉사해 오고 있었다. 그러나 진짜 정체는 남부의 대영주 캉브레 경의 첩자로, 앙브루아즈는 이제

껏 정보를 빼돌려 조프루아를 기만하고 있었다. 그는 자신에게 선의를 베푸는 왕자에게 양심의 가책을 느꼈지만 대영주의 명령을 거스를 수 없는 처지였다.

이번에 그에게 새로운 명이 내려왔는데 바로 레이놀드를 암살하라는 것이었다. 그날 이후 앙브루아즈는 고심을 거듭했다. 이 젊은 영주는 상당한 무력을 지니고 있어 이런 복잡한 수도에서 소리소문없이 죽이기에는 불가능했다. 독을 써 보려 했지만 그것 또한 여의치 않았다. 그러다 적당한 방법이 생각났다.

'이것이면 충분히 그를 살해할 수 있다. 모든 게 소환 과정에서 일어난 실수로 생각될 거야. 어쩌면 문책을 피할 수는 없겠지만 그 정도는 상관없어.'

앙브루아즈는 바로 불규칙한 정령 소환의 문제를 이용하기로 한 것이다. 정령을 소환하는 마법은 대체로 주문 사용자가 원하는 종을 불러들일 수 있다. 다만 '혼돈의 바다'란 대차원에 속한 정령들은 그곳을 닮아 자유분방하고 불규칙한 면이 있다. 정령의 일부는 호기심이 많아 자신을 부르지 않아도 흥미가 있다는 이유로 주물질계에 튀어 나오기도 하는 것이다. 흔한 일은 아니지만, 모닥불 정령 같은 소소한 불의 정령을 불렀는데 그야말로 막강한 화산 정령이 나타나 주변에 끔찍한 재앙을 뿌리는 일도 생기곤 했다. 이런 까닭에 계산적인 마법사들은 정령 마법을 불신하고 싫어하는 경향이 강하다. 그래서 그는 이번에 사고를 가장해 강대한 얼음 정령 중 하나를 부를 생각이었다. 그런 상위의 정령은 이제 막 화염을 다루기 시작한 자의 기술로는 상대하기 무리였다. 게다가 상위의 얼음 정령을 화염 없이 제압하는 건 현실적으로 어려웠다. 상성이 아니라 칼날로 제압하려면 그야말로 전설의 검술 대가인 카엔 정도의 무력이 필요할 것이다.

'실패 가능성을 없애기 위해 필요 이상일 정도의 자를 부를 것이다. 저 젊은 영주가 나이에 비해 얼마나 강한지는 충분히 안다. 하지만 혹한의 차르(Tsar)나 한겨울의 차르(Tsar) 같은 거물을 부르면 놈은 절대 이길 수 없다.'

앙브루아즈는 거의 완벽에 가깝게 이 일을 준비했다. 이미 이 싸움터 주위로 강력한 마법진을 설치해 이곳으로 튀어 나올 정령이 진을 벗어나지 못하게 조치했다. 만약에 잔혹하기 이를 데 없는 정령인 혹한의 차르가 수도로 튀어 나간다면 대재앙이 발생할 수 있다. 그리고 그는 왕자가 끼어들 경우도 염두에 뒀다. 앙브루아즈는 이미 정령을 가둘 마법진이 왕자를 튕겨내도록 조치를 취해 놨다. 이제 그는 일이 터져도 발만 동동 구를 수밖에 없을 게 자명했다. 앙브루아즈는 나중에 '전하를 보호하기 위해 어쩔 수 없이 그랬습니다.'라 핑계를 댈 작정이었다. 마법사는 주문을 계속 진행하면서 자신의 작전을 머릿속으로 모의 실험해 보았다. 그는 성공을 확신했다.

'반드시 잘 될 것이다.'

지금 겉으로는 단순히 준비만 하는 것처럼 보였지만 이미 소환의 주문은 시작됐다. 앙브루아즈가 속한 그락토니스 마법 학파는 번개와 소환, 마력의 파동을 감춘 채 주문을 외우는 데 전문적인 기술을 가지고 있다. 옆에 있는 보조자들도 그락토니스 학파의 마법사들로 앙브루아즈의 하수인들이다.

'구르 나락스, 벨비오르 쿤메쿠스……'

소환 마법의 효과는 기습적으로 나타날 것이다. 그렇게 일이 거의 준비가 되자, 그는 얼음계에 사는 거물에게 연락을 넣었다. 아마 혹한의 차르 정도 되는 상위 정령만이 그의 목소리를 들을 것이다.

'음?'

그때 갑작스레 어떤 정령이 그와 연결을 시도해 왔다. 상대는 순수한 정령은 아니었고 반은 정령이고 반은 악마인 음험한 존재였다. 앙브루아즈는 두려움에 몸을 떨며 상대의 힘을 짐작해 봤다. 언뜻 느껴지기에는 차르라고 불리는 자 정도는 아니었지만 대단한 힘을 가진 것 같았다. 그는 주물질계로 나오길 원하고 있었다.

'갑작스럽긴 하지만 아무나 그를 죽여주면 된다. 상대에게서 강한 힘과 악의가 전달되는군. 어쩌면 차라리 거만한 차르들보다야 나을지 모른다. 급이 좀 낮긴 해도 어차피 인간이 맞서기에 강한 건 똑같으니깐.'

결론을 내린 앙브루아즈는 상대의 요청을 수락했다. 그는 눈짓으로 마법 보조자들에게 계속 진행하라고 한 뒤 주문을 완성해 갔다. 그러는 동안 레이놀드는 화염을 일으키는 연습을 하고 있었다.

"넬, 그러고 보니 우리 뭔가를 태워 본 적이 없네요?"

"어라? 그러네."

사실 이미 시도해 보려 했지만, 아르디오넬이 몸에서 그을음 냄새가 날 것 같다고 싫어하는 바람에 그냥 넘어가 버렸다. 게다가 그는 불이 뭔가를 태우는 게 너무나 당연하다는 생각에 실험의 필요도 느끼지 못했다. 그래도 막상 실전을 앞두고 나니 연습을 좀 해 보는 게 좋겠다는 생각이 들었다. 레이놀드는 아르디오넬에게 마력을 보내며 눈앞에 있던 잡동사니를 태워달라고 부탁했다.

"갈게요."

"웅!"

레이놀드가 마력을 보내기 시작하자 아르디오넬의 형태가 점점 불로 화했다.

"끄웅!"

살짝 신음을 터뜨리는 게 아직은 이 변형이 조금 버거운 모양이다. 그럼에도 용케 완전한 화염이 되었다. 레이놀드는 신중한 표정으로 한쪽 구석의 잡동사니를 가리켰다.

화르륵—.

마치 마법사들의 화염방사 주문처럼 불길이 앞으로 뻗어 나갔는데 그 사뭇 기세가 무섭다. 목표물은 순식간에 재가 될 것 처럼 보였다.

"어?"

그런데 뭔가가 이상했다. 분명히 맹렬한 불꽃이 일어나고 있었으나 잡동사니에는 전혀 변화가 없었다.

"뭐야, 타지 않잖아?"

심지어 연기조차 일어나지 않았다. 아르디오넬은 곧 원상태로 돌아왔다.

"켁켁."

작은 용이 입에서 시커먼 연기를 토해내며 묻는 듯한 표정을 짓는다.

"……."

레이놀드라고 원인을 알 리가 없다. 그때 지켜보고 있던 왕자가 껴들었다.

"어떻게 된 일이지? 이봐, 당장 소환을 중지시키게."

그때 앙브루아즈가 다급하게 외쳤다.

"전하! 의식을 중단할 수 없습니다!"

"그게 무슨 소린가!"

"어떤 외계의 강력한 존재가 통로를 비집고 나오려고 하는 중입니다!"

하지만 그건 거짓말로, 오히려 앙브루아즈는 자발적으로 나오려는 어떤 강력한 존재를 돕는 중이다.

"어서 막아!"

왕자의 명에 앙브루아즈는 마력의 기운을 높였다. 노마법사는 땀을 뻘뻘 흘리며 안간힘을 썼다. 언뜻 보기에는 잘못된 주문을 바로 잡으려는 것처럼 보이지만, 지금 그는 소환의 막바지 의식에 집중하는 중이었다.

"엔설릭 케르뮤돈!"

그 순간 충격파가 일었고 주위는 마력의 파동이 만드는 기괴한 소리로 가득했다. 소환이 완료되는 동시에 마법진이 구성되었다. 마법진은 허락된 자를 외에는 모조리 밖으로 밀어냈다. 왕자와 앙브루아즈, 그리고 보조 마법사들까지 힘에 튕겨 마법진 안에는 레이놀드와 아르디오넬만이 남았다.

"전하!"

레이놀드는 뒤쪽으로 십여 미터는 날아가 쓰러진 조프루아 왕자를 불렀다. 아무래도 그의 안위가 걱정되었다. 그때 아르디오넬이 작은 입으로 레이놀드를 끌어당겼다.

"지금 저 사람 걱정할 때가 아니야. 뭔가 엄청난 녀석이 튀어 나오려 하고 있어."

그때 공간에 하얀 구멍이 생겼다. 안에서는 빛과 엄청난 한기가 쏟아져 나왔다. 구멍이 점점 더 벌어지자 레이놀드는 다급하게 썬더를 뽑아 들었다.

쿵!

갑자기 하얗고 거대한 앞발이 구멍에서 튀어 나왔다. 언뜻 보기에는 곰의 발바닥 같았으나, 털 대신 서리와 한기가 길게 늘어져 있었고 발톱은 투명한 얼음이었다. 이어서 머리와 몸뚱이가 튀어 나왔다.

"케에에엑!"

나타난 상대는 감정을 짐작하기 어려운 괴성을 지르며 레이놀드를 노려봤다. 다만 확실한 건 그 눈동자에 너무나도 강력한 염원이 담겨 있었다. 바로 복수와 증오였다. 그 정령의 머리는 곰을 닮았고, 눈은 네 개였다.

"이럴 수가……."

레이놀드는 상대를 알아봤다. 바로 카엔의 무덤을 탈출할 때 싸웠던 사악한 얼음 정령이었다. 녀석은 사악이 깃든, 정령의 이상한 변형으로 테바흐라 불리는 종이다. 레이놀드는 상대의 덩치가 더 커진데다 느낌이 달라지긴 했지만, 그때 그 녀석이란 걸 확신했다. 뭣보다 지금 저 갈망 어린 눈동자가 가장 확실한 증거였다.

"케케켁! 그 더러운 오렌지빛의 냄새가 난다 싶어 설마설마 했는데 바로 네 녀석이었을 줄이야! 정말 이런 기막힌 우연이 있나!"

"……지독한 악연이군."

"크에에엑! 널 다시 만나게 해 준 운명에 감사한다! 다시 봐도 정말 믿을 수가 없어."

테바흐는 보란 듯이 두 다리로 일어났다. 마치 북극곰 같아 보이는 모양새였으나 덩치는 산악 거인만 했다.

"이 상처가 보이나?"

녀석은 자신의 가슴팍을 가리켰다. 몰라볼 리가 없다. 그 흉터는 드래고닉 오러가 만든 것이다.

"하나 더 만들어 주지."

레이놀드는 조금도 주눅 들지 않은 태도로 말했다. 그러면서 썬더에 드래고닉 오러를 불러일으켰다.

지잉—

그 모습에 얼음의 정령은 못 참겠다는 듯 괴성을 질렀다.

"케에에엑! 좋다! 하지만 나도 예전과는 전혀 다를 것이다!"

확실히 덩치도 커지고 기세도 무서워졌다.

"그 검에 강제적으로 추방된 뒤로 겪은 고난을 생각하면, 이대로 널 죽여야 하는 것도 속이 터져 죽을 지경이다! 그날 이후 난 살아남기 위해 수많은 동족을 잡아먹으며 몸을 부풀려 왔다."

그러면서 테바흐는 코를 내밀고 레이놀드의 냄새를 맡았다. 마치 추잡한 악마와 같은 행동이었다. 레이놀드는 즉각 썬더를 휘둘렀다. 허공에 검이 지나간 노란 선이 그려지자 테바흐는 화들짝 놀라서 물러났다.

"내 영혼에서 물러나라 정령! 넌 그럴 힘이 없어!"

"케케켁! 그래 잘 알고 있지. 그 오지랖 넓으신 신의 보호 덕에 하찮은 네놈이 목소리 좀 높이고 있다는 사실을. 하지만 네놈의 육체는 신께서도 지켜 주시지 못할 것이다. 아주 천천히 고통스럽게 찢어 주마!"

테바흐의 강력한 앞발이 레이놀드를 내리쳤다. 숙련된 전사인 레이놀드는 한눈에 상대의 공격이 엄청난 위력을 지닌 것을 알아챘다.

'평범하게는 못 막는다!'

그는 주저 없이 용의 분노로 맞받아쳤다. 그건 레이놀드가 가진 가장 강력한 일격이었다. 평범한 상태보다 몇 배나 집중된 드래고닉 오러가 정면으로 테바흐의 앞발에 부딪혔다.

콰앙!

주변으로 강력한 충격파가 일었다. 레이놀드는 몇 걸음 뒤로 주춤주춤 물러났으나, 테바흐는 여유만만한 표정이었다.

'믿을 수 없을 만큼 강해졌군. 단순히 드래고닉 오러를 일으킨 것으로도 이긴 녀석인데 어찌 용의 분노를!'

통증이 느껴지는 손바닥에 썬더의 손잡이가 흔들리는 게 느껴졌다. 이런 충격이 계속되면 자루가 부서져 검날이 사출(瀉出)될지도 모른다. 그는 낭패한 심경이 되었다.

"레이놀드!"

뒤에서는 조프루아 왕자가 레이놀드와 정령을 가둔 보호막을 두드리고 있었다. 당황한 표정이 역력했다. 테바흐는 레이놀드의 시선을 따라가더니 재미있다는 표정을 지었다.

"사실 저 마법사 놈이 도움을 주었지. 케케켁!"

"뭐?"

"지금 저기서 우리를 가둔 보호 마법을 부수지 못해 애쓰는 척하는 자 말이다. 저 늙은 마법사가 날 꺼내는 데 도움을 주었다. 역시 인간이란 재밌어. 저렇게 손쉽게 거짓을 말하다니. 케케켁!"

레이놀드는 힐끔 앙브루아즈를 돌아봤다.

"사실을 말해 줘도 되는 건가? 널 도운 마법사를 난처하게 만들다니."

"상관없잖아? 네놈은 여기서 내가 죽을 거고, 진실은 다시 감춰질 테니."

"정말 거슬리는 군 그 태도."

몇 년 사이 레이놀드도 누구 못지않게 강해졌다. 그는 슬며시 '붉은용의 분노'를 끌어냈다.

쿵쾅! 쿵쾅!

갑자기 붉은용 우르케론의 기운이 몸으로 퍼지자 심장이 큰 소리로 요동을 쳤다.

"거슬리면 어쩔 건가, 인간?"

레이놀드는 대답 대신 폭발적인 속도로 앞으로 튀어 나갔다. 그 모습에 테바흐도 일순간 당황하더니 즉각 앞발을 휘둘렀다.

퍽!

"아니 이런 말도 안 되는!"

작은 인간인 레이놀드가 왼손으로 그의 거대한 앞발을 막아 버린 것이다. 바위로 잘게 부수는 자신의 공격이 인간의 한쪽 손에 붙잡히자 테바흐는 어이가 없었다.

"이 녀석! 무슨 짓을 한 것이냐!"

정령의 입장에서는 상대가 무슨 속임수를 쓴 것이라 생각했다. 그러면서 테바흐는 자신의 감각을 점검하고 주위에 마법이 발현되었는지 확인해 보았다. 그러나 아무것도 없었기에 테바흐는 일순간 두려움마저 느끼며 레이놀드를 내려다보았다. 그를 올려보는 작은 인간의 눈빛이 자신만만하다.

"거슬린다고 했지!"

레이놀드는 곧장 오른손에 든 썬더를 붙잡고 있던 앞발에 내리쳤다.

지잉―.

오러가 물체를 가르는 소리와 함께 기둥 같은 정령의 발이 반 토막 나 버렸다.

"키에에엑!"

고통에 테바흐는 비명을 지르며 물러났다. 정령은 고개를 숙이고 마치 울음 같은 괴상한 소리를 냈다. 점점 그 목소리가 빨라지고 높아졌다.

"켁켁켁케엑!"

그러다 이제는 확실히 웃어젖히는 것 같았다.

"웃어?"

레이놀드는 상대가 미친 건가 생각했다. 그때 잘린 앞다리가 혼자 움직이더니 테바흐의 팔에 가서 저절로 붙어 버리는 것이었다.

"정말 날 끝까지 재밌게 해 주는구나 인간! 안 본 사이 이렇게 강해져 있을 줄은 상상도 못했다."

곰의 얼굴을 한 정령은 재미있어 죽겠다는 목소리였다.

"넌 지금 상태로 나와 호각을 다툴 수 있다고 믿는 모양인데 이제 그 가련한 믿음을 부숴주마!"

일순간 테바흐의 가슴이 부풀어 오르며 커다란 입이 공기를 빨아들이기 시작했다. 지켜보던 아르디오넬이 다급히 레이놀드를 불렀다.

"죽음의 한기를 토해내려는 거야! 어서 내게 마력을 보내!"

레이놀드도 심상치 않은 상황임을 눈치채고 즉시 마력을 아르디오넬에게 보냈다. 일순간 작은 용은 황금색 빛으로 바뀌어 레이놀드를 휘감았다.

쿠우우우—.

그 순간 테바흐의 입에서 눈바람이 튀어 나와 즉시 레이놀드를 덮쳤다. 아르디오넬의 원소보호 능력을 사용 중인 레이놀드조차 이를 악무는 추위를 느낄 정도로 강력한 위력이었다. 그러나 직접적인 피해는 입지 않았다. 다만 손과 발 위에 얼음 결빙이 달라붙는 게 문제였다.

"점점 움직이기 힘들어요!"

레이놀드는 자신의 팔에 달라붙는 굵직한 얼음을 쳐부숴냈다. 그러나 눈바람의 위력은 수습하기 어려울 지경이었다. 점점 그는 묻혀갔다. 그러다 마침내 레이놀드가 있던 자리에는 눈에 덮인 얼음 덩어리만 남게 되었다.

"켁켁켁켁!"

눈바람을 내뿜는 것을 멈춘 테바흐는 정말로 유쾌하다는 듯 웃었다. 정령은 레이놀드가 사용한 원소보호에 대해 알지 못해 그가 죽었을 거라 단정했다. 사실 지금의 눈바람은 거인도 쓰러뜨릴 정도로 매서워 정령이 그렇게 생각하는 건 어쩌면 당연했다. 그러나 레이놀드는 지금 얼음 속에서 아르디오넬과 대화 중이었다.

"넬, 이제 어쩌죠? 얼마 더 버티지 못할 것 같아요. 점점 숨 쉬기 힘들어지네요."

"가만있어 봐, 나도 생각 중이라고. 일단 네 힘으로 이걸 부수고 나갈 수 없을까?"

"저도 방금 시도해 봤는데 어림없어요."

거인의 발을 잡을 정도의 괴력을 발휘하는 그였지만, 2미터 가까이 단단하게 언 것을 부수기엔 무리였다. 뭣보다 움직일 공간이 없어 힘이 거의 발휘되지가 않았다.

"레이놀드, 우리 다시 한 번 불을 일으켜 보자."

"하지만 전혀 타지가 않잖아요."

"나도 그게 이상하긴 한데, 어쩌면 이 얼음을 녹일 수 있을

지도 몰라."

"그게 무슨 말이에요?"

"설명하자면 길어. 그보다 시간이 없어. 난 그렇다 쳐도 이 대로라면 넌 죽고 말 거야."

이제 마땅히 방법이 없었다. 레이놀드는 최후의 수단으로 불이라도 다시 일으켜 보기로 했다. 그는 눈을 감고 화염을 떠올렸다. 이제는 제법 익숙하게 변형된 마력을 아르디오넬에게 전달했다.

화르륵―.

아르디오넬은 마치 불도마뱀인 샐러맨더 같은 모습이 되더니, 점점 더 불의 형체로 화했다.

"레이놀드. 더 많은 마력을 줘!"

레이놀드가 최대의 마력을 보내자 불길이 더욱 강해져 갔다. 마력의 주인에게는 피해를 입히지 않는 화염이 레이놀드를 감싸 갔다. 그때 결빙에서 떨어진 물방울이 불꽃과 부딪히며 요란한 소리를 냈다. 사방이 수증기로 자욱해졌다.

"얼음이 녹습니다!"

점점 거대해지는 불길이 두껍게 쌓인 눈과 얼음을 빠른 속도로 녹여 버렸다.

아르디오넬은 기세 좋게 소리쳤다.

"역시 그랬어! 레이놀드 준비해! 탈출하면 저 고약한 정령을 녹여 버린다!"

이제 주변의 얼음은 모조리 물로 변했다. 레이놀드는 불길에 휩싸여 사지에서 탈출하게 되었다. 승리를 기정사실로 생각하던 테바흐는 갑자기 일어난 화염에 깜짝 놀라 뒤로 물러났다. 부정한 얼음으로 만들어진 그는 언제나 불을 두려워해왔다.

"쿠에에엑!"

마치 성난 곰처럼 입을 벌리고 울음소리를 냈지만, 그 목소리에서는 두려움이 느껴졌다. 온몸이 화염에 둘러싸인 레이놀드는 손을 앞으로 곧장 뻗으며 소리쳤다.

"넬! 태워요!"

불길이 길게 쏘아져 거대한 정령을 둘러쌌다. 녀석은 발광을 했지만 화염은 마치 아교처럼 달라붙어 떨어지질 않는다.

"끼에에엑! 이 녀석!"

머리가 아플 정도로 사방을 울리는 비명이 결계 안을 가득 채웠다. 털처럼 늘어진 얼음 정령의 한기는 아르디오넬의 강력한 불길에 모두 타버렸고, 얼음으로 만들어진 날카로운 손톱과 이빨은 녹아 없어졌다. 그의 얼굴을 만들고 있던 부정한 눈들이 녹자 탁한 색으로 오염된 얼음 뼈가 드러났다.

"떨어져! 떨어지라고!"

거대한 덩치의 정령이 사방으로 날뛰며 마법의 결계에 부딪혀 댔다.

쿵— 쿵—.

주변이 통째로 울리는 기분이다. 그러나 그것도 마지막 발악이었다. 처음 그 흉악했던 정령이라고 믿을 수 없을 정도로 애처로운 소리를 내더니 얼음으로 만들어진 눈동자가 레이놀드를 노려보았다.

주르륵—.

아르디오넬의 화염이 닿자 레이놀드를 쳐다보던 눈이 녹아서 흘러내렸다. 이제 테바흐가 있던 자리에는 녹은 물만 흥건하게 남았다. 사방에서 악취가 진동했다.

"레이놀드."

아르디오넬은 다시 용의 형태로 변해 날아왔다. 지친 표정이 역력했다. 작은 용은 숨을 몰아쉬며 몸을 기대 왔다.

"괜찮아요?"

"걱정 마, 끄떡없어. 그런데 너 왜 차가운 정령들이 불을 두려워하는 줄 알아?"

"화염에 약하기 때문 아닌가요?"

"물론 그것도 중요한 이유지. 하지만 불에 타죽은 차가운 정령은 다시 부활할 수 없어. 말 그대로 소멸해 버리는 탓에 그들은 불을 두려워하지."

레이놀드는 정령용의 말을 곱씹으며 고인 물을 바라보았다. 그녀의 말이 맞는다면 이제 악연을 맺었던 테바흐의 존재 자체가 소거된 것이다.

*　　*　　*

앙브루아즈와 그락토니스 마법 학파의 제자들은 얼마 뒤에 체포되었다. 사실 왕자는 소환 의식의 실패에 대해 노마법사를 엄청나게 질책하긴 했지만 레이놀드의 밀고가 있기 전까지 다른 의심을 하진 않았다. 그러던 중 레이놀드가 테바흐에게 들었던 이야기를 하자, 그는 몰래 앙브루아즈와 마법사들을 조사했고 충격적인 일들을 알아냈다. 오랫동안 자신을 위해 봉사했던 노마법사가 정적의 끄나풀이었던 것이다. 앙브루아즈는 가족이 람탄 경에게 잡혀 있어 어쩔 수 없었다고 했지만 믿음을 배신당한 왕자의 분노는 컸다. 노마법사는 즉시 눈알이 파여 지하 감옥에 수감되었다. 그 후 레이놀드는 그의 정중한 사과를 받았다.

"널 위험에 빠뜨렸군. 하마터면 나의 가장 훌륭한 기사이자 제자가 죽을 뻔했어. 정말 면목이 없다."

"아닙니다, 전하."

"아니다. 이 점은 정말 깊이 사과한다."

그러면서도 그는 간단한 잡동사니 하나 태우지 못하는 아르디오넬의 불길이 어떻게 강대한 테바흐를 소멸시켰는지 궁금해했다. 레이놀드는 아르디오넬의 진지한 탐구 끝에 답을 알아냈지만 왕자에게는 알려 주지 않았다. 아무래도 비밀로 하는 게 좋을 듯해서였다.

"아마 이건 마법을 태우는 불이야."

"넬, 그게 무슨 소리죠? 마법을 태우는 불이라고요?"

"그래, 나도 설마했지만 마법으로 널 검사하고 확실해졌지. 네 몸속에 성자의 뼈가 있더군. 바로 여기 말이야. 여기."

정령용은 발톱이 난 작은 손가락으로 레이놀드의 가슴팍을 가리켰다. 뒤이어 아르디오넬의 설명을 듣던 레이놀드는 대성당의 지하묘지에서 벌어진 싸움을 떠올렸다. 당시 썬더의 찌르기에 아르카나의 열쇠 일부가 폭발했다. 그때 부서진 뼛조각이 레이놀드에게 박혔는데, 외과적 수술이 어려워 그대로 내버려두고 있었다.

"그 뼈에 깃든 성력이 우리가 일으킨 불길을 바꾼 것 같아. 내가 그때 그 대영주에게 뼈의 주인이 성(聖) 뱅상이라고 들은 걸로 기억해. 그래서 그 성자에 대해 알아보았는데 평생 사악한 마법사와 싸웠던 불의 수도승이더군."

성 뱅상은 신에게 마법을 불태울 화염의 권능을 받은 자였다고 한다. 아르디오넬의 추리로는 그의 뼈 때문에 정령용의 화염이 변형된 것 같다고 했다. 살아생전에도 수도사 뱅상은 오로지 마법과 마법 사용자만 태울 수 있었다고 한다. 마법과 관련이 없다면 간단한 의자하나 그을리지 못했다.

"그렇다면 몸 안의 뼈 때문에 제가 성 뱅상과 같은 힘을 갖게 된 건가요?"

"같지는 않겠지. 전설에 의하면 성 뱅상은 악한 마법사 수백 명이 거주하던 비행 요새를 통째로 태워버린 성인이야. 우리가 쓸 수 있는 힘은 테바흐를 불태운 정도라고 생각해. 전설의 성자에 비하면 소소한 힘이지."

"그렇군요……."

그래도 레이놀드는 희망이 차올랐다. 이 정도 힘이라면 봄의 전장에서 얼음 기사를 곤욕에 빠뜨릴 수 있다.

"저기 넬, 이 불길을 사용하면 그 재수 없는 기사단장을 충분히 이기겠죠?"

그의 말에 작은 정령용이 실소했다.

"당연하지! 지금 저 돌연변이 정령도 태웠는데 인간인 지가 뭐라고."

아르디오넬의 확답에 레이놀드는 봄에 개전될 전장에서 빛나는 승리를 자신하게 됐다.

*   *   *

크리스틴은 사고 소식을 들은 후 레이놀드 옆에 찰싹 붙어 다녔다. 궁정에서는 공주가 이 젊은 영주에게 빠졌다는 소문이 돌았지만 그녀는 신경도 쓰지 않았다. 오히려 레이놀드가 난처해졌다. 그는 남부의 일을 정리한 뒤 아리엘과 혼례를 올리려는데, 공주와 소문이 돌면 좋을 게 없다. 레이놀드는 크리스틴이 자신과 아리엘의 사랑을 흔들 만큼 매혹적이란 사실을 다시금 상기했다. 공주는 어린 시절의 추억을 공유한데다 보고만 있어도 한숨이 나올 정도로 아름다웠다. 게다가 상당히 도도한 왕족이면서도 자신에게만 상냥한 것이 마음을 끌었다. 이런 모든 것이 '위험'으로, 레이놀드는 이제 공주를 피해 다녔다. 벌써 2월, 그는 슬슬 남부로 도망갈 준비를 하고 있었다. 그러나 좁은 궁정에서 핑계를 대는 것도 한계가 있는 법이다.

"공주 전하께서 부르십니다."

크리스틴의 시종이 그를 찾아왔다. 이렇게 직접 부르러 오면 달리 방도가 없다.

"무슨 일이라 하시는가?"

"같이 식사를 하자고 하십니다."

레이놀드는 억지로 고개를 끄덕이며 그를 따라나섰다. 아르디오넬은 격식 있는 자리를 싫어했기에 하늘 위로 날아가 버렸다. 아마 그녀는 내키는 대로 이곳저곳을 구경하고 다닐 것이다. 정령용은 인간 세계에 관심이 많아 그런 자유 시간을 좋아했다.

"끼에엑!"

짧게 울며 멀리 날아가는 아르디오넬의 모습에 레이놀드는 미소 지었다. 회색빛 하늘 아래도 눈은 아직도 지겹게 내리고 있었다. 겨울 공기는 차가웠지만, 북부에서 십 년간 살아온 그에게 이 정도는 아무렇지도 않았다.

뿌득— 뿌득—.

가죽 장화가 쌓인 눈을 밟는 소리가 경쾌하다. 그는 잠시 그 소리를 즐겼는데, 고개를 드니 어느덧 공주의 궁 앞에 도착해 있었다. 잘 교육 받은 하인이 다가와 그의 눈이 묻은 외투를 가지고 물러났다. 시종장은 레이놀드에게 예의 바르게 인사하며 문을 열었다.

"왔어?"

그가 공주궁의 응접실에 들어서자 차를 마시고 있던 그녀가 활짝 웃었다. 다시 봐도 고양이가 생각나는 미소였다. 크리스틴의 궁전은 총 10개 이상의 방으로 구성돼 있었는데, 이곳 응접실은 가장 바깥쪽에 있는 큰 방이었다. 응접실과 하인들이 묵는 방 외에는 내실로 분류되어 공주의 의상실, 금고, 화장실, 침실, 기도실, 목욕탕, 서재, 휴게실, 개인 정원 등으로 구성되어 있었다. 사실 젊은 남자가 이 응접실까지만 온 것도 대단한 영광으로, 만약 내실까지 들어간다면 그건 사형 또는 결혼이라는 극단적 하나를 선택해야 한다. 케스핀 역사상, 왕의 딸이 자는 곳에 들어갔다가 사위가 되지 않고 살아남은 남자는 없다.

"전하, 전하의 기품과 아름다움에 영광을."

레이놀드는 예의 바르게 한쪽 무릎을 꿇었다.

"대체 우리 사이에 언제까지 딱딱하게 그럴 거야?"

"당치 않으십니다, 전하."

"호호호. 어린 시절부터 오빠는 언제나 그런 쪽으로 고지식했지."

크리스틴은 고개를 설레설레 젓더니 다시 말했다.

"일어나세요. 레이놀드 경. 경의 방문을 환영해요."

"영광입니다, 전하."

그제야 그는 공주의 맞은편에 앉았다. 준비하고 있던 시종들이 음식을 가져왔다.

"어때? 아르디오넬과의 수련은 잘되고 있어?"

최근 레이놀드는 불을 다루는 기술을 여러 방면으로 연습하는 중이다.

"왕자 전하께 불충하게도, 사실 그냥 그렇습니다. 제 자질이 부족해서 그런지 생각보다 쉬운 일이 아니었습니다."

그 넋두리에 공주는 애교 섞인 목소리로 위로해 왔다. 솔직히 레이놀드는 그녀의 살가운 태도가 기분 좋았다. 하지만 아리엘의 존재 때문에 이 모든 게 마음에 걸렸다. 지금 이렇게 같이 있는 것 정도도 왠지 그녀에게 죄를 짓는 것 같아서 마음 한구석이 찝찝하다. 곧 공주는 엠마라는 이름의 하녀 하나만 남기고 모두 나가게 했다. 그 하녀는 크리스틴의 신뢰를 받고 있는 자로 그녀만 남으면 공주는 옛날 이레인의 모습으로 돌아갔다.

"오빠."

미소가 걸린 귀여운 얼굴이 그를 바라봤다.

"네, 전하."

그 대답에 크리스틴의 얼굴은 속상한 표정으로 변했다.

"정말! 내가 몇 번이고 부탁했잖아."

공주가 뭘 원하는지 레이놀드는 잘 안다. 하지만 이 방어벽을 포기하기가 두렵다.

"하지만 전하……."

크리스틴은 아무 대답 없이 그를 노려봤다. 그 눈동자를 보고 있자니 마음이 약해졌다. 어려서부터 이 소녀는 항상 레이놀드를 꼼짝 못하게 만들곤 했다. 결국 그는 두 손 두 발 다 들고 말았다. 괜히 시끄러워지느니 포기하고 그녀의 요구를 수용하는 게 현명했다.

"알았어, 이레인."

"호호호호."

그러자 그녀는 승리자의 웃음을 지었다.

"그리고 이제 이레인이 아니야, 크리스틴이라고. 다시 불러봐 오빠."

"아무리 그래도 본명을 어찌."

"어서."

"……그래 크리스틴."

"좋아, 앞으로 꼭 그렇게 부르기다. 호호호호."

공주는 곧잘 그와 예전의 사이로 돌아가려 했다. 그녀가 고집을 부릴 때면 다 큰 둘은 억지로 시간을 거슬러 소꿉친구 같은 사이로 돌아갔다. 그는 이 사실이 걱정스럽기도 하고, 잃었던 여동생을 다시 찾은 것 같아 기쁘기도 했다.

'이거 원, 웃어야 할지 울어야 할지.'

실로 복잡한 기분이다.

"참! 나 오빠를 위해 준비한 게 있어."

그녀는 의자 뒤에서 뭔가를 꺼냈다. 향나무로 만든 작은 상자로 귀족들이 선물을 담는 용도로 쓰는 것이었다.

"이걸 내게?"

"어, 오늘 오빠 생일이잖아?"

"……뭐?"

잠시 멍하던 그는 깜짝 놀랐다. 오늘 2월 21일은 그의 생일이었던 것이다.

'왜 내가 몰랐지?'

잠시 고민하던 그는 그럴 여력이 없었음을 깨달았다. 레드 포레스트가 불탄 이후로 레이놀드의 삶은 극적임의 연속이었다. 언제나 전투와 음모의 사이를 아슬아슬하게 걸어온 탓에 한가하게 생일 축하 같은 건 생각해 본 적 없었다.

"뭐야? 본인 생일도 모르는 거야?"

"까먹고 있었어. 몇 년 사이 정신이 없었거든."

갑자기 크리스틴은 안타까운 표정이 되었다. 그녀는 레이놀드가 최근 몇 년간 불행한 일을 겪었다는 건 잘 알고 있었다. 그녀가 살며시 손을 잡아 왔다.

"이제 괜찮아. 그러니깐 앞으로 생일 기억해도 좋아."

"응."

"그리고 말이야. 내가 준 선물 안 열어 볼 거야?"

크리스틴이 얼굴 가득 미소를 지으며 재촉해 왔다.

"아 맞다. 고마워, 크리스틴."

레이놀드는 기대에 차서 향나무 상자를 열었다.

"와!"

안에는 금으로 만든 목걸이가 들어 있었다. 한눈에 봐도 보통 솜씨로 만든 게 아니다. 왕실에 납품하는 세공사가 만든 최고의 작품이다. 줄이 아주 굵직한 게 남자를 위한 금목걸이로 마름모꼴 펜던트와 함께였다. 펜던트는 어떤 문장이 정교하게 새겨졌고 그 위에 각기 다른 에나멜로 색이 입혀져 있었다.

'별과 고양이……'

갑자기 그는 멍한 기분이 되었다. 붉은색 에나멜을 칠한 바탕 위에 검은 고양이와 노란 별이 보였다. 모를 수가 없는 문장이다. 그가 종자로 있던 시절 매년 받았던 선물 포장에서 보던 것이다. 비록 무덤에 두고 오긴 했지만 오랫동안 아껴 왔던 한손반검의 검신에도 이 문장이 있었다.

"매년 보냈었는데 전쟁 후로는 못 보내서 슬펐다고. 이제라도 챙겨 줄 수 있어서 기뻐."

눈앞에서 크리스틴이 웃는 모습을 보며 레이놀드는 떨리는 목소리로 물었다.

"이거 네 문장이야?"

"어. 몰랐어? 블랙우드 부인에게 내가 보내는 거라고 말했는데 말 안 했던 거야?"

어머니는 일절 사실을 말해 주지 않았다. 왜 그랬을까? 어쩌면 공주의 관심은 정치적으로 민감할 수 있는 문제다. 레이놀드는 어머니가 어린 아들이 실수할까 사실을 감췄던 것으로 추측해 보았다.

"네가 계속 내게 선물을 줬던 거야?"

"응!"

"왜?"

"……왜라니, 어린 시절의 유일한 친구였던 오빠를 언제나 그리워했다고."

"편지라도 같이 보내지 그랬어."

"그건 안 된다는 걸 잘 알잖아."

답답한 마음에 말해 본 레이놀드도 누구보다 그 사실을 잘 알고 있었다. 기사 수업을 떠나면 여자 형제들도 편지를 보내지 않는다. 하물며 공주에게 그런 일은 허락되지 않을 터. 야속하게 말하자면 그녀는 왕을 위한 최고의 현금이라 어려서부터 엄한 관리를 받는다. 그런 처지에도 자신에게 용케 선물을 보냈다는 게 신기했다.

'난 널 생각하지 않았어. 그렇게 예쁘게 웃으면 내 마음이 쓰리잖아.'

레이놀드는 이미 잊어버린 이야기다. 그런데 궁정에서 외롭게 지내온 작은 공주에게는 다른 의미였던 모양이다.

"저기 크리스틴……."

"응?"

"고마워."

"호호호호."

기분 좋은 듯 웃는 공주를 보며 레이놀드는 결심했다. 더는 그녀에게 실례를 해서는 안 된다. 둔감한 그지만 이미 크리스틴의 마음을 눈치채고 있었다.

"그리고 있잖아."

"응, 오빠."

레이놀드는 꿀꺽 침을 삼켰다. 긴장해서 그런지 침도 넘어가지 않았다. 목이 꽉 막힌 기분이다. 그는 충동적으로 근처에 있던 사과술을 들이켠 뒤 입을 열었다.

"……미안해."

그 한마디에 활발한 태도였던 크리스틴이 말을 잃었다. 그녀는 뭔가 말을 꺼내려다 포기하고는 고개를 숙였다.

"……."

공주는 오랫동안 말이 없었다. 그러나 다시 고개를 들 때는 아름다운 두 눈에 눈물이 가득 차 있었다.

"왜 그녀야? 어째서 내가 아니야?"

원망 섞인 말에 레이놀드는 아무 말도 하지 못했다. 공주의 목소리는 조금 커졌다.

"내가 그 사람보다 훨씬 일찍 오빠를 만났어. 그리고 매년 선물을 보냈던 사람도 나야. 그런데 왜 그녀야?"

"……미안."

달리 할 말이 없었다. 곁에 남아 있던 하녀 엠마가 조심스레 손수건을 가져와 공주에게 건넸다. 참고 있던 크리스틴이 결국 울음을 터뜨렸다.

"흐흥. 흑흑."

어색하고 마음 아픈 침묵이 주변에 가득했다. 잠시 뒤 공주가 속삭였다.

"가. 혼자 있게 해 줘."

"크리스틴……."

그러자 공주는 머리를 도리도리 움직이더니 손으로 문을 가리켰다. 더는 어쩔 수 없었다. 레이놀드는 아픈 마음을 부여잡고 문을 나섰다.

레이놀드는 2월 26일, 가신들과 함께 왕자에게 인사를 하고 남부로 향했다. 그는 자신의 생일에 있었던 저녁 식사 후 다시는 공주를 못 만날 줄 알았는데 이틀 뒤 크리스틴이 어색하게 웃으며 찾아왔다. 그녀는 오히려 곤란하게 만들었다며 사과를 해 왔다.

"미안, 난처하게 할 생각은 아니었는데. 그냥 오빠가 좋아서 그랬어……."

그녀는 슬픔과 부끄러움이 섞인 표정으로 고개를 숙였다. 레이놀드는 이런 마음에 아무것도 답해 주지 못한다는데 고통을 느끼고는 그 자리에서 그녀를 위한 대기사(Champion)가 되기를 선언했다.

"지금부터 너를 마음속의 숙녀(Fair Lady)로 삼을게. 이제부터는 내 검을 너를 위해 휘두를 거야. 네 부름에 제일 먼저 달려오는 사람 중 하나가 나란 걸 약속해."

마음속에 따로 사모할 숙녀를 정하는 건 기사의 오랜 전통이었다. 섬기는 군주의 기품 있는 부인을 그 대상으로 정하는 게 보통이다. 레이놀드도 왕자비 아가사에게 그러려고 했으나 이례적으로 공주를 택한 것이다.

"고마워. 그 마음."

공주는 밝게 웃으며 기뻐해 줬다. 덕분에 레이놀드는 조금 편한 마음으로 남부로 떠날 수 있었다. 그는 크리스틴을 위해서라면 기꺼이 투쟁하겠다고 다짐했다.

*   *   *

레이놀드가 떠난 뒤로 며칠 후 크리스틴은 쓸쓸한 기분에 성의 이곳저곳을 거닐었다. 주위에는 여러 기사와 시종이 따랐으나 그녀는 홀로 있는 것 같은 공허함을 느꼈다.

"하아."

한숨이 절로 나온다. 레이놀드가 그녀를 위해 대기사가 되겠다고 했을 때 기쁘기도 했지만 슬픔이 더 컸다.

'오빠는 내가 좋아할 줄 알겠지.'

사실 높은 귀부인을 따르는 기사가 많을수록 좋은 일이긴 하다. 쉽게 말해 인기가 많다는 것이고 많은 기사들의 사랑을 받는 귀부인의 힘은 강해진다. 더불어 그의 남편인 군주의 권위 또한 강해질 것이다. 다만 문제는 모시는 기사와 귀부인 사이에 그어진 선이다. 정신적인 사랑은 허용되지만 그 이상은 불가하다. 만약 서로가 육체적으로 다가가게 된다면 기사는 불명예를 뒤집어쓴 채 군주의 총애를 잃고 만다.

'정말 최고의 거절이야.'

레이놀드는 크리스틴에게 한껏 성의를 보여 줬지만 선은 확실히 그어 버리고 도망친 것이다. 이미 둘 사이의 맹세가 소문이 났다. 공주로서는 이제 레이놀드에게 구애하기 어려운 입장이 되어 버렸다. 주변의 사람들은 남부의 신성이 공주를 지키겠다고 다짐한 데 부러움을 표시했으나 남의 속도 모르고 하는 얘기다.

'그 아리엘이란 여자의 어떤 점이 그렇게 달콤한 걸까……'

공주는 자신이 어디로 가는지도 모른 채 발길 닿는 대로 이리저리 움직였다. 어차피 그녀는 이븐스타의 어디든 들어갈 수 있는 위치에 있다. 까짓 거 내키는 대로 움직인들 어떠하리. 가신들도 그녀의 심경을 헤아려 아무 말 없이 따라온다. 그러다 크리스틴은 자신이 왕성에서 한 번도 와본 적 없는 낯선 곳에 온 걸 깨달았다.

"여기가 어디냐?"

그녀의 물음에 말없이 따르던 기사가 나섰다.

"우편 길드입니다. 왕성에 부속된 것이죠."

"음……."

크리스틴은 호기심이 생겨 기사에게 턱으로 문을 열라 지시했다. 시종들과 함께 건물 안으로 들어가자 부지런히 일하던 사람들이 모두 화들짝 놀랐다. 설령 그녀의 얼굴을 모르는 사람이라도 붉은 머리칼과 눈을 가진 이 고귀한 여인이 누군지 짐작 못하는 자는 없었다. 모두 하던 일을 멈추고 황급히 고개를 숙였다. 반면 공주는 그러거나 말거나 이리저리 움직이며 구경을 했다. 과연 지엄한 위치에 있는 자다운 태도였다.

"전하, 어쩐 일로 이런 누추한 곳에."

책임자로 보이는 자가 나와 황급히 고개를 숙이며 말을 걸자 공주는 한쪽 손을 들었다. 조용히 하라는 신호였다. 지금은 딱히 말하고 싶은 기분이 아니었다. 평소라면 '지위는 높지만 허물없이 친절한' 공주의 역할을 연기하겠지만 오늘은 다 귀찮았다. 크리스틴은 그 침묵에 만족해하며 주변을 돌아봤다. 한쪽에는 양피지 두루마리들이 잔뜩 모여 있었다. 하나같이 훌륭한 가문의 인장이 찍힌 것들이었다.

"보내는 편지들이 이쪽으로 모이는 건가?"

"네, 전하. 궁정에서 거주하는 분들의 발송물들이 이곳에 모입니다. 저희는 중요한 편지가 상하지 않게 최선을 다하고⋯⋯."

공주는 다시 손을 들어 올리고는 편지를 살펴보았다. 그러다 어떤 문장이 눈에 들어왔다. 검과 세 쌍의 검은 날개가 그려진 문장. 블랙우드 가문의 것이다.

'이게 오빠가 보낸 편지?'

크리스틴은 두루마리를 뽑아 들었다.

"이건 어디로 보내는 것이냐?"

"전하, 그 잠시만 기다려 주십쇼."

지부장은 당황하더니 서류를 가져오라고 황급히 손짓했다. 하긴 이 많은 편지의 배송지를 그가 다 외울 리 없었다.

"전하, 기다리게 해드려 죄송합니다. 그 편지는 하드스톤으로 가는 것이군요. 정확히는 아르디가의 아리엘 경에게 가는 편지이옵니다."

"아리엘 아르디⋯⋯."

예상은 했지만 마음속에 아픔이 피어오른다. 공주는 갑자기 격렬한 질투에 사로잡혔다.

'나는 한 번도 받아 본 적 없는 오빠의 편지를 그대는 언제나 받고 있는 건가.'

아마도 수도를 떠나기 전에 쓰고 간 듯했다. 편지를 움켜쥔 손에 괜히 힘이 들어갔다. 그러나 이미 소용없는 일이다. 공주는 한숨을 내쉬며 두루마리를 내려놓았다.

'잠깐.'

그때 어떤 생각이 크리스틴의 머리에 스치고 지나갔다. 질투란 녀석이 급하게 조언한 위험한 의견이었다.

'아냐, 그럴 수는…….'

내면의 양심이 공주를 제지하고 나섰다. 아주 짧은 순간 공주는 갈등했으나 곧 결정을 내렸다. 크리스틴이 뒤를 돌아보자 우편 길드의 지부장이 순종적인 표정을 짓고 있었다.

"전하, 달리 필요하신 거라고."

크리스틴은 다시 '지위는 높지만 허물없이 친절한' 공주의 역할로 돌아왔다.

"지부장님. 저와 잠깐 둘이 얘기할 수 있을까요?"

＊   ＊   ＊

성력 1217년의 봄, 남부는 다시 전화에 휩싸였다. 꽃이 피자마자 대영주와 대주교, 그리고 그들의 동맹들이 전부 들고 일어난 것이다. 사람들은 한해를 알리는 꽃들이 피를 머금고 자라는 걸 두려워했다. 레이놀드는 3월 16일, 무려 1만의 군세를 이끌고 코슈렐 요새를 점령하기 위해 출발했다. 이미 그의 대리장군이 출정 준비를 칼 같이 끝내고 있었다.

대리장군의 역할을 수행하던 라 파뇰은 겨울 숙영 내내 차곡차곡 전문병사를 불러 왔다. 전란의 소식에 들뜬 용병들이 각국에서 몰려들었고 라 파뇰은 이들을 능수능란하게 끌어들였다. 보병이 8천 명에 기병이 2천 명이었다. 다만 기병 대부분이 회전에 써먹기 어려운 경기병들로, 기사로 대표되는 중기병의 수가 적다는 것은 레이놀드 군의 불안 요소였다. 사실 기사라는 제도가 괜히 있는 게 아니다. 용병 중에는 자비로 군마와 철판갑옷을 갖춘 자는 드물었다. 레이놀드의 친위대로 근무하는 유랑기사 백여 명이 전부였다. 그나마 지금까지 중기병 역할을 수행하던 교회군의 기병들이 대주교의 부름을 받고 이탈한 게 큰 타격이었다. 옥타비누 대주교는 월트셔에서 람탄 캉브레와 사활을 건 전면전을 벌일 준비를 하고 중이라, 힘이 될 병력을 닥치는 대로 끌어모았다.

이제 남부의 모든 눈과 귀가 월트셔로 쏠렸다. 그러나 레이놀드는 눈앞의 코슈렐 요새를 점령할 방법이 더 고민이었다. 부하들과 머리를 짜내던 그는 작은 요새를 완전히 포위하기로 작정했다. 레이놀드의 명령이 떨어지자 부하들이 요새 밖으로 참호를 파고 방책을 세워 나갔다. 흙벽과 나무 방채, 참호가 요새를 둘러쌌다. 그 길이만 5킬로미터가 넘었다. 작업에는 생각보다 오래 걸렸고, 어느덧 4월이 되었다. 이제 쥐새끼 한 마리도 성으로 들어갈 방법이 없어졌다. 준비를 끝낸 레이놀

드는 항복을 권유하는 서신을 보냈으나 정중한 거절의 편지가
날아왔다.

　　　호수의 용맹한 젊은 영주님. 관대한 제안에 감사드립니다. 하지
　　만 우리는 우리의 운명을 그저 신께 맡깁니다. 코슈렐 요새는 주군
　　이신 대영주님께 한 충의의 맹세를 꺾을 생각이 전혀 없습니다.

　다음 날인 4월 3일부터 바로 전투가 시작되었다.

　"발사 준비!"
　사격통제관이 우렁차게 외치자 거대한 투석기들이 뒤로 젖
혀졌다. 이 공성 병기들은 라 파놀이 겨우내 유능한 기술자들
을 섭외해 제작한 것이다. 과연 공을 들인 보람이 있는지 2주
간 이어진 포격은 단단한 코슈렐 요새를 거의 반파 이상으로
몰아넣고 있었다. 람탄 왕국에서 온 마법사들이 만든 마법의
폭탄은 눈부신 위력을 발휘했다. 일반 돌탄환이었으면 어림도
없는 일이었다.
　"소집군주님. 앞으로 빠르면 사흘 안에 전면전이 가능할 것
같습니다."
　레이놀드는 라 파놀이 가리키는 곳을 쳐다보았다. 요새의
한 부분이 무너져 있었는데 수비병들이 급하게 보수한 모습이
었다. 나무와 석재로 구멍은 메운 모습은 어설프기 그지없어,

몇 번의 포격이 그 부위로 집중되면 성벽은 더 견디지 못할 것 같았다.

"지금 저쪽으로 사격을 집중하고 있습니까?"

"그렇습니다."

부웅— 붕— 후욱—.

그때 커다란 돌덩이들이 공기를 가르며 요새로 쏟아져 갔다. 공성전은 모든 면에서 성공적이었다. 코슈렐을 완전히 포위한 뒤, 쓸데없는 전면전으로 병력을 낭비하지 않고 포격에 열중했다. 사방의 탈출로가 막힌 뒤 무차별로 폭탄과 투석이 쏟아지자 수비자들의 사기는 급락하고 있었다. 게다가 봄의 전장에서 그를 방해할 것으로 예상하던 사자 심장 기사단은 코빼기도 보이지 않았다. 그가 수집한 첩보로는 기사단이 지금 월트셔에서 벌어지는 대회전에 소집되어 꼼짝도 못하고 있다고 했다.

"전대장님, 모든 게 계획대로 순조로운 것 같군요."

"그렇습니다. 이 요새만 점령하면 캉브레 령의 수도인 스타폴까지 어렵지 않게 들어갈 수 있습니다."

둘은 포도주를 들이켜며 축하를 나눴다. 그때 아주 멀리서 희미하게 뿔나팔 소리가 들린 것 같았다.

"음?"

레이놀드는 의아해졌다. 누군가 돌격 명령을 내리기 전까지 뿔나팔을 불 리가 없었다. 그는 잘못 들었나 싶었지만 확인을 위해 자리에서 일어났다.

"왜 그러십니까, 소집군주님?"

라 파뇰은 아무것도 듣지 못한 모양이었다. 레이놀드는 천막 밖으로 나서 아르디오넬에게 재빨리 속삭였다.

"높이 날아올라 저쪽에 무슨 일이 있는지 살펴 주세요."

"알았어."

적의 접근일까?

하지만 포위망 주위로 몇 킬로미터나 정찰병들을 배치했다. 다가오는 군대를 조기에 발견하는 건 무엇보다 중요한 일이기 때문이다.

'무슨 일이 났을 리가 없는데.'

그러면서도 그는 초조해졌다. 결국 종자에게 버럭 소리를 질렀다.

"벤쟈민, 군마를!"

종자가 허둥지둥 말을 데려오자 레이놀드는 즉각 올라타 군영을 달렸다.

와아아아아!

포위망의 최우측, 흙벽 너머에서 함성이 들려왔다. 레이놀드가 있는 곳으로부터 500미터나 떨어진 곳이다. 그때 아르디오넬이 떨어지는 매처럼 재빠르게 내려와 레이놀드의 어깨 위에 올라탔다. 그녀는 다급하게 외쳤다.

"적 기병대야! 숫자가 대충 봐도 거의 3천이야!"

"뭐라고요!"

"그리고 상대는 사자 심장 기사단이야! 포효하는 사자가 그려진 군기를 봤다고."

레이놀드는 기겁하지 않을 수 없었다. 어디서 갑자기 3천이나 되는 기병대가 튀어 나온 것일까. 사자 심장 기사단은 분명히 월트셔에 있어야 했다. 아무래도 그가 수집한 첩보에 기망이 섞여 있었던 게 틀림없었다.

"부대! 전투 준비!"

레이놀드는 어느새 썬더를 빼들고 고래고래 악을 썼다. 그러자 장교들과 하사관들이 부지런히 움직였다. 레이놀드의 뒤로는 친위대 역할을 수행하는 유랑기사들이 잔뜩 따라붙었다. 하나같이 험상궂은 인상의 숙련가들이다.

"방어대형으로! 최우측에서 적들이 밀려들어 온다!"

부대는 기습을 받은 것치고는 제법 일사불란하게 움직였다. 사실 봄의 전장에서 사자 심장 기사단과 부딪치는 건 미리 예고된 사안이었다. 라 파뇰의 주도 아래 모집된 군대는 왕국 최고의 기병대인 그들과 싸울 준비를 해 왔다. 최우측을 정면으로 해서 장창병과 궁병, 그리고 다시 장창병과 궁병 순이 몇 번이나 반복되는 아주 두꺼운 종심이 생겨나기 시작했다. 이미 최우측에서 적의 공격이 시작되리란 걸 알고 있는 탓이다. 그도 그럴 수밖에 없는 게 진영의 좌측은 강이고 앞은 요새, 뒤는 언덕과 숲이다. 공격해 올 방향은 우측뿐이었다.

두두두두두—.

벌써 땅을 울리는 소리가 흙벽 너머로 들려왔다.

"이랏!"

레이놀드는 말을 재촉해 흙벽 위로 올라섰다.

"이럴 수가."

눈앞에 무려 3천의 기병대가 돌격해 오는 중이었다. 아직 속도를 내지 않고 있었으나 정연하게 접근하는 모습에서 대단한 압박감이 느껴졌다.

부우우우—.

적들의 뿔나팔이 사방을 울렸다. 레이놀드는 재빨리 상대의 구성을 살폈다. 정예 중의 정예인 사자 심장 기사단이 3천이나 될 리가 없다. 그는 곧 앞쪽에는 사자 심장 기사단이, 그리고 뒤쪽에는 다른 기병대가 섞여 있음을 발견했다.

'대단한 녀석들이군. 흙벽 위로 바로 돌격해 오다니.'

사실 흙으로 만든 벽은 직각으로 서 있는 성벽과 다르다. 일종의 언덕과도 같았다. 흙을 성처럼 직각으로 세우려면 잘 다져서 쌓아 올려야 한다. 하지만 레이놀드의 군대에겐 그런 여유로운 시간이 없었다. 덕분에 일부분은 성벽과도 비슷했지만 대부분의 완만한 언덕 정도의 모양새였다. 그래도 흙벽 위에는 나무 목책이 설치되어 있었다. 제아무리 사자 심장 기사단이라도 돌파하려면 큰 피해를 볼 것이 자명하다.

"1열 앞으로!"

레이놀드의 명령에 장창병과 장궁병들이 흙벽 위 방책까지 나섰다. 장창병들이 방책 뒤에서 장창을 꼬나들고 대기하자 장궁병들은 활시위를 매겼다. 그사이 적들은 속력을 올리고 있었다.

　두두두두두─.

　레이놀드는 무서운 기세로 접근해 오는 적 기병대를 보고는 명령했다.

　"준비 된 자는 자유롭게 발사하라!"

　공기를 가르는 화살 소리와 함께 코슈렐 요새 앞에서 전투가 시작되었다.

5장
그대 이제 다시 사랑하지 말라

영주가 죽고 많은 재산을 상속한 딸만 남게 되면 그녀는 보통 왕의 보호 아래 들어간다. 왕은 그녀를 궁궐의 깊은 곳에 머물게 하고 신변을 보호하며 후에 신랑감을 찾아 주기도 한다. 이는 자비를 베풀면서도 실리를 추구하는 일이기도 하다. 그녀의 결혼 전까지 왕은 상속지에 대한 세금을 걷을 권리를 갖기 때문이다. 그런데 케스핀의 로에드릭 국왕은 하드스톤에서 두 자매간의 싸움이 벌어졌을 때 이런 전통적 권리를 주장하지 않았다. 물론 첫째인 엘리노어가 이미 혼인을 했고, 둘째인 아리엘이 기사라는 특이 사항이 있긴 했지만, 왕이 충분히 개입할 여지가 있었다. 그러나 로에드릭 국왕은 화이트클리프의 대영주 라센 경을

움직여 간접적으로 영향을 미쳤을 뿐이다. 학자들은 이것만 봐
도 당대에 하드스톤과 이븐스타가 얼마나 불편한 관계였는지
알 수 있다고 말한다.

—에릭스톤의 『중세사, 가을 황혼의 별들』中

캉! 카앙! 팅!

수백 발의 화살이 쏟아져 내렸지만 3천이나 되는 기병들을
저지하기에는 어림없었다. 단단한 남부식 갑옷을 입고 군마에
마갑까지 씌운 그들은 화살에 대한 저항력이 굉장했다. 일부
를 제외하고는 그대로 언덕 위로 올라왔다.

두두두두―.

오르막길이라 속도가 줄긴 했어도 기사단의 돌격은 여전히
위압적이었다.

"겁먹지 마라! 저지한다!"

레이놀드는 일부러 더 사납게 소리쳤다. 적의 기세에 앞에
나선 숙련병조차 주눅이 든 게 느껴졌다.

"이길 수 있는 싸움이다! 침착하게 상대한다!"

그의 외침은 단순히 지휘관으로서 아군을 독려하기 위한 것
만은 아니었다. 레이놀드는 이 싸움을 수없이 모의 시험해 왔
다. 지금 적들의 기세가 무섭긴 해도 승리를 확신했다.

'오늘이 사자 심장 기사단의 명성이 끝나는 날이 될 것이
다.'

하지만 적을 얕잡아 볼 수는 없다. 그들은 제국 최강이라는 광휘 독수리 기사단과 자웅을 겨룰 만한 부대다.

"사자의 이빨로 물어뜯어라!"

바로 앞에서 적들의 함성이 들려왔다. 근거리라 돌격자들의 얼굴이 선명히 보일 지경이다. 레이놀드는 적의 기마궁사가 쏘아낸 화살을 쇠장갑으로 쳐내며 경고했다.

"충돌에 대비하라!"

그 외침이 끝나자마자, 요란한 소리와 함께 장창병과 기사들이 부딪혔다. 첫 일격은 적들의 기세에도 아군에게 큰 피해를 입히지 못했다. 언덕을 올라오느라 속도가 떨어진데다 장창을 든 보병과 싸워야 했던 까닭이다. 거기에 방책까지 있었다. 앞 열의 기사들이 낙마하며 우왕좌왕 하기 시작했다. 하지만 명예로운 사자 심장 기사단의 무훈은 원래 다 동료의 피를 발판으로 쓰여 왔다. 이 용감무쌍한 기사단은 정지 상태로 보병을 상대하는 불리함에도 억지로 계속 틈을 비집고 들어왔다. 마상창을 잃은 기사들은 장창을 낚아채 잡아 당겨댔다.

'젠장! 방책이 방해되다니!'

레이놀드가 작전을 세우며 생각지도 못한 일이 발생했다. 정지 상태의 기사들은 약하다. 보병이 전진해 압박하면 무너져 내리게 되는데 지금 그들을 보호하는 방책 덕에 장창병이 전진을 못하는 것이었다. 방벽이 오히려 적을 보호해 주는 꼴이 됐다.

슈웅— 슝—.

기사들이 안장에 매달려 있던 경십자궁을 꺼내 장창병에게
쏘아댔다. 이건 사자 심장 기사단의 특별한 점 중 하나로, 그
들은 훌륭한 갑옷을 믿고 방패를 들지 않는다. 대신 안장에 장
전된 경십자궁을 두 개씩 매달아 놓는 것이다. 기사들치고 매
우 특이하게 기마 석궁술을 익혔고 덕분에 그들은 이런 상황
에도 유연하게 대처했다.

'과연 최고의 기사단이란 명성이 헛것이 아니군. 그러나 나
도 처음부터 편하게 이길 생각은 하지 않았다!'

레이놀드는 이를 악물었다. 그는 이대로 쉽게 물러서서는
안 된다는 생각에 초조해졌다.

"으아아악!"

장창병들이 갑자기 날아든 볼트에 비명을 지르며 뒤로 넘어
졌다. 레이놀드는 급하게 장궁병에게 응사를 명했다.

히이이잉!

그때 그의 군마가 애처롭게 울부짖더니 앞다리를 들고 일어
났다.

"커헉!"

레이놀드는 낙마할 뻔했지만 겨우 중심을 잡았다. 그러나
말은 다시 울면서 뒤로 주저앉았다. 살펴보니 이미 볼트를 세
발이나 맞은 상태다. 쓰러진 군마는 그르렁거리며 큰 숨을 몰
아쉬었다. 아무래도 앞에서 화려한 갑옷을 입고 있던 탓에 레

이놀드는 쉽게 표적이 되었으리라. 말을 살피는 와중에도 몇 번이나 볼트가 날아왔다.

"소집군주님!"

한 유랑 기사가 급하게 뛰어와 자신의 말에 레이놀드를 태우며 외쳤다.

"전열(前列)이 얼마 버티지 못할 것 같습니다. 어서 뒤로 물러나야 합니다!"

그의 말대로 이제 적의 기사들은 갈고리까지 동원해 방책을 뜯어내고 있었다. 장창병들이 분전하고 있었지만 기사단을 저지하는 게 쉬운 일이 아니었다. 창을 맞고 기사가 낙마하면 그는 다시 말에 올라 방책을 뜯어내는 데 열중했다. 그런 일이 계속되자 결국 틈이 생겼고, 그사이로 싸움이라면 일가견이 있는 기사단원이 파고들자 아군은 혼란에 빠져 갔다.

"후퇴한다! 돼지깃털(Swine Feather)을 설치하고 물러나라!"

돼지깃털이란 것은 일종의 간이저지대로 작은 창과 같은 모양새다. 궁병이 땅에 사선으로 박아 놓고 물러나면 기병을 저지할 때 매우 요긴하다. 레이놀드는 장궁병들에게 미리 이걸 소지하게 했다. 활을 쏘던 그들은 명령을 받자 돼지깃털을 설치하고 황급히 2열에 있는 장창병 뒤로 도망갔다. 이제 레이놀드까지 빠지자, 보병장교들은 남은 장창병을 질서 있게 후퇴시켰다. 전투의 서전은 일단 사자 심장 기사단이 1차 저지

선인 흙벽을 점령하는 것으로 끝이 났다.

"사자들이여! 이 기세 그대로 적을 쓸어버린다!"

흙벽 위에 올라서 에튈라 부아뱅은 기사단을 독려했다. 하지만 그는 마음속은 무거웠다. 지금 있는 곳에선 실버레이크 군의 진영이 한눈에 훤히 보였는데, 아무래도 이번 싸움은 어려울 것 같았다.

'미리 대비했다고 생각했지만 이 정도까지일 줄이야……'

정찰병의 말은 이미 들었지만 지금 적들의 모습은 정말로 장난이 아니었다. 긴 종심을 이용해 장창병과 장궁병이 계속 교대로 벽처럼 서 있는데다, 중간 중간에 나무 구조물과 함정 그리고 간이저지대까지 보였다. 그야말로 막으려고 작정한 모양새다.

'신이시여, 사자의 영광은 여기까지입니까!'

시작부터 불리한 전투였다. 코슈렐 요새를 구원하는 게 그만큼 절박한 일이라, 노련한 기병지휘관인 그도 이런 무모한 돌격을 시도할 수밖에 없었다. 원래 겨울 숙영 때의 계획은 레이놀드의 부대가 요새 근처로 올 때 영격(迎擊)하는 것이었다. 이렇게 다 자리 잡은 대군에 무모하게 박치기할 의사는 전혀 없었다. 그러나 캉브레가는 생각보다 위기에 몰려 있었다. 그는 몰려오는 실버레이크 군을 보면서도 월트셔에서 있을 회전을 준비해야 했다. 다행히 월트셔에서 대주교가 한 차례 군을 물린데다 동부에서 싱클레어 경이 은밀하게 지원군을 보내왔다. 덕분에 여유를 찾은 캉브레 경은 사자 심장 기사단에 2천의 기병대를 더해 급하게 요새로 파견한 것이다. 어찌나 서둘렀던지 보급부대나 보병들은 며칠이나 뒤로 쳐져 있었다. 지금은 오로지 그들의 힘만으로 이 포위망을 풀어야 한다.

'대영주님은 우릴 너무 믿으시는 것 같군.'

언덕 위에서 2차 돌격을 준비 중인 기사단원들을 보낸 부아뱅은 씁쓸하게 웃었다. 그간 사자 심장 기사단은 몇 번이고 믿을 수 없는 전공을 이뤄냈다. 그래서 그런 것일까. 대영주는 다시 한 번 기적을 바라는 것 같았다. 만약 이곳이 포위되면 캉브레의 군대는 월트셔에서 뒤통수를 얻어맞고 섬멸될지도 모른다.

"멜자브 메르니툭!"

부아뱅이 그의 마법검 아이싱커터를 들고 주문을 외우자 얼음 폭풍이 일어나 날아오는 적들의 화살들을 튕겨냈다.

"오오오!"

주변의 기사들이 그 모습에 사기충천하자 부아뱅은 마음을 다잡았다.

'그래, 부하들은 승리를 의심하지 않고 있다. 단장인 내가 비관하면 안 될 일이다.'

그는 이성적으로 전장을 살폈다. 이 엄청난 방진을 다 돌파하는 것은 상식적으로 불가능하다. 부아뱅은 적어도 요새군이 호응해 줄 수 있을 정도까지 돌격해 들어갈 생각을 했다. 그는 일말의 가능성을 보고는 크게 외쳤다.

"사자들! 돌격!"

언덕 위에 올라선 기사들이 다시 실버레이크 군을 향해 밀려 들어왔다. 그들 앞에는 장창과 화살, 저지대가 버티고 있었지만 기사들은 조금도 신경 쓰지 않는 것 같았다. 사자 심장 기사단은 전설을 새로 쓰기 위해 자신들의 모든 역량을 집중하기 시작했다.

"정말 믿을 수가 없군."

전황을 지켜보던 레이놀드는 탄성을 내뱉지 않을 수 없었다. 적 기사단은 간이저지대에 막히고, 화살에 맞으면서도 2열에 있던 장창병들을 그대로 관통해 버렸다. 레이놀드는 라파놀에게 제국의 병법을 틈틈이 배워 왔다. 그것에 따르면 기병은 작정하고 막아선 장창병을 뚫지 못한다. 그런데 지금 적들이 보란 듯이 돌파해 버린 것이다. 특히나 2열의 장창병들은 정예였음에도 말이다. 대열 속으로 커다란 군마가 뛰어들자 장창병들은 당황해 사방으로 흩어지고 있었다.

"군기가 쓰러졌습니다."

"나도 보고 있다."

스탕달의 보고에 레이놀드는 씁쓸하게 대꾸했다. 그러나 그것뿐이었다. 적들의 무용이 놀랍긴 하나 이 젊은 군주는 패배란 전혀 생각하고 있지 않았다.

"지금 한껏 기세를 올리고 있어도 결국에는 막힐 것입니다."

곁에 있는 라 파놀의 목소리도 자신만만했다. 다만 그는 공들여 훈련시킨 장창병이 섬멸되자 기분이 언짢은 듯했다. 레이놀드는 그의 어깨를 한 번 두드려 주고는 부관에게 명령했다.

"명을 전하라."

"네, 소집군주님."

"2열 장창병 후퇴, 2열 장궁병들도 간이저지대를 설치하며 후퇴, 3열 장창병들 앞으로."

"네!"

부관이 소리치고 달려가 커다란 깃발을 든 병사들에게 명을 전했다. 그러자 한창 시위를 당기던 장궁병들이 제자리에 간이저지대를 설치하고는 우르르 뒤로 몰려갔다. 또 그사이 상당히 무너진 2열의 장창병들도 허겁지겁 살길을 찾아 제멋대로 도주했다.

"그래, 점점 들어와라."

아군의 방진이 하나둘 당하고 있었지만 어디까지나 다 계산된 범위 안이다. 그는 그 후로 3시간 동안이나 물끄러미 싸움터를 지켜보았다. 적은 거의 초인적인 전투를 펼치고 있었다. 사자 심장 기사단은 절대 꺾이지 않는 의지로 몇 번이고 몇 번이고 번갈아 가며 아군의 방진에 충돌해 왔다. 완전 몸으로 때우자는 식으로, 자신들의 불리함 따위는 조금도 신경도 쓰지 않는 것 같았다. 기사 하나가 죽어가며 공간을 확보하면 다른 기사가 악을 쓰며 그사이를 파고들었다. 이제 적들의 군마도 지켜 숨을 헐떡이는 게 보였다. 말들은 벌써 몇 시간째 물 한 모금 마시지 못하고 있었다. 활과 창에 죽은 말도 많아 일부 기사들은 보병처럼 싸웠다.

'이제 때가 되었다.'

계속 지켜만 보던 레이놀드가 자리에서 일어났다.

"전대장님."

그의 부름에 라 파뇰도 즉각 일어났다.

"네, 소집군주님."

"작전을 실행하시죠."

"알겠습니다."

요번 전투에서 가장 중요한 지시가 내려가자 모두 분주하게 움직였다. 그간 코슈렐 요새에서는 실버레이크 군이 참호를 열심히 판다고 생각했겠지만 다 이날을 위해서였다.

"가는 거야?"

지금껏 묵묵히 있던 아르디오넬이 물었다. 레이놀드는 어깨 위에 올라탄 용을 한 번 쓰다듬고는 군마에 올라탔다.

"이제 사자들을 잡을 시간이에요, 넬."

부아뱅은 자신의 부하들에게서 절망과 좌절이 피어나는 것을 느꼈다. 처음에는 승리가 보일 듯했다. 하지만 그 빛나는 무훈을 위해 넘어야 할 장창의 벽은 너무나 두꺼웠다. 이제 사방은 말과 기사의 시체, 부서진 마상창과 흩어진 병장기로 가득할 뿐이었다. 기사단장을 위해 준비된 훌륭한 군마도 지쳐 움직임이 눈에 띄게 줄어든 상태였다. 반면 적들은 아직 건재했다.

"으악!"

곁에 있던 기사 하나가 날아온 화살에 관통돼 쓰러졌다. 그는 장궁을 막을 정도로 좋은 갑옷을 입고 있었지만 수십 발의 화살은 기사의 흉갑에 상처를 만들었다. 갑주의 움푹 파인 곳에 다시 화살이 파고들자 결국 구멍이 나고 말았다.

'이제 후퇴해야 한다. 어쩔 수 없군.'

그건 이 영광의 기사단에게는 괴로운 결정이었다. 이날의 패배가 그들에게 오랫동안 상처로 남을 게 분명해 보였지만 굴욕도 살아야 느끼는 것이다. 여기서 전멸한다면 전장을 누비며 쌓아올린 명예의 주인공들이 사라져 버린다.

"부대! 후……."

그렇게 막 기사단장 부아뱅이 퇴각 명령을 내리려던 순간이었다.

퍼엉! 콰앙! 펑!

부아뱅의 뒤쪽에서 고막을 징 하고 울릴 정도의 소음이 들려왔다. 그는 황급히 뒤를 돌아보았다.

"이건 무슨⋯⋯."

잠시 시간이 멈춘 것 같았다. 눈앞에 펼쳐진 믿을 수 없는 광경을 부아뱅은 멍하니 바라보았다. 진형의 허리 부근에서 화염이 폭발한 것이다. 시꺼먼 연기와 함께 일어난 그것은 무섭도록 높이 솟아올랐고 근처에 있던 기사와 군마를 통째로 들어 올렸다. 그리고 그다음 순간 불타는 말과 사람이 하늘에서 우수수 떨어져 내렸다.

"신이시여⋯⋯."

사자들은 말을 잃었다. 동료들이 비명을 지르며 불길에 휩싸이는 눈앞의 상황은 정말로 받아들이기 힘든 것이었다.

"이 무슨⋯⋯."

그러나 불행히도 그들이 동료를 애도할 시간 따위는 주워지지 않았다.

뿌우우우우—.

뿔나팔이 울렸다. 이제 적의 장창병이 기다렸다는 듯 앞으로 밀고 나왔고, 싸움에 나서지 않고 있던 실버레이크의 기병대까지 달려드는 것이었다. 태반이 경기병인 그들은 배고픈 승냥이처럼 빠르게 다가왔다. 아무리 사자라도 다치면 승냥이를 당해내기 어렵다. 에튈라 부아뱅은 더없이 암담한 기분으로 전장을 돌아보았다. 방금까지 패전을 걱정했지만 이제 생존을 걱정해야 하는 처지가 된 것이다.

"마지막 순간까지도 사자답게!"

그는 아이싱커터를 들어 올려 부대를 독려해 달려드는 적을 상대할 준비를 했다. 그러던 중 멀지 않은 곳에는 눈에 띄는 인물을 발견했다. 바로 실버레이크의 군주 레이놀드로, 순간 부아뱅의 눈에서 불똥이 튀었다.

"하앗!"

그는 즉각 군마의 박차를 가해 앞으로 튀어 나갔다. 적의 총사령관을 죽인다면 아군이 도주할 시간을 벌 수 있을지도 모른다. 부아뱅은 기사단을 위해 결사의 각오를 다졌다.

레이놀드는 무시무시한 기세로 자신을 향해 달려오는 상대를 쳐다보았다. 등에 매달려 있던 아르디오넬이 한 마디 했다.

"어린 것이 눈빛이 무섭네. 아주 씹어 먹겠다 먹겠어."

"작년 생각하며 절 잡을 모양인가 본데 어림도 없죠, 이젠."

아르디오넬은 승부를 떠나 다른 게 걱정이다.

"죽일 거야?"

"글쎄요."

레이놀드는 대답을 얼버무린 뒤, 기병들에게 적 기사단장에게 달려들지 않게 주의를 주고는 홀로 앞으로 나섰다. 덕분에 혼란스러운 전장의 한복판에서 양측의 대장이 정면으로 마주 서게 되었다.

"그간 별고 없으셨는지요, 경."

"네 이놈!"

여유로운 레이놀드와 다르게 부아뱅은 상당히 흥분한 상태였다. 그도 그럴 것이 지금도 고통에 절규하는 기사들의 비명이 들려왔다. 당하는 입장에서는 저런 폭발은 눈뜨고 보기 힘든 잔혹한 행동이었다. 주위로는 살이 타는 냄새가 사방에 가득했다.

"깜짝 놀라게 해 드려 정말 죄송하네요, 기사단장님."

"이건 사람으로서 도리에 어긋나는 짓이다!"

잔뜩 흥분한 그와 다르게 레이놀드는 냉정했다.

"그건 제가 정합니다. 당신이 판단할 것이 아니라."

부아뱅은 얼음 기사라는 그의 별명과 다르게 상당히 흥분한 상태였다.

"뚫린 입이라고 아까부터 말이 심하군!"

"그러는 기사단장님께서도 참 말이 많으십니다. 저 같으면 진작 칼부터 휘둘렀을 터인데요."

"닥쳐라!"

결국 그는 참지 못하고 달려들었다. 부아뱅의 군마가 거칠게 레이놀드의 군마에 충돌했다. 주인의 흥분이 말에게도 전해진 듯 서로 몸을 부딪친 군마들이 자기들끼리 싸움을 시작했다.

히이이잉!

성난 말이 우는 소리가 요란하다. 앞발을 들고 일어나 싸워대는 통에 주인들은 황급히 뛰어내려야 했다. 말들은 이제 귀를 물어뜯고 서로 걷어차느라 정신이 없어 보였다.

"금수들도 저렇게 싸우는데 기사단장님과 저도 한 번 겨뤄봐야 하지 않겠습니까?"

말에서 내려와 썬더를 고쳐 잡은 레이놀드는 여유 있는 모습으로 거들먹거렸다. 마음속으로는 이 강력한 기사와의 싸움을 위해 신경을 곤두세우고 있었지만 겉으로는 한껏 상대를 도발했다.

"동감이다!"

레이놀드의 태도가 먹혀든 건지 부아뱅의 아이싱커터가 매서운 기세로 날아들었다. 전장의 열기로 가득 찬 이곳에서도 그의 마법검은 눈꽃을 피워내고 있었다.

지잉—.

썬더도 지지 않고 오러를 피워 올렸다. 부아뱅의 눈바람에 썬더에서 점멸하듯 떨어져 내리는 오러의 잔재가 사방에 꽃잎처럼 흩날렸다. 눈송이와 오렌지빛 꽃잎이 뒤섞이자 둘의 격전에 어울리지 않은 아름다운 광경이 펼쳐졌다.

카앙! 캉!

오러와 마법검이 충돌로 요란한 소리가 났다.

"솜씨가 더 나아졌지만 그 정도로 날 이기기엔 어림도 없다!"

에퇴라 부아뱅은 상대를 비웃으며 검의 마력을 끌어 올렸고 점점 둘이 싸우는 공간으로 눈발이 거세져 갔다. 그러다 부아뱅은 레이놀드의 한쪽 손을 보고 놀란 표정이 되었다.

"아니 그러고 보니 손이 멀쩡하군? 내 분명히 못쓰게 만들었는데."

"눈치가 빠르시군요. 이제야 알아채시다니."

"뭐라?"

"그깟 얼음 장난 정도로는 사람의 팔을 못 쓰게 만들기도 어렵겠더군요. 하룻밤 자니깐 그냥 나았습니다. 하하하핫!"

레이놀드의 빈정거림에 부아뱅은 급기야 이성을 잃어버렸다. 그는 작년에 레이놀드의 팔을 날려 버린 기술을 다시 시도하려 했다.

"넬."

이때를 위해 아르디오넬과 몇 차례나 연습해 왔다. 마력이 흘러들어 가자 정령용은 신속하게 원소보호를 전개했다. 황금빛의 방어막이 레이놀드를 둘러싼 순간 결빙의 기술이 그를 덮쳤다. 순간 썬더를 든 손이 묵직해지는 게 느껴졌다. 다급히 살펴보니 어느새 얼음이 오른손을 덮고 있었다.

"칫! 어느 틈에 또!"

기사단장은 레이놀드의 놀란 모습에 자신만만하게 마법의 구동어를 준비했다. 여기서 한 마디만 더 한다면 저 오른팔이 틀림없이 터져 버릴 것이다.

'작년의 일격을 어떻게 회복했는지 모르겠지만 그건 사정을

봐준 것이었다. 이번에는 오른손을 통째로 날려 주마.'

마법의 기운이 레이놀드의 오른손으로 집중됐다.

"멜자브!"

펑!

폭발과 함께 얼음 조각이 사방으로 튀었다. 부아뱅은 승리를 예감하며 호쾌하게 웃었다.

"하하하! 그러니깐 네깟 놈이, 하하⋯⋯."

그러나 점점 부아뱅의 목소리가 점점 작아졌다. 그가 자랑하는 기술임에도 레이놀드의 오른팔은 멀쩡했다.

"기사단장님 그 정도의 얕은수는 제게 통하지 않습니다."

"아니⋯⋯."

부아뱅은 눈앞의 광경을 쉽게 믿을 수 없었으나 노련한 그는 혼란을 금세 극복했다. 아무래도 상대가 겨우내 자신의 얼음을 극복한 방법을 찾은 듯했다. 기사단장은 결빙의 기술을 파쇄할 수를 찾았다면 다른 기술로 상대하면 그만이라고 생각했다.

"제법이다만 나라고 그것밖에 없을까!"

부아뱅은 이제 아이싱커터를 들고 찌르기 자세를 취했다. 지금 그가 사용하려는 기술은 '공성추'라 부르는 것이다. 일순간에 얼음 기둥을 만들어 상대에게 쏘아내는 기술로 냉기에 대한 저항 같은 건 아무 의미가 없다. 이름과 어울리게 물리적으로 엄청난 위력을 가지고 있기 때문이다.

"어디 한번 받아 봐라!"

기력을 있는 힘껏 끌어 올린 부아뱅은 기세 좋게 앞으로 검을 찔렀다. 그러자 빠직빠직하는 소리와 함께 얼음이 뭉쳐지며 허공에 굵직한 얼음 기둥이 나타났다.

"이얏!"

그리고 부아뱅이 검을 레이놀드에게 향하자 거대한 기둥이 그대로 찔러 들어왔다.

"헛!"

여유 있던 레이놀드도 깜짝 놀라지 않을 수 없었다. 그는 황급히 붉은용의 힘을 끌어냈다. 키가 6미터가 넘는 거인의 다리도 붙잡은 힘이다. 레이놀드는 썬더를 놓으면서 날아오는 얼음 기둥을 양손으로 붙잡았다.

"크흑!"

있는 대로 힘을 주긴 했는데 보세앙의 흉판을 때리는 위력이 보통이 아니었다. 그러나 레이놀드는 견뎌냈고 기둥을 그대로 내던져 버렸다.

"이야앗!"

기합성과 함께 거대한 기둥이 공중으로 솟구쳐 오르더니 사자 심장 기사단 쪽으로 떨어졌다. 의도한 건 아니지만 군마와 기사들이 쓰러지며 요란한 소리를 냈다.

"이, 이럴 수가……."

부아뱅은 놀라 입을 다물지 못했다. 이 정도 되면 눈앞의 광경을 쉽게 믿을 수가 없다. 얄봤던 애송이놈이 결빙을 무시하더니 이제 얼음 기둥을 던져 버렸다.

"놀라시긴 아직 이릅니다!"

미처 부아뱅이 대비하기도 전에 레이놀드가 쇄도해 들어가 강력한 몸통치기(Body Blow)를 먹였다.

"커헉!"

옆구리를 파고드는 숨 막히는 충격에 부아뱅은 비명도 제대로 지르지 못했다. 하얀 갑옷의 일부가 깨져 나갔다.

"이, 이 녀석……."

"아직 말씀을 계속하실 기운이 남으셨나 봅니다?"

레이놀드는 계속해서 연속으로 그의 안면부에 주먹을 꽂아 넣었다. 고고하고 자신감 높은 기사단장의 얼굴이 터져 나온 피로 범벅이 되었다. 그는 고통에 겨운지 몸이 구부정해져 언뜻 보기에도 겨우 서 있는 것처럼 보였다.

"……후회하게 해 주마."

"더 싸우시겠습니까? 부아뱅 경."

기사단장은 대답 대신 쇠장갑을 벗더니 맨손으로 아이싱커터를 잡았다. 시뻘건 피가 얼어붙은 검 위를 타고 느리게 흘러내렸다.

『레이놀드 조심해. 강력한 마력이 모이고 있어.』

아르디오넬이 마음속으로 경고를 보내왔다.

『녤. 원소보호 능력으로 지금의 공격을 막을 수 있을까요?』

『무슨 얼음 공격이 오든지 가능해. 다만 녀석이 뭘 하려는지 알 수 없어서 불안한걸. 이봐. 예로부터 최선의 방어는 공격이라 했어.』

『그 말씀은?』

『어서 태워 버리자고. 이제 이 싸움을 끝내자.』

그녀의 말대로 불을 일으키는 것밖에 도리가 없어 보였다. 레이놀드가 잠시 관망하는 사이 아이싱커터에서 일어난 기운이 보통 요사스러운 것이 아니었다. 주변이 눈과 얼음 폭풍으로 가득 차 전쟁의 모든 풍경을 지워 버렸다.

"이것으로 마지막이다! 이제 혹한이 아니라 극한을 보여 주마!"

충격과 당황에서 회복한 그는 최고의 기술을 펼치고 있었다.

화르르르륵—.

레이놀드의 몸을 감싸던 황금빛 원소보호가 해제되고는 정령용의 불길이 일어났다. 불로 변한 아르디오넬이 레이놀드를 덮어 버리자 그가 흡사 이프리트처럼 보였다.

"뭔가 하려는 것 같지만 그 정도 불길은 이 극한에는 소용이 없을 것이다!"

이제 주변의 기온은 살아 있는 모든 게 얼어 버릴 정도로 내려갔다. 피를 가진 생명체가 여기 있다면 얼어붙은 피가 팽창해 피부를 찢고 나올 정도였다. 그러나 레이놀드는 멀쩡했다.

"기사단장님, 상대를 잘못 고르셨습니다."

레이놀드의 불은 일반적인 화염과 차원이 다르다. 바로 수백의 악한 마법사를 통째로 태워버렸다는 불의 성자 뱅상의 기운이다. 물론 전설의 경지였던 그에 비할 바 아니지만 이 정도 마법을 분쇄하기에 충분했다.

퍼엉!

폭발하는 소리와 함께 화염이 팽창했다. 불로 화한 아르디오넬은 점점 거대해지면서 주변의 모든 마법을 태워 버렸다.

"이건 말도 안 돼!"

에튈라 부아뱅은 절규했다. 그러나 자신을 덮쳐 오는 선홍빛 불꽃은 아이싱커터의 모든 걸 집어삼켰다.

사자 심장 기사단의 경이적인 돌격은 결국 성공하지 못했다. 그들의 공격은 애초에 계획성이 결여된 데다 다급하기 그지없었다. 물론 그들의 용맹이 다시 한 번 기적을 그려낼 뻔했지만 미리 대비하고 있던 레이놀드의 작전에 말려들어 대패하고 말았다. 어쩌면 전투는 이 재기 발랄한 젊은 영주가 람탄 왕국에서 수입해 온 마법의 폭탄을 전장 한가운데에 묻었을 때부터 이미 결정됐을지도 모른다. 후퇴 도중 허리가 끊긴 사자 심장 기사단에게 달려든 경기병들과, 도주로를 차단하고 버틴 장창병들 덕에 대부분 포로로 붙잡혔다. 끈덕지게 버티던 코슈렐 요새도 증원군이 패퇴하자 백기를 들고 말았다. 이제 드넓은 캉브레 령은 유례없는 위기에 처하게 됐다. 바로 집 앞 대문이 열린 것이다. 그리고 이 승전의 소식은 빠르게 왕국 전체로 퍼져갔다. 사람들은 최강의 사자 심장 기사단이 패배했다는 것과 레이뇰드가 이름 높은 에튈라 부아뱅을 직접 사로잡았다는 데 놀라움을 표시했다. 이제 이 레이뇰드가 누리는 군사적 영광은 절정에 치닫고 있었다.

그는 더는 주목할 신성이 아니라 피하고 두려워해야 할 강자가 된 것이다.

*   *   *

레이뇰드의 명예와 업적은 날로 높아지고 있었지만, 정작 본인은 침울하기 그지없다. 침울하다 못해 절망에 빠진 상태다. 아무리 좌절이 사나이를 키운다지만 이 정도가 되면 그것도 헛소리로 들릴 지경이다.

"이건 정말 말도 안 돼."

바로 며칠 전까지만 해도 세상이 자기 것 같았는데 타천사처럼 갑작스레 지옥으로 추락했다. 그 이유는 바로 한 통의 편지 때문이었다. 처음 하드스톤의 문장이 찍힌 두루마리를 받았을 때는 얼마나 기분 좋았는지 모른다. 전쟁도 이겼겠다, 흥겹게 잔치를 벌이고 있는데 약혼녀의 편지까지 오니 좋아 죽을 지경이었다. 그런데 안에는 레이뇰드로가 받아들이기 힘든 내용이 가득했다.

용맹한 레이놀드 경께.

······(중략)····· 이런 이유로 저는 신성 벤타케 제국의 명문가인 도나우뵈르트가로 시집가게 되었습니다. 저와 결혼하게 될 요한 궁중백께서는 황제 폐하의 지방 장관으로, 후일이 기대되는 분이라 합니다. 경께서도 아시다시피 하드스톤 가는 도를레앙 왕가의 신하이기도 하지만 황제의 신하이기도 합니다. 그때문에 제국에서의 가문의 안위도 걱정해야 하는 처지입니다. 저는 가문을 위해 내린 이 결정을 후회하지 않습니다. 경께 남은 정이 없는 건 아니나 부디 이 마음을 헤아려 주시길 간청합니다.

—아리엘 아르디

이제 슬슬 정리되어 가는 남부의 일을 끝내고 북부로 향할 생각이었던 레이놀드는 당연히 크게 실망했다. 그의 빛나는 봄이 순식간에 황량한 겨울 속으로 사라져 버리고 만 것이다. 상심이 컸는지 그는 편지를 받은 후로 계속 술만 퍼마셨다.

"젠장······. 사랑은 역시 시인의 노래 속에만 있는 건가."

이 시대에는 정략결혼이 보통의 평범한 결혼이다. 아무도 이것에 의문을 표하지 않는다. 연애란 극히 예외적인 상황이라 이 당연한 관습에 승리하기 힘들었다. 만약 그녀가 가문의 이익을 위해 그런 결정을 따른다면 레이놀드가 별달리 손쓸 도리가 없다. 귀족의 세계에서는 혼인이라는 중대한 패를 잘 사용하기 위해 약혼을 파기하는 일이 없지 않다. 무슨 재산이나 영지의 양도가 있었다면 모를까 그들 사이에는 구두의 약속뿐이었다. 설령 아리엘의 마음이 변함없더라도 아르디가의 결정이 변하면 둘의 미래는 끝난 것이다.

"이제 어쩔 거야?"

아르디오넬의 물음에 레이놀드는 대답이 없었다. 냉정하게 현실을 실감하면서도 아리엘과 끝났다는 사실을 받아들이기 어려웠다. 재밌게도 고통스러울수록 연인의 얼굴은 더 선명하게 떠올랐다.

"모르겠네요. 단지 지금 가장 좋은 건 독한 술이 제 곁에 많다는 거죠."

"적당히 마셔. 몸 버린다고."

레이놀드는 대답하지 않고 새로 술병을 하나 더 개봉했다. 퐁 하는 소리와 함께 마개가 경쾌하게 열렸다.

"넬, 제가 어디서 들었는데 사랑은 남자를 지옥으로 인도하는 천국이라는데. 정말 그런 것 같네요."

*   *   *

불운한 연애 사업에도 레이놀드는 5월 중순까지 파죽지세로 캉브레 령을 점령해 나갔다. 덕분에 그는 스타폴에서 사흘 거리에 있는 오래된 도시인 웨더데일까지 다다랐다. 그간 1만이 넘는 군대를 계속 유지하기 위해 천문학적인 돈이 들었지만 레이놀드는 캉브레 령의 점령지에서 지속적인 기부를 받아 이를 해결했다. 물론 이 '기부'가 상당히 완화되어 점잖게 표현된 단어인 건 말할 필요도 없다. 1만이라는 입이 먹어치우는 하루 식사만 해도 엄청나서 지역 유지들과 군소영주들은 많은 재산을 헌사해야 했다. 레이놀드는 전쟁의 승리를 염두에 둘 뿐 대영주가 가진 이 유서 깊은 땅들을 직접 통치하게 될 것이라 생각하지 않았다. 스스로 가능하다 그은 선은 코슈렐 요새를 건너기 전까지다. 그러므로 레이놀드는 점령지의 모든 곳에서 마음껏 부를 흡수했다. 그런데 대주교에게서 편지가 왔다. 옥타비누 대주교는 전선을 유지한 채 점령 활동을 이제 그만하라고 명령했다. 물론 편지에는 부탁이라 적혀 있었지만 그것이 명령인 걸 모를 정도로 레이놀드가 눈치 없지는 않았다. 그의 1만 대군의 반절 가까이가 교회군이었기에 대주교의 의견은 결코 귓등으로 들을 수 없다.

결국 레이놀드는 6월 초, 웨더데일에 주저앉았다. 안 그래도 그해 여름은 비가 심하게 내렸고 전염병이 퍼질 기미까지 보였다. 그래서 그는 이번에는 군말하지 않고 명을 따랐다. 그렇게 병사들이 무기를 내려놓자, 봄부터 계속 긴장상태이던 진중에는 모처럼 평화가 찾아왔다. 레이놀드도 전선을 돌아보거나 문글라스의 우만 영주가 다른 맘을 못 품도록 부대 일부를 쪼개는 정도의 일만 했다.

*　　　*　　　*

"어깨에 너무 힘주지 말고, 아직 힘이 약하니깐 검을 늘려서 잡는 짓은 하지 마. 타격 거리가 멀어지긴 하지만 검을 회수하는 속도가 느려진다고."

레이놀드는 모처럼 그의 종자인 벤쟈민에게 검술을 가르치고 있었다. 화살에 맞아 고생을 심하게 한 이 소년은 얼마 전 완쾌돼 다시 전선에 합류했다.

"알겠습니다, 영주님!"

한 살 더 먹은 그는 여전히 작았다. 그러나 더욱 씩씩해졌다.

"좋아, 오른쪽으로 들어갈 테니 막아 봐라."

캉! 캉!

검격이 만드는 경쾌한 소리가 사방을 울렸다. 레이놀드는 장검의 앞날(Long Edge)과 뒷날(Short Edge)로 번갈아 가며 때리자 벤쟈민은 눈이 빙글빙글 돌았다.

"영주님."

그때 가신 하나가 다가와 두루마리를 건넸다.

"이게 뭐지?"

"전령의 말로는 에든버러에서 온 것이라 합니다."

에든버러면 '블러드스워드' 조르다노 파시일 것이다. 레이놀드는 고개를 끄덕이며 편지를 건네받았다.

"벤쟈민. 아까 지적한 것 위주로 혼자 연습해."

"알겠습니다. 영주님."

레이놀드는 힘차게 대답하는 어린 종자에게 웃어 주고는 양피지를 펼쳤다. 그는 내용을 읽어 보며 살짝 인상을 찡그렸다. 조르다노 파시가 그답지 않게 꼼꼼하게 북부의 정세를 보고하고 있었다. 신경 쓸 내용은 많았지만 핵심은 간단했다.

> 하드스톤의 대영주 페데르브가 열병으로 죽었습니다. 현재 정당한 상속자는 엘리노어나, 특이하게도 둘째인 아리엘 경이 기사이므로 이 문제가 복잡하게 되었습니다. 그래서 하드스톤은 후계 문제로 분란에 휩싸였습니다. 현재 화이트클리프의 대영주 라센이 엘리노어를 후원하고 있습니다. 그녀의 남편인 드세 경이 중앙 관료로 있기 때문에 친왕파인 라센 대영주와 이해가 일치하는 것 같습니다. 이에 전통적으로 왕을 아니꼽게 생각하는 가신들이 아리엘 경을 중심으로 반발하고 있는 상황입니다.

레이놀드는 두통을 느꼈다. 왕국 어디에서도 복잡한 정치적 생태를 벗어날 수 없을 것 같았다. 그는 이 문제를 방관하고 싶었지만 불가능한 일이다. 비록 레드포레스트가 하드스톤의 가신 가문은 아니나 그 영향권 아래 있는 건 엄연한 사실이다. 도시의 미래를 위해서도 하드스톤의 후계 구도에 촉각을 곤두세워야 한다. 거기에 에든버러의 성주인 레이놀드는 화이트클리프 다르마냑가의 신하이기도 해서, 여러 가지로 복잡하고 골치 아픈 상황이 된 것이다.

'아무래도 북부로 가야겠어.'

그렇게 다짐한 레이놀드는 자신이 아리엘을 만나러 갈 적당한 핑계를 찾았음을 깨달았다. 6월 초에 그는 라 파뇰을 다시 대리장군으로 임명하고 숙녀의 바다를 건너 북으로 향했다.

*   *   *

한 달이 좀 못 되는 여행 끝에 레이놀드는 벤쟈민과 몇몇 기사들을 대동하고 하드스톤에 도착했다. 멀리서부터 잘 만들어진 성채가 위압적인 자세로 그들을 반겼다. 레이놀드는 막상 하드스톤을 앞에 두자 여러 가지 고민에 빠졌다.

'무슨 핑계를 대야 하나.'

하드스톤의 후계 문제는 레이놀드가 북부로 향하게 하는 핑계일 뿐이다. 가신 가문도 아닌 그가 후계 문제에 관련해 직접 이곳까지 올 이유가 없다. 한참 생각하던 그는 결국 궁색하긴 하지만 '지나다 들렀다.'로 결정했다. 원래 군소영주가 대영주의 영지를 지나다 인사차 들리는 일은 자연스러운 일이다.

레이놀드가 비록 남부에서는 대영주만큼이나 위세를 떨치고 있었지만 북부에서는 작은 레드포레스트와 몇 개의 마을을 가진 에든버러를 다스릴 뿐이었다.

"좋아."

그는 마치 사자굴로 들어가는 사람처럼 기합을 한 번 넣고는 하드스톤으로 향했다.

레이놀드가 하드스톤의 내성에 묵게 되는 건 어렵지 않았다. 그는 현재 왕국에서 가장 유명한 기사 중 하나인지라, 사람들은 충분한 예절을 가지고 그를 대했다. 다만 분위기가 예전과는 사뭇 달라 냉랭한데다 개중에는 적대적인 태도를 보이는 자도 있었다. 예를 들면 하드스톤의 가장 강력한 가신 중 하나인 주느비에브 경 같은 경우다. 전에 연회에서 호탕하게 웃으며 아리엘에 대해 설명해 줬던 그는 어제 있었던 만남에서 레이놀드의 기분을 확 상하게 만들었다. 인사를 건네는 그를 보자마자 "권력 때문에 신의를 저버린 놈과는 얘기하지 않는다."라고 한 뒤 바닥에 침을 뱉고 가버린 것이다. 이쯤 되니 레이놀드도 좀 억울했다. 약혼은 하드스톤의 결정으로 일방적으로 파기당한 것인데 왜 자신이 잘못한 것처럼 사람들이 행동하는지 이해하기 힘들었다. 그 외에도 성의 분위기는 후계 문제 때문인지 아주 어수선했다.

"짜증스럽군."

레이놀드가 머리를 긁으며 인상을 찌푸리자 곁에 있던 벤쟈민이 말없이 포도주를 그의 잔에 따랐다. 그는 단숨에 술을 들이켰다.

"크!"

화끈한 기운이 목을 타고 올라왔다. 도수가 높은 편인 북부의 포도주를 갑자기 마시니 적응이 안 된다. 게다가 이곳 포도주는 단맛이 없이 쓰기만 하다. 북부는 햇빛이 풍족하지 못한 곳이고 포도는 알맹이가 작고 맛은 떨떠름하다. 그래서 남부 사람이라면 돼지나 줄 포도주가 매번 식탁에 오르는 것이다.

"으윽! 역시 버릇처럼 포도주를 달라고 하는 게 아니었습니다, 영주님. 북부에 오면 흑맥주와 위스키를 찾는 게 낫다는 말이 괜히 있는 게 아닌 것 같습니다."

옆에 있던 스탕달은 포도주를 바닥에 뿜어 버렸다. 그러거나 말거나 레이놀드는 대답 없이 한잔 더 들이켰다. 쓴 포도주인데 그에게는 좀처럼 쓰지가 않다. 어쩌면, 최근에 속 태운 걸 생각하면 이 정도 맛이야 느껴지지 않는 게 당연할지도 모른다. 하드스톤은 그를 정중하게 손님으로 대접했지만 며칠 동안이나 엘리노어나 아리엘 하다못해 집안의 서자라도 그를 보러 오지 않았다.

"이거 완전 무시하는 거잖아. 까놓고 말해 차인 건 난데 너무들 하는 거 아닌가."

갑자기 불평하듯 레이놀드가 말하자 가만히 있던 아르디오넬이 나서 위로했다.

"일단 아리엘을 만나보자. 서로 간에 오해가 있을지도 몰라."

"글쎄요……."

묵언의 맹세를 한 스탕달과 벤쟈민은 사람의 말을 하는 정령용을 짐짓 모른 척했다.

"그게 아니더라도 지금 아르디가가 엉망이라 못 찾아오는 걸지도 몰라."

"넬, 저도 그 점은 이해합니다."

안 그래도 하드스톤은 가신들 간의 충돌로 분위기가 흉흉했다. 듣자하니 기사들 간에 몇몇이 성 내에서 칼부림도 했다고 한다. 레이놀드는 답답한 마음에 자리에서 일어났다.

"잠시 산책이나 갔다 올게."

벤쟈민이 따르려고 하자 레이놀드는 고개를 저었다.

"늦지 않을 테니깐."

그는 대답도 듣지 않고 문을 나섰다. 하드스톤에는 예전에 꽤 오래 머물렀기에 익숙하다. 그는 성에 딸린 작은 숲으로 발길을 향했다. 이곳은 벽으로 가려진 가장 깊은 곳을 제외하면 손님들도 자유롭게 오갈 수 있는 곳이다. 명자나무, 노간주나무, 병꽃나무 등의 정원수가 잘 가꿔진 곳을 지나자 성의 역사만큼이나 오래된 침엽수들이 웅장하게 늘어선 곳이 나왔다. 성안에 이런 숲이 있는 건 특이한 경우라, 심지어 이브스타의 왕성에도 이 같은 곳은 볼 수 없었다. 전설에 의하면 아르디가 이곳에 정착하기 훨씬 전에 있었던 가문에 요정이 시집 왔다고 한다. 신랑인 군주는 그녀를 위해 성 안에 숲을 만들었다는데 어쩌면 그게 사실일지도 몰랐다.

"내가 사랑하던 여자도 요정처럼 녹색 눈을 가지고 있었지."

레이놀드는 이리저리 내키는 대로 서성였다. 그러던 중 숲의 그림자 너머에 한 실루엣을 발견했다. 늘씬하고 가냘픈 여자였다. 갑자기 어떤 설레는 예감이 들었고 가슴이 뛰었다. 그는 살짝 두려움까지 느끼면서 홀린 듯 그쪽으로 발길을 향했다. 레이놀드의 마음속에 있는 그녀도 요정처럼 숲을 좋아할지도 모른다.

바스락—.

레이놀드는 다리를 붙잡는 죽은 나뭇가지를 치우며 그녀에게 다가갔다. 두꺼운 몸통을 가진 침엽수가 그녀를 보여 주지 않으려는 듯해 레이놀드는 고개를 내밀어야 했다.

"아……."

안타까움이 번져간다. 아쉽게도 그곳에 있는 여자는 아리엘이 아니었다. 그녀 정도는 아니었지만 늘씬한 키를 가진 고동색 머리의 미녀였다. 여자가 맑은 눈을 돌려 레이놀드를 쳐다보았다.

"오늘도 신의 축복이 가득한 좋은 날입니다. 경."

여자는 레이놀드의 복장을 보고 대번에 귀족인 걸 알고는 예절 바르게 인사했다.

"안녕하십니까, 아가씨."

여자의 손에 들린 류트와 평범한 의복이 그녀가 '아가씨'가 아니란 걸 말해 주고 있었지만 레이놀드도 상대를 배려했다.

"그런데 경의 표정을 보니 제가 기다리는 숙녀분이 아니었나 보군요. 본의 아니게 실망시켜 드려 어쩌지요?"

여자는 조금 장난스럽게 미소 짓자 레이놀드는 괜스레 민망해졌다.

"아닙니다. 제가 오히려 방해를⋯⋯."

"방해라뇨. 경처럼 멋진 분과 대화를 할 수 있다니, 전 기쁜걸요."

그러다 그녀는 미간을 찡그리고는 뭔가 떠올리려는 표정이 되었다.

"그런데 혹시 우리가 전에 만난 적이 있나요?"

레이놀드는 상대가 상투적인 작업을 걸려고 하나 싶었지만, 자신도 왠지 그녀의 얼굴이 낯이 익다는 걸 깨달았다.

"그러게요. 어디선가 뵌 것 같은데요."

"아!"

그때 여자가 주먹으로 자신의 손바닥을 탁 때렸다.

"알았다. 전에 제 허벅지 보고 침 흘리시던 기사분이시구나?"

"네?"

레이놀드는 어이없어 반문했다. 그러나 여자는 "맞아요. 맞아."라 말하며 고개를 끄덕였다.

"예전에 스랜도르 대영주님께서 홉고블린과의 싸움 후 연회를 여셨잖아요. 그때 전 그곳에서 노래를 불렀었죠."

갑자기 예전의 일이 확 밀려오듯 기억났다.

"아……."

그녀의 치마 속을 본 건 고의가 아니었다. 게다가 그 일 때문에 아리엘 앞에서 망신도 당했다. 레이놀드는 살짝 불만스러운 말투가 되었다.

"덕분에 포도주 잘 먹었습니다."

"처녀의 허벅지를 보셨으면 그 정도 일은 겪으셔야지요."

"글쎄, 처녀는 아닌 것 같습니다만?"

"어머나! 그런 실례의 말씀을."

화난 말투였지만 웃음 가득한 눈이 그녀가 연기를 하고 있다는 걸 말해 줬다. 살살 눈웃음치는 게 과연 예인(藝人)다웠다. 노래하는 여자들은 남자를 홀릴 줄 안다는데 저 태도를 보면 정말인 것 같다.

"그나저나 우리 용맹한 기사님께서는 이름이 어떻게 되시나요? 다시 만난 것도 인연인데 말이죠. 참! 천한 제가 먼저 소개를 올려야겠죠. 전 떠돌며 노래하는 '아름다운' 브리지트라고 합니다. 영주님들의 잔치를 찾아가는 게 제 일이죠."

뻔뻔한 건지 자신 있는 건지 브리지트는 스스로 아름다운 이란 별명을 강조했다.

"전 실버레이크의 영주 레이놀드 블랙우드입니다."

그의 말에 음유시인은 깜짝 놀라 눈이 둥그레졌다.

"뭐라고요? 정말로 그 빛의 기사이자 남부의 신성이라는 그 레이놀드 영주님?"

놀라는 얼굴에 불신의 빛이 섞여 있어 레이놀드는 위가 쓰렸다.

"맞습니다."

"와! 역시 영웅호색이라더니! 제가 아무래도 새로 시를 써야겠어요. 이를테면 '하얀 허벅지를 사랑한 빛의 기사'이라든가, '나의 열정 그대 치마 속으로'도 괜찮을 듯."

"이봐요!"

둘은 한참 말장난을 하며 티격태격했다. 브리지트는 상당히 매력적이고 재밌는 여자로, 레이놀드는 어느새 자신이 상황을 즐기고 있다는 걸 깨달았다. 과연 입으로 먹고 사는 직업답게 말로 해결하려 하자 그녀를 당해낼 도리가 없었다. 기사들에게 검술의 대가가 있다면 예인들에게는 화술의 대가가 있으리라. 레이놀드는 이제 바위 위에 그녀와 나란히 앉아 신세 한탄을 하기 시작했다.

"그러니깐 연인 때문에 상심하신 것이로군요?"

"네, 일방적으로 약혼을 파기했습니다."

"저런……."

고동빛 눈을 가진 그녀가 상냥하게 레이놀드의 어깨를 어루만졌다. 레이놀드는 브리지트에게 동전을 하나 건네며 물었다.

"날 위해 불러줄 노래가 있습니까?"

은화를 재빨리 낚아채 주머니에 갈무리한 브리지트는 잠시 생각에 잠겼다.

"옛말에 슬픔은 슬픔으로 달랜다고 했어요. 위로의 노래 대신 슬픈 노래를 들려드리지요."

띵— 띵—.

그녀는 긴 손가락으로 류트의 현을 가볍게 튕기며 청아한 목소리를 높였다. 과연 노래를 삶으로 선택한 자의 재주다웠다. 맑고 슬픈 담시곡이 단번에 레이놀드의 마음을 사로잡았다.

처음 그 빛깔 그대로
연인의 약속이 같지 않아도
그대 사랑을 원망치 말라.

사랑만 하면 그대 언제나
행복할 거란 착각
이제 하지 말라.

미소 짓던 시간들

추억에 야속하게 묻혔으니
애써 되찾으려 하지 말라.

그대 아파하는 것
그게 사랑이니
이제 다시 사랑하지 말라.

사랑받고 싶어 하는 애처로운 마음
그대 갖은 모든 불행의 시작이니
그대 이제 다시 사랑하지 말라.

노래는 음유시인의 작은 한숨 소리로 끝이 났다.

"으……."

레이놀드는 체면 때문에 눈물을 흘리지는 않았지만 쓰린 속에 신음이 흐르는 건 어쩔 수 없었다. 한동안 둘은 말이 없었다. 브리지트는 레이놀드가 감정에 젖어 있게 내버려 두었다.

"그런데 영주님."

"네."

"혹시 제가 착각하고 있는가 싶어서 물어보는 건데요. 영주님의 약혼자는 아리엘 경이 아닌가요? 이곳에서 말괄량이 아가씨가 레이놀드 경에게 시집간다고 한동안 시끄러웠거든요."

그는 갑자기 이 여자가 뚱딴지같이 무슨 소리를 하는 건가 싶었다.

"맞습니다만."

"그런데 왜 본인이 차였다고 그렇게 슬퍼하시는 건가요?"

"그게 무슨 소리인지 모르겠군요."

레이놀드가 아주 의아하다는 표정이 되자 브리지트도 점점 모르겠다는 얼굴이다.

"제가 알기로는 남부로 간 레이놀드 영주가 전쟁에서 연전 연승으로 잘 나가더니 맘이 변했다고 알고 있거든요. 궁정 사교계에서 활발히 활동하던 레이놀드 영주는 크리스틴 공주와 눈이 맞아 약혼녀를 버렸다. 그게 요 근방에서 가장 신뢰할 만한 소문인데, 영주님께서는 마치 자신이 버림받은 것처럼 말씀하시네요?"

"뭐라고요?"

너무 놀라 레이놀드는 순간 멍해졌다. 말도 안 되는 일이었다. 차였다고 술을 벌컥벌컥 마셔댄 게 벌써 몇 달이나 됐는지 모른다. 그런데 지금 자신이 공주랑 결혼하려고 아리엘을 버렸다고 하니 기가 막혀서 말이 잘 안 나왔다.

"저 브리지트. 제가 아는 신뢰할 수 있는 소문은 이런데요."

레이놀드가 차근차근 자신의 이야기를 꺼내자 그녀의 눈이 놀라움으로 커졌다.

"그럼 지금 두 분이 서로 다른 소리를 하는 것이군요?"

"그렇습니다. 제가 아리엘 경을 버리다니 말도 안 되는 이야깁니다."

"어쩜. 두 분 중 하나는 정말 훌륭한 정치인이 될 자질이 있으시나 보네요. 그 정도로 거짓말에 능숙하시다니."

"지금 농담할 기분 아닙니다."

"죄송해요."

브리지트는 잠시 미안한 표정을 짓더니 다시 혀를 삐쭉 내밀었다. 소녀나 할 행동인데도 그녀와 잘 어울렸다. 역시 예쁘면 뭐든 먹어 주나 보다. 레이놀드는 브리지트에게 이것저것 생각나는 대로 다 물어본 후 자신과 하드스톤 사이에 상당한 오해가 있음을 알게 되었다. 이제는 주느비에브 경의 말이 이해가 됐다. 그의 입장에서는 공주와 결혼하려 아리엘을 버린 레이놀드가 못마땅할 것이다.

'이걸 어디에서부터 푼담.'

그가 고민하고 있을 때 브리지트가 조심스레 말을 걸었다.

"그럼 영주님은 아리엘 경과 오해를 풀러 오신 건가요?"

"네. 이런 소리까지 들었으니 더 망설일 것이 없네요."

"그리고 혹시 차기 대영주로 아리엘 경이 되도록 지원할 생각도 있으신가요?"

레이놀드는 잠시 고민하다 끄덕였다.

"그렇습니다."

"그렇다면 들려 드릴 이야기가 있어요. 그것도 아주 중요한.”

그녀의 표정이 제법 진지했다.

“어떤 일입니까?”

“자, 우선.”

갑자기 브리지트가 손을 내밀었다. 레이놀드가 살짝 실소하며 은화를 올려놓자 그녀는 고개를 내저었다.

“어림없어요.”

레이놀드는 이번에는 큰 맘 먹고 금화를 한 개 주었다. 그러자 다시 그녀는 거부했다.

“얼마나 대단한 이야기기에 그럽니까?”

그러나 브리지트는 대답 대신 손을 흔든다. 결국 레이놀드가 금화 다섯 개를 올려놓자 그녀는 만족한 표정이 되었다.

“아가씨, 당신 말이 그만한 가치가 있길 바랍니다.”

“어머? 무섭게 말씀하시는군요. 걱정 마세요. 만약 제 얘기가 마음에 안 드신다면 한 달은 매일 밤 제 엉덩이를 때리게 해 드릴 게요.”

결국 레이놀드는 말로는 상대를 이기는 게 불가능하다 생각하고는 완고하게 입을 다물어 버렸다. 그는 제법 개방적인 남자이긴 하나 여자는 고상한 귀족밖에 상대 안 해 본지라, 브리지트의 이런 태도는 다소 불쾌했다.

“호호호. 아무튼 제 이야기가 마음에 드실 거예요. 아마 저에게 추가로 금화를 다섯 개 더 주실 걸요?”

그리고 브리지트의 이야기가 끝났을 때 레이놀드는 정말로 금화를 더 주었다. 그것도 다섯 개가 아니라 주머니를 통째로 건네주었다. 거짓이라 하기엔 브리지트의 이야기는 너무 자세했다.

"이 이야기를 어디서 들었습니까?"

레이놀드의 목소리는 살짝 떨리고 있었다.

"저처럼 귀족 분들의 침대에 들락날락하는 여자는 이런저런 이야기를 듣게 되는 법이지요."

유랑하는 시인이 몸을 파는 건 흔한 일로, 노래만으로는 생계가 어렵다. 빵이 없고 배가 고픈 상황은 누구에게나 무서운 법이다.

"브리지트. 자, 이제 떠나세요. 오늘 밤이 되기 전에 성을 떠나는 게 그대에게 이롭겠습니다. 만약 내가 실패한다면 배신자들은 어디서 비밀이 새어 나갔는지 금세 기억해낼 것 같군요."

"이런, 상냥하기도 하셔라!"

브리지트는 화사하게 웃으며 레이놀드의 목에 매달렸다.

"저? 음!"

별안간 그녀가 진한 키스를 해 왔다. 레이놀드는 상당히 놀라긴 했지만 거절하진 않았다. 완숙한 여인의 키스는 아찔하면서도 부드러웠다.

"행운을 빌어요, 젊은 영주님. 그리고 혹시 차이시면 절 찾아오세요. 영주님이라면 공짜로 위로해 드릴게요."

"갈 일 없을 겁니다."

"호호호, 난 그렇게 튕기는 남자가 좋더라."

그녀는 매혹적인 웃음을 날리고는 나무 사이로 사라졌다. 홀로 남은 레이놀드는 잠시 생각을 정리했다. 그때 부스럭거리는 소리가 들리더니 작은 용이 숲에서 튀어 나왔다.

"다 들었어요?"

아르디오넬은 그의 무릎에 앉아 고개를 끄덕였다.

"따라왔었군요."

"드래곤 나이트가 가는 곳은 언제나 정령용이 함께하지."

레이놀드는 말없이 있다가 빙그레 미소 지었다.

"당신 같은 친구가 있어서 정말 좋아요."

"물론이지. 자, 레이놀드. 이제 오늘 밤에 있을 전투를 준비하자."

깊은 밤의 하드스톤 성, 원래라면 고요에 잠긴 장중한 고성의 분위기가 나야 했지만 지금은 시끄럽기 그지없다. 병장기의 충돌 소리, 고함, 이리저리 움직이는 횃불로 정신이 하나도 없었다. 결국 모두가 우려하는 문제가 발생한 것이다. 지금까지 하드스톤에 모여 있던 가신들은 페데르브 아르디의 사망 이후, 엘리노어 상속파와 아리엘 상속파로 나뉘어 다투고 있었다. 그러다 결국 야밤에 엘리노어의 가신들이 사병을 이끌고 기습을 가한 것이다. 그런데 예상과 다르게 아리엘을 따르는 가신들은 이미 철통같이 대비를 하고 있었는데 바로 레이놀드의 밀고 덕분이었다. 일방적인 승리를 기대하고 온 침입자들은 오히려 불리한 상황에 빠져 난투를 벌이게 되었다. 곳곳에 매복과 함정이 가득했다. 그럼에도 침입자들은 한 발도 물러나지 않았고 결국 사방에 피가 뿌려졌다. 분명 엘리노어와 아리엘은 서로 사랑하는 자매였지만 둘 사이에는 정치적 입장 차이가 있었다. 거기에 가신들까지 서로 갈라서자 양측의 갈등은 더 심해져 갔고 결국 오늘에 이르렀다.

"쳐라!"

"물러나지 마라!"

복도에서는 사병과 기사들이 뒤섞여 치열한 접전을 벌이는 중이었다.

"내 자네를 오해했네. 용서해 주게."

미안하다는 표정을 짓는 주느비에브에게 레이놀드는 웃어 보였다.

"이해합니다, 경."

레이놀드는 약혼을 파기한 편지는 자신이 보낸 것이 아니며, 공주와 결혼도 사실이 아니라고 그에게 설명했다. 비록 시간이 없어서 다른 이들에게까지 설명하지 못했지만 이 완고한 실력가의 오해를 해소한 것만 해도 큰 성과였다. 레이놀드는 일이 끝나고는 아리엘과 만날 수 있으리라 희망했다. 그녀는 지금 성의 안쪽에서 엄중한 보호를 받고 있다고 한다.

"으아악!"

별안간 앞에서 비명이 들리더니 갑옷을 입은 기사 셋이 날아가는 모습이 보였다. 건장한 그들은 어떤 힘에 밀려 튕겨난 것 같았다. 레이놀드와 주느비에브가 놀라서 쳐다보자 그다음 순간 강력한 바람이 밀려들었다. 돌로 둘러싸인 성의 복도에서 이런 바람이 불 리 없다. 레이놀드는 마법에 대비하며 앞으로 뛰어 나가다 의외의 인물을 만났다.

"요하네스 경! 당신이 어떻게 여기에?"

바로 북부 최고의 검이라는 요하네스 랭턴이었다.

"아니! 자네야말로 웬일인가."

요하네스도 별안간 레이놀드가 나타나자 꽤 놀란 얼굴이었다. 그러나 둘 다 이 다급한 싸움터에서 대답을 기대하고 물은 건 아니었다. 지금은 한 발 앞으로 나아가 적을 물리치는 게 가장 중요한지라 레이놀드는 대답 대신 썬더를 휘둘렀다.

"라센이 보냈습니까!"

요하네스는 그의 검을 쳐낸 뒤 어깨를 으쓱였다.

"그러네. 대영주님께서 하드스톤의 후계 구도에 아주 관심이 많으시지."

레이놀드도 이번에는 교묘한 수법으로 검을 찔러 넣었다.

"아니 화이트클리프에서 왜 하드스톤에 그리 입김을 불려고 그럽니까!"

그러나 경험 많은 요하네스는 속는가 싶더니 재빨리 검의 무게잡이(Pommel)로 썬더를 쳐냈다.

"정치야 높으신 양반들이 하는 거고. 자네도 알다시피 나야 뭐 대영주님께서 가라면 가는 처지 아닌가."

레이놀드는 그의 솔직담백한 태도에 웃음이 났다.

"하하하. 경에게 유감은 없지만 검을 든 걸 이해해 주십시오. 저도 제 숙녀분을 지켜야 하거든요."

"파혼한 것 아니었나?"

"소소한 오해가 좀 있었습니다."

요하네스는 빙그레 웃음 지었다.

"원래 그 나이에는 투닥투닥하면서 사랑을 키워 나가는 거지. 아무튼 기왕이면 아리엘 경이 대영주 자리에서 물러나서 그랬으면 하네만."

"미안한 말씀입니다만, 제가 있으니 이제부터 지나갈 수 없습니다."

레이놀드의 단호한 태도에 요하네스는 흥미로운 표정이 되었다.

"지금 자네가 날 막을 수 있다고 생각하는 건가? 그 어깨 위의 작은 용이 날 물어 죽일 수 있다고 믿는 건 아니겠지?"

대답 대신 레이놀드는 썬더에 오러를 밀어 넣었다. 드래고닉 오러 특유의 오렌지빛이 복도에 반짝였다.

"하싸마드 라르두스."

요하네스도 지지 않고 검에 질풍을 불러일으켰다.

"안 본 사이 상당히 강해졌군. 나도 이러면 사정 봐줄 수 없 겠구만. 팔 하나가 떨어져도 원망 말게!"

그는 바람이 부는 검을 휘두르며 달려들었다. 레이놀드는 아르디오넬을 성의 촛대 위에 올려놓고는 썬더로 요하네스의 일격을 막아냈다.

카앙!

썬더를 불길처럼 휘감고 있던 오러가 요하네스의 질풍에 의 해 마구 흔들렸다. 근접한 상황에서 둘은 한 발도 물러나지 않 으며 화려한 기술을 펼쳤다. 레이놀드는 상대의 왼쪽 관자놀 이를 공격하고는 곧바로 검을 돌려 오른쪽 관자놀이를 때렸 다. 그러나 검의 달인인 요하네스는 레이놀드의 공격을 모두 막아내며 무언가를 준비했다. 레이놀드 역시 상대의 검 끝에 힘이 모이는 걸 느꼈다.

'예전에 바람을 폭발하듯 쏘아낸 적이 있었지.'

레이놀드는 화이트클리프의 성당에서 홉고블린 서넛을 한 꺼번에 날려 버렸던 기술을 떠올렸다. 몰랐다면 기습적으로 당했겠지만 아는 이상 대처 방법이 있다. 그는 살짝 고민했다.

'붉은용의 힘이 좋을까, 아니면 원소보호?'

레이놀드는 결국 붉은용의 힘을 택했다. 원소보호와 다르게 바로 공세로 전환할 수 있다는 장점이 있기 때문이다. 레이놀 드는 요하네스가 눈치채지 못하게 내면으로 그 힘을 끌어냈다. 그리고 그 순간 앞에서 바람이 폭발하듯 밀려왔다.

"질풍이여!"

레이놀드는 허벅지에 힘을 주고 몸을 숙여, 밀어내는 바람을 버려냈다. 그것만으로도 부족해 그는 썬더를 바닥에 박아넣었다.

끼이익—.

땅에 박힌 썬더가 밀려나며 듣기 싫은 소음을 냈다. 레이놀드를 바라보는 요하네스의 얼굴에 경악이 서렸다. 자신의 질풍은 단순히 완력으로 버틸 수 없는 힘임에도 레이놀드는 견디고 있었다.

부우웅—.

바람이 점점 약해져 갔다. 애초에 힘을 일시적으로 폭발시키는 만큼 유지할 수 있는 시간이 짧았다. 그리고 마침내 질풍이 요하네스의 검에만 머물게 되었을 때 레이놀드는 쏘아진 전격처럼 앞으로 튀어 나갔다. 어찌나 강력하게 차고 나갔던지 딛고 있던 돌바닥이 우지끈! 하고 부서질 정도였다.

"이야앗!"

짧은 기합 소리와 함께 철판이 격렬하게 부딪히는 소리가 복도에 울려 퍼졌다. 레이놀드는 언젠가 놀의 방패진형을 부술 때 사용한 기술을 요하네스에게 썼다. 북부 최고의 검사라 불리는 이 세련된 기사는 레이놀드가 어깨로 강력하게 충돌해 오자 그 충격을 이기지 못하고 뒤로 날아갔다.

"크흑!"

한눈에도 충격이 큰 듯 면갑 틈새로 보이는 눈이 고통으로 일그러졌다. 레이놀드가 붉은용의 힘을 끌어내 충돌하면 밀집 진형을 우르르 무너뜨릴 정도의 위력을 가지고 있었다. 그걸 개인이 정면으로 가격당했으니 요하네스는 상당한 피해를 입었을 것이다.

"자, 자네! 어느 틈에 이런 힘을!"

그럼에도 그는 쓰러진 몸을 일으켰다. 레이놀드는 요하네스가 다시 일어나는 모습에 내심 놀라고 말았다. 이제 레이놀드는 마지막 일격을 준비했다.

"하앗!"

레이놀드는 썬더를 왼쪽 머리 위에서 뻗어 나가게 휘둘렀다. 그건 속임수였는데, 자신의 오른쪽 아래로 검을 늘어뜨리고 있던 요하네스는 속지 않고 검을 자신의 왼쪽 머리 위로 끌어 올려 레이놀드의 오른쪽 관자놀이를 베어 왔다. 훌륭한 일격이었으나, 레이놀드는 검을 크게 휘두른 상태가 아니었으므로 손쉽게 관자놀이를 베어 들어오는 검을 막아냈다.

캉!

레이놀드의 강한 힘과 드래고닉 오러 때문에 순간 요하네스가 든 검의 검신이 꺾여 버렸다. 그의 검은 질풍이 감싸고 있었지만 아무 소용없었다.

"타핫!"

그 순간을 놓치지 않고 레이놀드는 그대로 요하네스의 허리를 베어 들어갔다. 썬더는 강철로 만들어진 갑옷을 자르며 파고들었다. 다만 레이놀드는 그를 죽이고 싶지 않았으므로 깊이 베어 들어가진 않았다.

"커헉!"

요하네스는 괴로운 듯한 소리를 내더니 검을 놓치고 벽에 기대어 주저앉았다. 레이놀드는 썬더를 내려놓고는 물었다.

"괜찮으십니까?"

"하하. 언제 이렇게 강해진 건가? 허억허억. 지난번에 봤을 때는 아직 소년티를 다 벗지 못했었는데 말일세."

"소년은 빨리 자라는 법이죠."

"과연…… 하하하."

레이놀드는 근처에 있던 스탕달에게 요하네스 경을 데리고 가 치료하도록 명했다. 그 같이 이름 높은 기사를 바로 죽일 수는 없는 일이다. 레이놀드는 적당한 시점에 몸값을 받고 풀어줄 요량이었다.

"놈들이 경을 납치한다!"

"요하네스 경을 구하라!"

쓰러진 요하네스를 구하기 위해 근처의 적들이 모조리 달라붙자 레이놀드는 재빨리 앞을 막아섰다. 그들은 요하네스를 쓰러뜨린 젊은 기사가 나서자 움찔했으나 물러나지 않았다.

"제압하라!"

과연 호전적인 북부의 기사들다웠다. 레이놀드는 이 권력 다툼에서 필요 이상으로 피를 흘리는 사람이 나오지 않았으면 했다. 그는 적을 베어 넘기기보다는 제압하기로 하고는 오러를 거둔 뒤, 썬더를 거꾸로 쥐었다. 그리고 쇠장갑을 낀 손으로 썬더의 날을 잡아 검의 칼막이로 적들을 두들겨 패기 시작했다.

퍼억!

가장 앞에 달려오던 기사가 그 일격을 얻어맞고는 옆으로 날아가 벽에 부딪혀 기절했다. 그는 곧장 다음 상대의 목을 왼손을 낚아채 들어 올렸다.

"크윽!"

레이놀드는 고통스러운 신음을 터뜨리는 기사를 그의 동료들에게 집어던졌다. 위력적인 붉은용의 힘 덕분에 레이놀드는 철갑으로 무장한 기사를 한 손으로 집어던질 수 있었다.

우당탕!

요란한 소리와 함께 달려들던 자들이 우르르 무너져 내렸다.

"놈들을 사로잡아라!"

옆에서 지켜보던 주느비에브가 적이 흐트러지자 재빨리 수하의 병력을 움직였다. 적들은 앞에 있던 기사들이 밀리자 뒤의 병사들까지 주춤거렸다. 거기에 주느비에브의 병력이 성난 표범처럼 달려들자 그들은 얼마 버티지 못했다.

"모조리 사로잡아!"

주느비에브가 기세등등하게 부하들을 독려했다. 이제 북부 최고의 검사라는 요하네스가 레이놀드에게 쓰러지자 적들은 일패도지하고 말았다. 그날 밤 자매간의 싸움은 일단 동생의 승리로 끝이 났다.

현재 하드스톤이 겪고 있는 불운은 대영주인 페데르브 아르디의 사망과 함께 시작되었다. 당연히 후계 구도에 대해 말이 나왔으나, 처음에는 장녀인 엘리노어에게 모든 게 상속되는 걸로 마무리되는 것 같았다. 다들 그녀의 남편이 큰 승리를 거두게 되었다고 소근댔다. 드세라는 이름의 이 조정 관료는 아내인 엘리노어를 대신해 거대한 하드스톤을 경영할 권리를 받게 된 것이었다. 그런데 얼마 뒤 묘한 소문이 돌았는데 페데르브 아르디가 병사한 것이 아니고 독살당했다는 이야기였다. 거기에 이미 자신이 대영주가 된 것처럼 행동하는 드세의 태도도 가신들의 불만을 샀다. 그가 이븐스타, 화이트클리프와 연계를 강화하려 하자 마침내 참고만 있던 하드스톤의 오랜 가신들이 들고 일어난 것이다. 그들은 하드스톤으로 몰려와 아리엘을 중심으로 단결하려 하자 엘리노어를 지원하는 가신들까지 서둘러 달려왔다. 결국 하드스톤은 몰려든 자들의 다툼으로 시끄러워졌다. 그러다 밤에 사건이 터졌던 것이다.

사실 처음에 아리엘은 후계 구도에 대해 생각이 없었다. 그

녀는 기사라는 별난 꿈을 이루긴 했지만 대영주가 되는 것에
는 관심이 전무했다. 아리엘은 한동안 레이놀드 때문에 큰 슬
픔에 빠져 있어 다른 일을 신경 쓸 여유가 없었다. 그녀에게는
어디까지나 권력보다 사랑이 훨씬 더 중요한 문제였다. 그러
다 정신을 차리고 주변을 돌아보니 오빠인 페데르브의 죽음에
의문을 갖게 되었다. 거기에 형부인 드세의 행동이 마음에 들
지 않았다. 그건 하드스톤의 전통적 행보에 위배되는 것이었
고, 그녀의 언니인 엘리노어는 남편에게 무조건 동조하며 아
무런 주관이 없어 보였다. 그러던 중 드세 경이, 아버지를 위
해 오래 봉사한 필스 경을 치안대장 자리에서 멋대로 해고하
는 일이 생겼다. 결국 아리엘은 참지 못했고 드세와 심하게 다
툰 뒤 후계 구도에 끼어들었다. 그녀가 마침내 하드스톤의 모
든 혼란을 바로 잡겠다고 선언했을 때 보수적인 오랜 가신들
의 열렬한 지지를 받게 된 것이다.

전투는 여명이 틀 무렵에야 완전히 정리됐다. 아리엘의 가
신들은 그대로 몇 시간 정도 눈을 붙인 후, 다시 부산하게 움
직였다. 기사들은 말린 고기나 전날 구운 빵 정도를 먹었지만
불평하는 이는 없었다.

"사로잡은 자가 몇입니까?"

짧게 새우잠을 잔 레이놀드의 물음에 주느비에브가 양피지
를 펼치며 대답했다. 그는 피곤한 듯 하품을 하면서도 포도주

를 마셨다.

"하드스톤의 가신인 영주들이 10명, 그 밑의 기사들이 42명, 화이트클리프에서 온 기사들이 24명이구만. 그 외 병사와 종자들은 말할 것도 없고."

레이놀드는 주느비에브가 보는 보고서 아래쪽의 사상자 표시를 쳐다봤다.

"꽤 격렬한 싸움이었는데 별 피해 없이 마무리되었군요."

"자네 덕이네, 레이놀드. 공격을 대비하지 않았다면 우리 쪽이 당할 뻔했어."

주느비에브가 레이놀드의 어깨를 두드리며 웃었다. 레이놀드는 다시 하드스톤의 가신들에게 환영받고 있었다. 습격을 미리 알려온 일과 공주와의 약혼은 사실이 아니라는 해명을 한 까닭이다.

"그런데 화이트클리프의 기사들은 어쩌실 작정입니까? 잘못하면 라센 대영주와 전쟁이 벌어질지도 모릅니다."

레이놀드는 약혼녀와 친구가 싸움을 하게 될지도 모른다는 사실을 우려했다. 만약 그렇게 되면 레이놀드의 입장은 진짜 난처해진다. 그의 성격상 친구보다는 약혼녀를 택할 것이 자명하지만 라센은 단순한 친구 이상이었다. 레이놀드가 에든버러를 소유하고 있는 이상 그의 주군이기도 했다. 그러니 약혼녀를 택하는 이상 모시는 주군을 배신한 기사가 되는 것이다. 그렇다고 또 아리엘의 위기를 모른 척할 수도 없다. 레이놀드는 진심으로 그런 상황이 오지 않기를 기도했다.

"화이트클리프의 겁쟁이놈들이 두려운 건 아니네만, 우리도 어수선한 이때 전쟁이 벌어지길 원하지 않아. 아마 라센 대영주도 비슷한 의견일 걸세. 외교적으로 잘 마무리 지어야지. 너무 걱정하지 말게."

주느비에브가 자신 있게 말하자 레이놀드는 다소 마음이 놓였다.

"것보다 아가씨를 만나봐야 하지 않겠나?"

그의 목소리에서 아리엘에 대한 애정이 묻어났다. 사실 이 늙은 가신은 지금 아리엘에게 대부나 마찬가지인 존재였다.

"그렇긴 합니다만…… 사실 저도 아리엘 경을 만나러 온 것이긴 한데 오해가 있던 뒤라 뭔가 껄끄럽고 어색해서요. 부를 때까지 기다릴까도 싶습니다."

레이놀드의 말에 주느비에브가 크게 웃어 젖혔다.

"허허허헛! 자네는 정말 여자 마음을 모르는군. 아마 아가씨께서는 공주와의 약혼이 사실이 아니라는 걸 안 순간 한걸음에 달려오고 싶으셨을 걸세. 다만 가신들 눈치에다 자존심도 있고 하니 기다리는 거지. 이럴 땐 남자가 먼저 가야 하는 거네. 가서 토라진 게 있으면 달래주고 그러란 말이야. 잘 모르겠지만 사실 아가씨께서 마음고생이 심하셨네."

갑자기 어깨 위의 아르디오넬이 동의하는 듯 "끼엑!"하고 큰 소리로 울었다. 주느비에브는 잠깐 놀란 표정을 짓더니

"것 보게. 자네의 용도 맞다고 하잖는가."라며 레이놀드의 등을 떠밀었다.

"이봐. 여기 레이놀드 경을 아가씨께 모셔다 드리게."

주느비에브가 자신의 종자에게 손짓했다. 그때 아르디오넬이 재빠르게 속삭였다.

"다녀와. 난 벤쟈민이랑 있을 테니깐."

그녀는 가볍게 날아 벤쟈민의 어깨에 올라탔다.

"내가 갔다 올 동안 넬을 잘 돌보고 있어."

"네, 영주님."

레이놀드는 벤쟈민에게 살짝 웃어 보이고는 주느비에브 경의 종자를 따라갔다. 시간은 벌써 정오가 거의 다 되어 가고 있었다. 창틀을 비집고 하드스톤 성의 어두운 복도 사이로 햇살이 들어오는 게 보였다.

'그러고 보니 그때도 이 복도를 걸어 그녀를 보러 갔는데 말이야.'

그는 언젠가 연회가 끝나고 대영주 스랭도르 때문에 아리엘과 점심을 같이 먹었던 게 기억났다. 벌써 그것도 3년 전의 일이다.

'세월 참 빠르구나. 그러고 보니 아리엘은 올해 19살이겠군.'

긴장감이 가슴을 조여 왔다. 사실 그는 잘못한 게 없는데도 심장이 두근거리는 걸 느꼈다. 어째서 서로에게 그런 오해가 생겼는지는 지금부터 알아내야 할 테지만, 아무튼 그녀가 신성 벤타케 제국으로 시집가는 일은 사실이 아니다.

'만나면 뭐라고 할까?'

어색하게 재회할 연인이 나눌 첫 마디는 뭐가 좋을까?

복도를 가로지르는 레이놀드의 고민은 깊어졌고 어느새 발걸음이 느려졌다.

"영주님?"

안내하던 종자가 의아한 듯 뒤를 돌아봤다.

"아니네. 어서 가지."

길고 긴 하드스톤 성의 복도도 이 순간만큼은 짧게 느껴졌다. 어느덧 아리엘의 커다란 방문이 보였고, 그 앞에는 기사들과 가신들이 몰려서 이야기를 나누고 있었다. 그들은 레이놀드를 알아보고 인사를 건네 왔다.

"큰 공을 세우셨습니다."

"하드스톤이 경께 감사할 것이오."

레이놀드도 기사들과 환담을 했다. 간밤에 고생을 해 다들 초췌한 얼굴이긴 했으나 승리에 들뜬 표정이었다.

"대영주님을 만나러 오셨군요?"

그들은 벌써 아리엘을 대영주라 불렀다. 레이놀드가 긍정하자 한 젊은 기사가 문을 두드렸다. 곧 어린 하녀 하나가 문을 빼꼼 열고는 고개를 내밀었다.

"레이놀드 경께서 왔다고 전해 주게."

"알겠어요, 경."

얼마 지나지 않아 하녀가 다시 나타나 레이놀드에게 와 고개를 숙였다.

"아가씨께서 들어오시랍니다. 영주님."

"알았다."

레이놀드는 문으로 들어가면서 자신에게 쏟아지는 시선을 느꼈다. 젊은 기사들은 부러움이 묻어나는 표정을 짓고 있었다. 몇 년 전까지만 해도 천덕꾸러기였던 아리엘의 위치가 많이 바뀐 것 같았다. 듣자하니 그녀는 이제 숙녀의 기품과 기사의 당당함을 가진, 특이하고도 아름다운 여자로 여겨지는 것 같았다. 게다가 어젯밤 이후로 아리엘은 자신의 남편에게 하드스톤까지 선물할 수 있게 되었다. 성공과 미녀를 갈망하는 젊은 기사들이 그녀를 탐내지 않을 리가 없다. 하드스톤에서 제일 고귀한 숙녀의 방으로 아무렇지도 않게 들어가는 레이놀드를 다들 복잡한 심경으로 바라보았다. 레이놀드는 자신이 아리엘의 남자로서 누리는 이 권리를 당당하게 받아들였다. 왠지 우쭐한 기분이 되어 자신이 바보 같다는 느낌이 들었지만 그는 그 기분을 즐겼다. 레이놀드는 익숙한 걸음으로 문 안쪽의 복도를 걸었다. 스랭도르 대영주는 딸들의 방을 이중의 문으로 보호했다. 한 번 더 문을 열고 들어가자 일전에 그가 아리엘과 점심을 먹었던 응접실이 나타났다.

"아리엘 경은 어디에 있나?"

레이놀드는 으레 그녀가 그곳에 있으리라 생각했기 때문에 의아한 표정을 지었다. 그러자 하녀는 살며시 응접실 탁자 너머의 문 앞에 섰다.

"영주님, 이쪽으로."

그건 내실로 향하는 문이었다. 여자가 머무는 방의 안쪽은 그녀의 여자 형제들이나 남편만이 들어갈 수 있는 곳이다. 레이놀드는 마른침을 꿀꺽 삼켰다.

"아리엘 경께 응접실에서 보겠다고 전해다오."

"영주님, 아가씨께서는 영주님이 그렇게 말씀하시면 이렇게 전하라 하셨습니다."

"뭐라 하더냐?"

하녀는 응접실에 있는 왜가리 모형의 장식을 가져오더니 책을 읽듯 또박또박 말했다.

"이 새의 이름은 왜가리라고 합니다. 겁이 많아 자기 밥그릇도 못 챙겨 먹는 아이죠. 이제 이 새를 경께 드립니다."

아리엘이 전하는 뜻은 명확했다.

"알았다. 앞장서라."

응접실 안쪽의 구조는 방과 벽으로 둘러싸인 폐쇄적인 분위기였다. 안에는 아리엘을 위한 작은 정원도 있었다. 시기가 시기인지라 장미꽃이 만발해 있었는데 그녀와 잘 어울리는 흰 장미가 대부분이었다. 아리엘은 자신의 문장에 하얀 장미를 그려 넣을 정도로 이 꽃을 좋아했다. 흰 장미는 일견 순결해 보이면서도 사람을 유혹하는 면이 있었다. 그때문에 현자 라파엘로는 꽃잎이 하얀 장미는 순수하긴 하나 결국 붉은 장미와 똑같은 향을 풍긴다고 말했다. 레이놀드는 이 이중적인 느낌이 아리엘과 잘 어울린다고 생각했다.

'고결한 기사이면서 매혹적인 숙녀라……'

가장 깊은 곳에 있는 문에 다다르자 하녀가 고했다.

"아가씨, 레이놀드 경이십니다."

"모셔라."

짧은 대답이 들려오자 하녀가 문을 열어 주었고 레이놀드는 안으로 들어갔다. 방은 예상대로 아리엘의 침실이었는데 그곳은 온갖 아기자기한 물건으로 가득했다. 커다란 침대는 분홍빛 천이 드리워져 있었고, 옆으로 탁자와 여러 가구가 들어서 있었다. 응접실도 훌륭했지만 이곳은 그 어디보다 잘 꾸며져 그녀의 여성스러운 취향이 잘 드러났다. 그리고 그 한가운데 의자에 아리엘이 앉아 있었다. 그녀는 불안한 표정으로 자리에서 일어났다.

"어서 오세요……"

인사하는 그 목소리가 떨리고 있었다. 그녀의 얼굴은 화가 난 것도 같고, 애처롭기도 했으며, 당장에라도 달려오고 싶어 하는 것 같았다. 레이놀드는 그 풍부한 표정에 놀라다가 곧 자신도 별반 다를 바 없는 얼굴일 거란 생각이 들었다.

"그간 별고 없으셨는지요."

레이놀드는 인사를 건넨 뒤 쭈뼛거리며 다가갔다.

"……."

"……."

둘은 말이 없었고 어색하기 그지없는 분위기가 주변을 가득 채웠다. 처음 만났을 때도 이렇진 않았다. 레이놀드가 한 걸음 더 내딛자 아리엘이 한 발 뒤로 물러났다. 그는 그녀가 일부러 그러는 게 아니란 걸 알기에 실망하지 않았다. 대신 남자답게 처신하기로 작정하고 성큼성큼 다가갔다. 아리엘은 당황한 표정으로 더 물러났지만 둘의 거리는 순식간에 좁혀졌다.

"아!"

레이놀드가 대번에 아리엘의 허리를 한 손으로 휘감자 그녀는 놀란 얼굴로 움찔했다. 아리엘의 커다란 눈동자가 당황과 혼동으로 마구 흔들렸다. 레이놀드의 얼굴도 정제되지 못한 거친 열정과 흥분으로 혼란스러워 보였다. 둘은 한동안 서로 쳐다보며 가만히 있었고 조금 안정이 되었을 때 비로소 레이놀드가 입을 뗐다.

"제 명예를 걸고, 공주와 아무 일도 없었습니다."

"하지만 전 당신께 직접 편지를 받았는걸요."

"절대로 아닙니다."

재차 단호하게 부인하자 아리엘은 안도한 표정이 되었다. 이미 자신에게 온 편지가 조작된 것이란 걸 들었지만 이렇게 직접 얘기하는 것은 느낌이 또 달랐다. 슬픔으로 탁해진 그녀의 마음속으로 평안함이 빠르게 퍼져 갔다. 그러다 아리엘은 레이놀드 역시 자신과 비슷한 불안을 안고 있다는 걸 깨달았다. 지금껏 그의 잘못이라 생각했지만 약혼자인 레이놀드는 애당초 아무것도 잘못하지 않았다.

'이 사람도 나처럼 당황하고 슬퍼했겠지.'

아리엘은 자신을 바라보는 검은 눈동자를 빨려드는 듯 쳐다봤다. 우직하고 강하며, 남자다운 눈빛이다. 그녀는 두 손으로 레이놀드의 얼굴을 감쌌다. 어릴 적부터 무기를 휘두른 터라 아리엘의 손은 부드럽지 않았지만 레이놀드에겐 더할 나위 없이 다정했다.

"경이 받으신 편지는 제가 보낸 게 아니에요. 신께 맹세코 저는 이날까지 다른 남자를 생각해 본 적이 없답니다."

그녀의 말에 레이놀드도 안도했다.

"미안합니다. 당신의 마음을 의심했습니다."

"아니에요. 우리 둘 다 믿음이 부족했죠."

아리엘이 자책하듯 머리를 흔들었다. 그러자 올이 가늘고 부드러운 그녀의 머리칼이 찰랑거리며 장미향을 풍겼다. 아무래도 장미 기름으로 만든 화장품을 쓰는 모양이었다. 아니면 장미수를 떨어뜨린 물로 목욕을 했을지도 모른다. 레이놀드는 그 향에 유혹을 느꼈고 충동적으로 아리엘을 세게 껴안았다. 그는 어느새 많이 긴 그녀의 머리칼을 쓸어내렸다.

"작년에 이브스타에서 헤어질 때 제게 머리를 길러 달라고 부탁하셨지요? 전 그 약속을 제 마음처럼 잘 지키고 있었답니다."

아리엘은 두 손으로 레이놀드의 허리를 꽉 감싸 쥐며 그를 올려봤다. 그리고 두 연인의 눈동자가 더 다가갈 수 없을 정도로 가까이 붙었을 때 열정적인 키스가 뒤따랐다.

"음!"

아리엘은 숨이 차오르면서도 입술을 떼지 않았다. 그리움을 이겨낸 이 젊은 연인의 키스는 격렬했다. 거친 움직임에 탁자가 밀리고 의자가 넘어졌고 입술에서 얕은 피 맛이 느껴졌다. 아마 아리엘의 송곳니가 레이놀드의 입술에 작은 상처를 만든 것 같았다.

"꺄악!"

짧은 비명과 함께 아리엘의 몸이 침대 위로 쓰러지자 침대를 가리던 분홍빛 장막이 펄럭였다. 레이놀드는 반쯤 올라간 그녀의 치마를 쳐다보며 자신도 침대 안으로 들어가야 하는지 고민했다. 그때 아리엘의 하얀 손이 장막 안에서 튀어 나와 그를 끌어당겼다.

"앗!"

레이놀드는 그녀 위로 쓰러져 눕게 되었다. 반짝이는 선명한 녹색 눈동자가 사랑을 가득 담아 그를 쳐다보았다.

"지금 경이 제게 뭘 하든지 용서해 줄게요."

분홍빛 장막 안에 있기 때문일까. 아니면 처녀의 부끄러움일까. 아리엘의 얼굴은 한껏 달아올라 있었다.

"아리엘 경."

그녀의 기다란 손이 갑자기 레이놀드의 볼을 꼬집었다.

"아리엘이라고 불러요. 당신 옆에서는 기사이고 싶지 않아요."

"아리엘."

그녀는 만족하며 웃었다.

"헤헤헤."

약간은 실없어 보이는 아리엘 특유의 웃음소리를 다시 듣게 되자 레이놀드는 크게 기뻤다. 그는 자신의 연인에게 볼을 비비며 속삭였다.

"저도 간절히 원합니다만 당신의 명예를 지켜 주고 싶군요. 지금 밖에 가신들이 당신을 기다리고 있습니다. 제가 필요 이상으로 이곳에 머물면 그들이 멋대로 말을 만들지도 모릅니다."

아리엘은 단호하게 고개를 저었다.

"저는 사랑에 빠진 바보 같은 여자예요. 명예 따위를 지키고 싶지 않아요. 그리고 우리는 약혼한 사이라고요!"

"하지만 결혼 전에 이런다면 사람들이 흉을 볼 거예요. 난 그들이 당신에 대해 이러쿵저러쿵 떠드는 꼴을 볼 생각이 없어요."

"그럼 떠들라고 하세요! 내가 사랑에 얼마나 목매고 있는지 알면 그들은 경에게 더 잘하게 될 거예요. 그리고 장담할게요. 저와 결혼하신 뒤 경은 하드스톤에서 가장 명예롭고 존중받는 자가 될 거예요."

아리엘이 두 팔을 레이놀드의 목에 감아 왔다. 그녀의 숨에서는 달달한 냄새가 가득했고, 부드러운 몸에서는 장미향이 올라왔다.

"아니, 원한다면 당신은 이 땅의 지배자가 될 거예요."

"아리엘, 내가 하드스톤을 다스릴 거라고 하는 겁니까?"

"물론이에요. 당신은 내 남편이 될 거고, 저를 시작으로 모든 걸 갖게 될 거예요. 물론 그중에 지금 당신 눈앞에 있는 여자를 가장 소중하게 여겨야 할 테지만."

레이놀드는 그녀가 보여 주는 사랑에 큰 기쁨을 느꼈다.

"아름다운 여기사님, 당신은 정말 사랑 때문에 바보가 돼 버렸군요."

아리엘은 잠시 말이 없다 입을 열었다.

"……잃을 뻔했다고 생각했기 때문에 바보가 된 거라고요. 경이 다른 분께 간다는 사실은 정말 받아들이기 힘들었어요. 차라리 그럴 바에는 이제 망치를 들지 않아도 좋다고 다짐했어요. 그냥 다른 여자들처럼 예쁘게 꾸미고 하염없이 남자를 기다리는 삶을 살아도, 경과 같이 있고 싶다고 생각했단 말이에요."

부끄러운 듯 조근거리며 말하는 모습이 정말 귀여운 여자였다. 일부러 사랑스럽게 구는 법이라도 배운 것일까. 레이놀드는 그녀의 손을 꽉 잡았다.

"그런 생각하지 말아요. 당신은 블랙우드 부인이자, 대영주 아르디 경이 될 거예요. 우리 사이에 오해는 사실이 아니었고, 나는 당신과 함께 전쟁터를 누빌 수 있는 남자입니다."

레이놀드는 몸을 일으켜 그녀를 잡아끌었다. 그렇게 아리엘을 일으켜 세우고는 품에 안았다.

"아리엘. 나는 항상 당신이 언젠가 말한 대로 자신의 인생에 대해 스스로 결정하도록 해 주겠습니다."

원래 아리엘은 대영주 자리에 대해 전혀 욕심이 없었다. 그러나 요 며칠 사이 생각이 바뀌었다. 하드스톤의 전통적 가치가 흔들리고 조상 대대 내려온 유서 깊은 땅이 혼란에 빠지자, 상황을 수습해야겠다는 생각이 간절했다. 오라버니가 살아 있었다면 생각도 안 해 봤을 일이지만 형부인 드세 경을 그대로 두고 보고 싶지 않았다. 그렇지만 왕국의 법까지 반할 자신은 없었는데 레이놀드가 이렇게 말해 주자 용기가 났다.

"레이놀드 님."

"네."

"전 대영주가 되고 싶어요."

"하하하핫."

레이놀드는 그녀라면 그 일을 잘해낼 것 같다는 생각이 들었다. 그는 빙그레 웃으며 자리에서 일어났다. 침대의 장막을

양손으로 젖힌 그는 아리엘을 침대 끝에 앉히고는 그녀 앞에
서 한쪽 무릎을 꿇었다. 아리엘은 갑자기 무슨 일인가 싶어 놀
란 표정으로 레이놀드를 일으키려 했다.

"대영주님."

"네? 벌써 대영주라고 부르실 필요는……."

"레드포레스트는 지금 훌륭하게 재건되고 있습니다. 본디
그 땅은 국왕 폐하께 세금을 납부할 뿐 누구에게도 속한 땅이
아니었습니다만, 이제 레드포레스트의 영주인 제가 대영주님
께 신종하길 원합니다."

"아!"

아리엘은 레이놀드가 무얼 하는지 눈치챘다.

"대영주님, 레드포레스트의 영주 레이놀드 블랙우드, 이제
당신의 가문을 위해 수호자가 되어 대대로 섬기기 원하니 허
락해 주십시오."

레이놀드는 지금 아르디가를 위해 가신 가문이 되겠다고 하
는 것이었다. 물론 블랙우드가가 아르디가에 들어오겠다는 이
야기는 아니다. 어디까지나 레드포레스트의 영주가 아르디가
를 위해 충성하겠다는 말이다.

"정말이지……. 경의 친절에 진심으로 감사합니다."

아리엘은 레이놀드의 태도에 정말 감동했다. 가신 가문은
주군을 수호해야 한다. 따라서 레이놀드는 연인인 아리엘을
끝까지 지켜 주겠다고 하는 것이며, 그녀 대신 하드스톤을 다

스리지 않겠다고 확약한 것이다. 그러나 그녀는 받기만 하는 건 싫었다.

"경도 이리 와서 앉아 보세요."

그녀는 자신이 앉아 있던 자리에 대신 그를 앉힌 후 자신도 무릎을 꿇었다. 아리엘은 의아해하는 레이놀드에게 또렷하게 말했다.

"저 아리엘 아르디는 앞으로 블랙우드가의 여자로서 집안의 주인인 레이놀드 님께 순종할 것을 서약합니다."

그건 람탄 왕국에서 하는 순종의 서약으로, 결혼식 날 신부가 하객들 앞에서 선언하는 것이다. 케스핀에서는 꽤 낯선 관례다. 레이놀드는 아리엘의 선언에 당황하면서 머리를 굴렸다.

"저 아리엘 경. 제가 당신의 신하가 되길 자처했는데 경께서 제게 순종의 서약을 하면 우리는 무슨 관계가 되는 거죠?"

이대로라면 레이놀드는 아리엘에게 남편으로서 그녀와 그녀의 소유물을 가질 권리를 갖고 또 한편 가신으로서 충성과 복종의 의무를 지게 된다. 반면 아리엘도 아내로서 순종의 의무를 지지만 남편의 군주로서 명령과 군림의 권리를 갖게 된다. 둘은 율법학자들을 아주 난처하게 할 만한 복잡한 관계를 순식간에 구축한 것이다. 그러거나 말거나 아리엘은 즐겁게 웃으며 레이놀드를 껴안았다.

"글쎄요. 그게 중요한가요? 하지만 한 가지 확실한 건 우리 둘 중 누가 위에 있는지 사람들도, 우리 둘도 그 누구도 모르단 것이죠."

아무래도 이상한 관계여서 둘의 사이를 설명한 단어는 찾을 수 없었다. 그럼에도 레이놀드와 아리엘은 만족했다.

아리엘은 가신들의 절대적인 추대에 힘입어 대영주의 자리에 올랐다. 이는 케스핀 역사상 최초의 사례라 왕국 전체의 화제가 된 건 말할 것도 없다. 편견을 딛고 처음으로 여기사가 된 아리엘이 이제 대영주의 직위에까지 오른 걸 보고 사람들은 그녀를 여걸로 인정하지 않을 수 없었다. 아리엘은 교회에서 벌어진 대영주 즉위식 이후 신과 모든 이들 앞에서 레이놀드와의 약혼을 다시 선포했다. 그간은 스랭도르 대영주가 한 일방적인 주장이라 논란의 여지가 있었는데, 이제 실버레이크의 영주인 레이놀드의 동의 아래 하드스톤의 법률가들이 공증 증서를 작성했다. 그들의 결혼식은 내년 5월, 남부와 북부 둘 중 전쟁에 휩싸이지 않은 곳에서 행하기로 결정됐다. 그리고 습격에 관한 결정적인 제보를 한 음유시인 브리지트는 아리엘의 배려로 하드스톤 성에 고용된 악사로 지낼 수 있게 되었다. 아리엘이 그녀에게 보답으로 석재를 선물했고 그녀는 그걸로 성 외곽에 아담한 집을 지었다. 그 후 레이놀드는 편지를 조작한 자들에 대해 알아보며 아리엘의 곁에서 머물렀다. 그는 남의 뒤를 캐고 다니는 자들에게 금을 지불했으나 구체적인 사실이 드러나려면 시간이 꽤 필요해 보였다. 그러다 성 십자가 축일이 한 달 앞으로 다가온 레이놀드는, 아버지의 추도 예배를 보기 위해 남부로 향했다. 그사이 라 파뇰이 지키는 전선은 잘 유지되고 있었고, 대영주 캉브레는 대주교 옥타비누에게 연패해 스타폴의 앞마당인 이센도니아까지 밀려났다.

*　　　*　　　*

성력 1217년 9월. 그해의 성 십자가 축일이 다가왔다. 케스핀에서는 부모가 돌아가시면 그다음 해 성 십자가 축일에 추도 예배를 보는 것이 관습이라, 레이놀드도 늦지 않게 실버레이크로 내려온 터였다. 게다가 메이산은 죽기 전 성 루도비카 기사단에 가입해서 축일에는 기사단에서 사절이 올 것이었다. 오랜만에 실버레이크로 내려온 레이놀드는 영지를 급히 점검하며 기사단을 맞을 준비를 했다. 그렇게 별문제가 없이 진행되고 있었는데, 레이놀드는 성 십자가 축일 이틀 전, 집사 데오닉에게서 특이한 소식을 듣게 되었다.

"뭐라고? 성 루도비카 기사단의 단장인 강베타 벨쇼즈 경께서 직접 실버레이크로 오는 중이라고?"

"네, 영주님. 지금 반나절 거리인 다론 사거리를 지나고 있답니다. 거기서 여관을 경영하고 있는 자가 시종을 보내 알려 왔습니다."

"음……."

보통 기사단장이 추도 사절로 오는 경우는 없기에 레이놀드
는 고민에 빠졌다. 망자가 죽기 전 이름을 올린 경우가 아닌
진짜 기사단원이거나 기사단에 큰 공훈이 있다면 모를까, 죽
은 그의 아버지는 어떤 경우도 아니었다. 그저 남부의 보통 기
사처럼 죽기 전 천국에 가고자 종교 기사단에 기부 좀 한 것뿐
이다.

　"종종 기사단장이 오는 경우도 있나?"

　그의 물음에 집사가 고개를 저었다.

　"그렇게 한다면 형평성의 문제가 생깁니다. 지금껏 그런 경
우는 없었습니다."

　"허허, 참."

　레이놀드는 기사단장 강베타 벨쇼즈가 왜 실버레이크에 오
는지 도저히 알 길이 없었다. 그러나 고민하면 무엇하랴. 어차
피 기사단장이 당도하면 이유를 알게 될 것이다. 레이놀드는
하인들을 재촉해 손님 맞을 준비를 시작했다.

　레이놀드의 기대와 다르게 그 뒤에 도착한 기사단장은 별다
른 행동을 하지 않았다. 첫날 레이놀드가 '귀하신 양반이 어
쩐 일이십니까?'라는 뜻을 돌려 묻자, 그저 무명(武名)이 높던
메이산 경을 평소 흠모해 추도 예배에 참석한 것이라며 어물
쩍 넘어갔다. 그 뒤로 그는 추도를 하는 여느 평기사와 같이
행동했고 레이놀드도 몰려드는 가신과 손님을 상대하느라 강

베타에 대해 주의를 기울이기 힘들었다. 실버레이크는 가신뿐 아니라, 여러 점령지에서 온 사절과 대영주와 같은 위세를 떨치는 그에게 잘 보이려는 자들의 부하들까지, 전에 없는 인산인해를 이루고 있었다. 굉장히 부산스럽긴 했어도 그 해 성 십자가 축일 행사와 메이산 경의 추도 예배는 잘 치러졌다. 그렇게 일을 끝내고 레이놀드가 한숨 돌리고 있을 무렵 기사단장 강베타 벨쇼즈가 따로 만나고 싶다는 전갈을 보내왔다. 계속 그의 방문을 궁금해하던 레이놀드는 그 제안을 흔쾌히 허락해, 자정이 될 무렵 둘은 영주의 집무실에서 독대하게 되었다.

"레이놀드 경, 야심한 밤에 실례가 많습니다."

"아닙니다. 별말씀을."

기사단장 강베타 벨쇼즈는 호쾌한 인상의 중년인이었는데, 시원하게 밀어 버린 머리와 짧은 턱수염이 눈에 띄었다. 그건 머리칼과 멋지게 기른 콧수염을 신경 쓰는 일반 귀족들과는 다른 수도승 기사들만의 특이점이다. 그리고 그의 얼굴 여기저기에 검상이 있어 이 남자가 꽤 험난한 세월을 살아왔음을 말해 주고 있었다.

"영주님의 작은 용에 대해 듣기는 했는데 실제로 보니 정말 신기하군요."

기사단장은 아르디오넬에게 잠시 흥미를 보였다. 그녀는 지금 방의 한쪽 구석에서 꾸벅꾸벅 졸고 있었다. 아르디오넬은 실버레이크에 오고는 종일 영지 이곳저곳을 쏘다니느라 밤이 되면 정신없이 곯아떨어졌다. 레이놀드는 정령용에 관한 소소한 이야기들을 강베타에게 들려 주었다. 잠시 그렇게 환담이 이어진 뒤 기사단장이 본론을 꺼냈다.

"레이놀드 경. 저희 성 루도비카 기사단에 대해 어느 정도 아십니까?"

"죄송한 말씀이지만 일반적으로 알려진 정도로만 알고 있습니다. 과거 성전에 참여했던 루도비카 경께서 만든 단체지요."

"맞습니다. 그게 보통 성 루도비카 기사단에 대한 상식이지요. 하지만 저희는 알려지지 않은 비밀결사를 가지고 있습니다. 성 상티아노 형제단(Brotherhood of Saint Sanctian)으로, 드러내기 힘든 비밀스러운 일을 처리하는 기구입니다. 성 상티아노께서는 성 루도비카의 사촌 동생으로 생전에도 음지에서 기사단을 위해 일해 오셨죠. 그래서 그의 사후에도 그 비밀결사를 성 상티아노 형제단이라고 부르게 된 것입니다."

레이놀드는 뭔가 위험한 이야기가 흘러나올 것 같은 기분에 사로잡혔다. 그는 긴장감에 근처에 있던 포도주를 들이켰다. 강베타는 그런 기대에 호응이라도 하듯 놀랄 만한 이야기를 꺼내 놓았다.

"레이놀드 경. 그런데 돌아가신 메이산 경께서 성 상티아노 형제단의 단원이었단 사실을 알고 계십니까?"

"네?"

그야말로 금시초문이었다. 레이놀드는 상대가 뭔가를 털어놓으리란 걸 짐작했지만 이런 이야기일 줄은 상상도 못했다. 자신이 기억하는 아버지는 그다지 종교적인 분은 아니었다. 그런데 비밀결사에 속해 계셨다니 의아하기 그지없다.

"정말입니까? 아버님께서는 언제부터 형제단에 가입하셨던 겁니까?"

"정확한 날짜는 저도 모릅니다만 제가 들은 바로는 메이산 경께서는 혼인하기 전부터 형제단에 이름을 올리고 계셨습니다."

"허……."

그렇다면 레이놀드가 어릴 적부터 그의 아버지는 비밀결사에 속해 있던 것이다. 가족들 중에서도 누구도 모르던 일이다.

"그 성 상티아노 형제단은 주로 무슨 일을 하는 곳입니까? 아버지께서는 거기서 어떤 일을 하고 계셨죠?"

"여러 가지 업무를 합니다. 하지만 그중 가장 중요한 것은……."

강베타는 잠시 고민했다. 자신의 말을 눈앞의 젊은 영주가 어떻게 받아들일지 솔직히 걱정되었다.

"어떻게 생각하실지 모르겠습니다만, 형제단의 가장 중요한 업무는 바로 악마와 싸우는 것입니다."

"악마요?"

강베타의 예상대로 레이놀드는 뜬금없다는 표정을 지었다.

"네, 그렇습니다. 달리 돌려 말하는 것도 아니면 관념적인 표현도 아닙니다. 바로 '13층 지옥의 주민'인 그 악마들을 말하는 겁니다."

"제가 최근에 악마 이야기를 많이 듣게 되는군요. 안 그래도 대영주 캉브레 경이 악마와 거래한다고는 소리가 있었죠."

레이놀드는 믿기지 않는다는 표정으로 포도주를 다시 한 차례 들이켰다.

"그러니깐. 아버지께서 비밀결사에 속해 지옥의 악마들과 싸우셨다는 이야깁니까?"

"네, 사실입니다. 경께서는 훌륭한 기사셨습니다. 생전에 울부짖는 지옥의 공작 베르아트릭을 추방하셨으며, 뱀굴왕이라고 부르는 대악마 모르빌락쓰를 쓰러뜨리셨습니다."

그 얘기에 레이놀드는 고개를 내저었다.

"말도 안 됩니다. 물론 아버님께서 왕자 전하의 스승이 되실 정도로 검술에 뛰어나셨던 건 사실입니다만, 드래고닉 오러를 다루지 못하셨습니다. 제가 알기론 악마들은 단순히 검의 기교가 높다고 상대할 수 없는 녀석들로 알고 있습니다만?"

레이놀드의 말에 강베타는 작게 한숨을 내쉬었다.

"경은 정말 아버님에 대해 모르는 게 많으시군요. 그분께서는 형제단의 역사상 손에 꼽을 정도로 강력한 기사임과 동시에 가장 뛰어난 오러 사용자이기도 했습니다. 뱀굴왕 모르빌

락쓰를 쓰러뜨릴 때 그 빛나는 오렌지빛 오러가 악마의 허리를 잘라 버렸죠."

레이놀드는 새롭게 알게 된 갑작스러운 사실에 당황하면서도 부지런히 머리를 굴렸다.

"아버님의 죽음이 형제단의 일과 관계가 있는 것이군요."

"그렇습니다. 그런 이유로 성 루도비카 기사단은 경이 겪으신 슬픔에 대해 깊은 애도를 표합니다."

"왜 돌아가신 겁니까? 도대체 어떤 일에 말려드셨던 겁니까?"

레이놀드의 물음에는 분노가 담겨 있었다. 강베타는 자신의 포도주를 한 모금하고는 혈육의 죽음에 분노하는 젊은이에게 숨겨진 이야기를 풀어 놓기 시작했다.

"경을 포함해 일반분들은 잘 모르시지만 악마는 생각보다 우리와 가까운 곳에 있습니다. 그 때문에 고래로부터 이를 감시하는 파수꾼들이 항상 있었고 우리도 그들 중 하나입니다. 그런데 최근 몇 년 사이 저희는 지옥의 유력자 중 하나인 칼릭스투스가 케스핀 왕국에 관여하고 있다는 사실을 알게 되었죠. 돌아가신 메이산 경께서는 이단심판관으로서 그 일을 조사하고 있었는데 한 가지 놀라운 사실을 발견합니다."

"그게 무엇인가요?"

강베타는 잠시 얼굴을 찌푸렸다.

"왕국에 내려오는 오래된 격언으로 '원수는 집안에서 나온다.' 라는 말이 있죠. 마치 그 말을 증명이라도 하듯 악마와 연합한 끄나풀이 교회 안에 있음을 알게 되었습니다."

"교회라고요? 교회의 누군가가 악마와 내통했단 말씀입니까!"

음험하고 욕심 많은 야심가가 악마와 거래했다면 모를까 빛의 사도를 자처하는 교회가 그랬다는 사실에 레이놀드는 충격을 받았다. 그도 이 시대의 보통 기사들처럼 교회의 영향력 아래 살아가는 존재라 이런 이야기를 받아들이기 쉽지 않았다.

"한동안 기사단에서도 메이산 경의 발견을 의심하는 자가 많았습니다. 하지만 경의 끈덕진 노력 끝에 그게 거짓이 아니었음을 깨닫게 되었죠. 다만 사건의 중심에 있는 인물은 오래간 흑막에 가려져 있어, 우리는 진실을 추적하는 데 커다란 어려움을 겪었습니다."

듣고 있던 레이놀드는 침을 꿀꺽 삼키며 물었다.

"그럼 누가 그 타락의 주인공입니까?"

"……"

강베타는 잠시 침묵하다 주위를 한번 돌아보고는 입을 열었다.

"바로 대주교 옥타비누 베르트리몽입니다. 그는 악마 칼릭스투스의 하수인으로, 주인의 명에 따라 복수와 증오의 여신격을 부활시키려 하고 있습니다. 여신격의 부활을 위해 남부에 있는 어떤 성물이 필요한데 사실 이번 전쟁도 그것 때문에 발생한 것이죠. 그리고 메이산 경을 독살한 진짜 주인공도 대주교입니다."

레이놀드는 순간 온몸에 소름이 돋았다. 그는 지금까지 아버지를 죽인 원수의 지원을 받으며 싸우고 있었던 것이다. 분노와 말할 수 없는 배신감이 밀려들었다.

"어떻게 대주교나 되는 양반이 그럴 수가."

"짓무른 홍백합은 진창의 잡초보다 악취를 풍기는 법이지요."

홍백합은 케스핀 왕국의 대주교들을 상징하는 꽃이었다.

레이놀드는 지금 느끼는 심적 충격에도 일단은 침착함을 유지했다.

"지금 성물은 어디에 있습니까?"

"스타폴의 캉브레 경이 보관하고 있습니다. 역설적이게도 그가 바로 성물의 수호자입니다."

"뭐라고요? 지금껏 내 원수로 싸워온 캉브레 경이 사실은 성물의 수호자였다고요?"

"그렇습니다."

"하지만 캉브레 경은 이기적이며 남을 찍어 누르는 성품의 악한입니다! 어찌 그런 자가 성물을 수호한다고."

레이놀드의 반론에 강베타는 단호하게 고개를 저었다.

"성물을 수호하는데 선도 악도 필요 없습니다. 오직 맹약만이 중요하지요. 전 그가 어떤 영주인지는 잘 모릅니다. 허나

한 가지 확실한 건 그의 가문이 오래전부터 성물을 지키기로 맹세한 집안이란 사실입니다."

갑작스레 몰려나온 진실에 레이놀드는 우왕좌왕하지 않을 수 없었다. 그러다 한 가지를 떠올렸다.

"그런데 방금 복수와 증오의 여신격이라고 하셨습니까?"

"그렇습니다. 인간들은 그녀를 네퓨타리라고 부르죠."

레이놀드는 자신의 기억에서 또 한 가지 사실을 발견하고는 인상을 찌푸렸다. 화이트클리프의 지하묘지에서 대영주는 '복수와 증오를 담당하는 그녀'라는 말을 했다. 아직 확신하기 이르지만 레이놀드의 머릿속에 한 가지 그림이 그려졌다.

"저, 기사단장님. 혹시 스랭도르 대영주, 혹은 스르굴에 대해 알고 계십니까?"

레이놀드는 내심 스랭도르 대영주가 이 일과 관련이 없길 빌었으나 강베타는 무겁게 고개를 끄덕였다.

"경께서 그분의 딸인 아리엘 경과 결혼한다는 사실을 들었습니다. 유감입니다만, 그 스랭도르 대영주가 네퓨타리의 수하가 맞습니다. 그런데 스르굴은 누굴 말씀하시는 건지 모르겠군요."

"하아."

절로 한숨이 나왔다. 레이놀드는 고개를 떨어뜨리고 생각에 잠겼다. 지금 그의 말대로라면 네퓨타리의 대기사인 스랭도르가 남부의 악마추종자인 옥타비누 대주교와 손을 잡은 것 같았다.

"기사단장님, 그 여신격을 부활시키는 데 꼭 성물들이 필요한 겁니까?"

"그렇습니다. 총 두 개의 성물이 필요한데 하나는 성 뱅상의 뼈로 만든 아르카나의 열쇠, 또 다른 하나는 성 안토니오가 생전에 쓰던 검입니다. 오직 이 물건들이 죽은 네퓨타리를 살려낼 수 있다고 합니다. 북부 전쟁 후 화이트클리프에 보관 중이던 아르카나의 열쇠가 사라진 걸 보면 스랭도르 대영주가 그 물건을 손에 넣은 걸로 보입니다."

"어째서 그것들이 아니면 안 되는 것입니까?"

"네퓨타리가 바로 성 뱅상과 성 안토니오에게 쓰러졌기 때문입니다. 고대 마법의 법칙에 의해 죽은 자는 원수의 물건을 사용해야 저승에서 풀려날 수 있습니다."

그 뒤로 둘은 여러 이야기를 나눴다. 레이놀드가 가진 많은 의문을 풀려면 대화가 필요했다.

"아버지께서는 왜 제게 바로 사실을 알리지 않고 기사단을 통해서 거의 일 년이나 지난 죽음의 비밀을 알리려 한 것입니까?"

"사실 시간이 필요했습니다. 결국 옥타비누 대주교를 격파해야 하는데 남부의 한 축인 그를 우리 기사단이 쓰러뜨리기에는 쉽지 않은 일이죠. 또한 대주교 본인조차 악마인 칼릭스투스의 가호를 받고 있어 그를 물리칠 방법에 대해 연구할 필요가 있었습니다."

"그 문제를 해결하셨습니까?"

"물론입니다. 그래서 제가 이곳에 온 겁니다. 우리는 지난 일 년간 흩어진 형제를 모아 기사단의 역량을 집중시켰고, 대주교를 살해할 방법을 찾아냈습니다."

"그렇군요……."

그날따라 가을 날씨가 차가웠지만 레이놀드는 답답한 마음에 나무로 만든 창을 열었다. 갑자기 서늘한 공기가 한꺼번에 들어왔다.

"하아."

답답한 마음이 조금 가신다. 옆에서 아무 말 없던 강베타가 단도직입적으로 용건을 꺼냈다.

"대주교를 쓰러뜨리는 데 힘을 빌려 주시겠습니까?"

〈다음 권에 계속〉

외전
광휘 독수리 기사단

"내년 봄에 술탄의 군대가 제국으로 향할 것입니다."

신성 벤타케 제국의 대원수(Grand Hetman)인 폴 암튼은 귀족들에게 사태의 심각성을 역설했다. 지금 제국은 풍전등화의 위기임에도 대원수의 보고를 듣는 귀족들의 태도는 심드렁하기 그지없었다.

"노원수께서는 위험을 너무 과대평가하는 것 아니오?"

막강한 힘을 가진 프리드리히 선정후(Prince-elector)가 비아냥거리듯 물었다. 그러나 폴 암튼은 담담했다

"고귀하신 선정후 전하(Your Serene Highness), 지금 이렇게 탁상공론할 때가 아닙니다. 지금 올바른 결정을 내리지 못

한다면 내년 봄, 제국의 안위를 장담할 수 없습니다."

프리드리히는 즉시 폴 암튼에게 일갈했다.

"탁상공론이라니! 지금 노원수께서는 제국의 의회를 탁상공론으로 치부하는 것이오!"

"……."

폴 암튼은 속이 터졌지만 묵묵히 참아냈다. 프리드리히 선정후는 황제도 위협할 정도로 막강한 제후라, 군비를 마련하기 위해서는 그에게 밉보여서는 안 된다.

"선정후 전하, 제가 실언을 했습니다. 부디 너그럽게 용서해 주십시오."

"흥!"

정중한 사과에도 프리드리히 선정후는 고개를 획 돌려 버렸다. 대원수의 뒤에서 기립하여 이 모든 걸 지켜보던 라 파뇰은 남몰래 한숨을 내쉬었다.

'황제부터 시작해서 제국이 완전히 썩어 문드러졌구나.'

현 황제 도르스트문트 4세는 그의 장인이자 또 다른 선정후인 크리스티안에게 정사를 맡기고 주색에 빠져 살았다. 크리스티안은 남몰래 수많은 미녀를 그에게 보냈다. 황제는 자신을 둘러싼 매혹적인 여자들에게 홀려 파멸로 향하고 있었다. 그때문에 현 정국은 그야말로 개판으로, 귀족들은 자신들의 이익만을 위해 국가의 미래는 전혀 신경 쓰지 않았다. 내년 봄 술탄의 군대가 제국을 향하는 게 뚜렷해 보이는데도, 오로지

각자의 입맛대로 뭉치고 흩어지기를 반복하며 싸움질만 해대는 것이다. 그 와중에도 제국의 앞날을 걱정하는 건 이 노원수 같은 몇몇 충신들뿐이었다.

"전비의 충당을 위해 부디 특별세를 허락해 주시길 바랍니다!"

폴 암튼이 마지막이란 심경으로 간곡하게 말했다. 그러나 이곳에는 그와 같은 이는 없었다.

"늙은이 주제에 목소리만 우렁차서는."

황제의 총신(寵臣)인 궁중백(Count Palatine) 란흐그라트가 마땅치 않다는 듯 중얼거렸다. 작은 목소리였지만 뚜렷하게 들려왔다. 뒤에 기립해 있던 라 파뇰은 참지 못하고 받아쳤다.

"그 무슨 망발이오! 감히 백작 주제에 공작위를 가지고 계신 대원수님께!"

그러나 상대는 자신의 행동을 사과하기보다 발끈했다.

"너야말로 일개 장교 같은데 감히 내가 누군 줄 알고 대드는 것이냐!"

곧 일부 성질 급한 귀족들과 대원수의 부하들 간에 욕설이 오고 갔다. 그때 제일 상석에 앉아 있던 크리스티안 선정후가 한 손을 들었다. 가장 길길이 날뛰던 란흐그라트 백작을 시작으로 모두 황급히 입을 다물었다.

"고귀하신 선정후 전하, 무례를 용서해 주십시오."

오만한 란흐그라트 백작이 시키지도 않는데 사과하는 걸 보면 크리스티안 선정후의 권세가 가히 짐작할 만했다. 그는 사실 황제나 다름없었다.

"자자, 회의가 과열되는 것 같구려. 모두 인상을 피고 얘기해 봅시다."

그 뒤로는 비교적 차분한 분위기였지만 지금껏 한 말들의 반복이었다. 가만히 듣고 있던 크리스티안 선정후가 한 가지 제안을 했다.

"나는 대원수가 허튼소리를 할 사람이라 생각하지 않소. 다만 개인적인 의견으로도 전쟁의 발발 위험은 적다고 생각합니다. 그러나 대원수의 심려를 이해하는바, 총 4십만 플랑의 지원을 제안합니다."

4십만 플랑은 약 2만의 군대를 모집할 수 있는 금액이다. 상당한 돈이긴 했지만 10만이 넘을 걸로 예상되는 술탄의 대군을 막기엔 턱도 없다.

"고귀하신 선정후 각하. 그 정도의 지원으로는 어렵습니다."

그러나 선정후는 대원수의 말을 딱 잘랐다.

"제국은 수많은 일로 복잡합니다. 대원수. 그러니 그 이상은 불가하오."

크리스티안 선정후는 여타 귀족들과 다르게 내년에 있을 침공이 사실이란 것을 잘 알고 있다. 그런데도 저렇게 나오는 걸 보면 4십만 플랑으로 알아서 해 보라는 뜻이다. 아무리 폴 암튼이 그의 생애 대부분을 빛나는 승전으로 채우고 있다지만 이건 해도 너무했다.

'대원수님께서 매번 기적에 가까운 승리를 하니깐, 이제 그 걸 당연시하는 건가!'

라 파뇰은 치미는 분노를 삭이며 고개를 숙였다. 제국 귀족들의 안일함에 치가 떨려왔다. 그러나 그 후 폴 암튼 대원수의 주장은 모두 기각되었고 회의는 신속하게 끝이 났다. 귀족들은 그깟 전쟁보다 훨씬 중요한 황제의 후계 문제에만 관심이 가는 듯했다. 다만 크리스티안은 폴 암튼에게 전쟁과 관련된 외교에 관해 황제의 권위를 대리할 수 있도록 허락해 주었다. 그것으로 대원수는 황제의 신하를 자처하는 나라와 협상할 수 있게 된 것이다. 어둠 속에서도 그게 유일한 위로였다.

*   *   *

성력 1210년, '두 번 절하고 세 번 경배하는 해'의 봄.

폴 암튼은 이런 난관에도 그럭저럭 3만의 군세를 꾸릴 수 있었다. 그는 모병을 위해 사비를 털었다. 그리고 조국을 지키기 위해 분연히 일어난 노병들이 합류와 몇몇 뜻있는 귀족들이 자금을 보내왔다. 오로지 평생을 전장에서 보낸 노원수의 인덕 덕분이었다. 그 외에도 강철송곳니 부족이 2만의 군대를 이끌고 합류하기로 약속해 왔다. 강철송곳니 부족은 제국에 신종(臣從)하고 있는 오크들로 이번 전쟁에 적극적으로 개입 하기로 했다. 그도 그럴 것이 이 오크들의 경제 자체가 술탄의 제국을 약탈하는 데 의존하고 있었다. 따라서 신성 벤타케 제 국이 타격을 입으면 그다음 목표는 자신들이 될 것임이 자명 했기에 오크 전사들은 남다른 각오였다. 그들은 지도자인 우 르나크 슬리지는 젊은 시절 부족의 독립을 꿈꾸며 제국군과도 여러 차례 격전을 벌였다. 폴 암튼과도 전쟁터에서 몇 번이나 마주친 사이로 어제의 적이 오늘은 동료가 된 것이다. 그렇게 전쟁이 차곡차곡 준비되는 중 술탄의 군대가 출정했다는 소문 이 들려 왔다. 위대한 술탄이 친정하는 것은 아니었고 그의 재 상 중 하나인 오거 파샤(Ogre Pasha) '아흐바다스'가 나섰다 고 한다. 폴 암튼은 전장을 제국 밖에 만들기 위해 서둘러 군 대를 움직였다. 이에 대원수는 모르단이란 곳에서 적을 맞기 로 결정했다. 그러나 3만이나 되는 부대의 이동은 느릴 수밖 에 없었다. 전쟁은 시간 싸움이다.

"이를 어쩌면 좋겠나. 부대가 모르단에 자리를 잡고 진지를 구축하려면 적어도 3일은 더 필요해."

폴 암튼은 부하들을 둘러봤지만 다들 뾰족한 수가 없어 보 였다. 그러던 중 라 파뇰이 한 가지 제안을 꺼내 놓았다.

"지금 합류하려는 강철송곳니 부족에게 적을 지연시켜 달라 고 부탁함이 어떻겠습니까? 그들의 멧돼지 기수들은 불의의 습격으로 유명합니다. 아흐바다스의 군대는 10만이나 되는 숫자 때문에 이동하는 진형이 무려 100킬로미터나 늘어서 있다고 합니다. 이 정도면 충분히 괴롭힐 수 있다고 생각합니다."

"음, 괜찮은 의견이군. 그래도 상당히 위험한 임무인데 저들이 하려고 할 것 같은가?"

"설득을 해야겠지요. 저를 보내 주십시오. 가서 오크들과 함께 적을 치겠습니다."

"지극히 어려운 임무네."

"제국을 위해서라면 기쁘게 수행하겠습니다."

"……"

폴 암튼은 말없이 라 파뇰을 쳐다보았다. 그는 자신이 아끼는 부관이자 제자였다. 제국의 새로운 시대를 이끌어 갈 젊은 이인데 이렇게 보내야 한다는 게 안타까웠다. 그러나 모두 이 전쟁에 죽음을 각오하고 나섰다.

"다녀오게. 우르나크에게 서신을 적어 주겠네."

"네, 대원수님!"

몇 시간 뒤, 라 파뇰은 다섯의 기사를 대동하고 강철송곳니 부족이 오고 있을 방향으로 출발했다. 라 파뇰 일행은 그들의 투구에 붙은 날개 장식과 청백색 깃발을 보고 그들이 광휘 독수리 기사단임을 알 수 있었다. 광휘 독수리 기사단은 제국 최고의 기사단이자, 제국이 가진 힘의 정수들이다. 그러나 이번 전쟁에는 부족한 전비 때문에 불과 오백여 명뿐이었다. 그들

대부분은 노원수와 함께한 노병들로 오로지 전우애로 뭉쳐 이 고단한 길에 따라나선 것이다.

두두두두—.

번쩍이는 갑옷과 청백색의 군기를 든 기사들이 대초원을 경쾌하게 질주했다. 그때 갑자기 불길한 북소리가 크게 울려 퍼졌다.

둥둥둥—.

라 파뇰의 말이 앞다리를 들고 일어났다. 그는 놀란 말을 달래며 후미의 기사들에게 외쳤다.

"무슨 일인가?"

그러나 기사들도 선뜻 대답하지 못했다. 그러던 중 한 기사가 언덕 한쪽을 가리켰다.

"적입니다! 술탄의 락샤샤들입니다!"

그와 동시에 언덕 위쪽에 시커먼 점들이 무더기로 나타나기 시작했다. 락샤샤들은 3미터에 이르는 키에 두 개의 비비원숭이 얼굴, 그리고 네 개의 팔과 염소의 다리를 가진 종족이다. 성격이 잔인하고 싸움을 잘해 그들은 술탄의 군대에서 정예 보병의 역할을 수행한다. 또한 달리기에도 뛰어나 얼마 동안 군마와 같은 속도를 낸다.

"즉시 후퇴한다!"

라 파뇰은 빠르게 명령했다. 지금의 인원으로 적에 맞선다는 건 불가능 그 자체였다. 락샤샤의 수는 언뜻 봐도 수십이 넘어 보였다.

"흐어어엉!"

괴상한 함성이 사방으로 울려 퍼졌다. 적들이 무서운 속도로 쇄도해 들어오자 라 파뇰과 광휘 독수리 기사단원들은 있는 힘껏 말을 몰았다. 군마들도 놀랐는지 숨소리가 아주 거칠었다. 도망자들은 전력을 다했지만, 완전무장한 기사들의 무게 때문인지 말이 생각처럼 빠르게 달리지 못했다.

"이러다 따라 잡히겠어!"

뒤에서 기사 하나가 다급히 소리쳤다. 아닌 게 아니라 염소 다리를 가진 락샤샤들이 무서운 속도로 따라붙고 있었다. 그렇게 쫓고 쫓기를 십여 분, 라 파뇰은 더는 도망칠 수 없다는 걸 깨달았다.

'젠장! 조금만 더 간다면 저들이 지칠 텐데!'

락샤샤들은 군마처럼 오래 달릴 수 없었다. 그 때문에 안타까움이 밀려왔지만 당장 칼을 뽑지 않으면 안 될 상황이었다.

"전투 준비!"

라 파뇰이 말을 세우고 허리춤에서 검을 뽑자 기사들도 즉각 호응했다. 죽음이 코앞까지 닥쳐왔지만 용맹한 그들은 전혀 겁먹지 않았다. 오히려 상대가 락샤샤든 뭐든 간에 하나라도 더 죽이고 죽겠다는 눈빛이다.

"제국을 위해!"

라 파뇰이 검을 추켜세우고 제일 먼저 달려가자 뒤에서 기사들이 "신의 광휘와 황제의 독수리를 위해!"라는 기사단 특유의 전투함성을 지르며 쫓아왔다. 어차피 이길 수 없는 싸움이라면 겁쟁이보다 기사로 죽는 게 좋을 것이다.

"이야앗!"

제일 먼저 적과 부딪힌 라 파뇰은 고개를 숙여 락샤샤의 일격을 피하며 자신의 기병도(Saber)를 찔러 넣었다. 그 날카로운 일격은 락샤샤의 두툼한 목을 그대로 관통했다.

"윽!"

손바닥에 충격이 느껴졌고 락샤샤의 목에 박힌 검은 라 파뇰의 손에서 떨어져 나갔다. 그는 즉시 안장에 매달린 한손도끼를 빼들고 다음 상대를 공격했다.

"끄아악!"

뒤에서 한 기사가 지르는 비명이 울렸다. 처음 그들은 그런대로 싸웠지만 주위에 달라붙는 락샤샤가 많아질수록 불리해져 갔다. 이미 두 명의 기사가 말 위에서 끌어 내려져 살해당했고 라 파뇰도 이제 위태위태한 상태였다. 그는 즉시 자신의 가문에 내려오는 비전의 기술을 사용했다. 허리춤을 더듬어 흑연가루를 움켜쥐고는 허공에 원을 그리며 사방에 뿌렸다.

"멜릭토스!"

순간 그에게 달려들던 세 명의 락샤샤가 눈이 멀어 허둥대자, 라 파뇰은 때를 놓치지 않고 손도끼로 부지런히 적들의 머리를 깨부쉈다. 그때 거대한 초승달칼(Kilij)을 든 락샤샤가 달려들어 라 파뇰이 탄 말의 목을 단숨에 베어 버렸다. 순간 그의 눈에는 타고 있는 말의 앞부분이 갑작스레 없어져 버린 것 같이 보였다.

퓨슈슈슈슉!

끊어진 말의 두꺼운 동맥에서 피가 분수처럼 뿜어져 나왔다. 찰나에 죽은 말은 울지도 못하고 기운을 잃은 병자처럼 무릎을 꿇더니 주저앉았다. 그리고 더는 움직이지 않았다.

"빌어먹을!"

말에서 굴러떨어진 라 파뇰은 초승달칼을 휘두른 락샤샤를 향해 손도끼를 집어던졌다.

캉!

녀석은 상당한 검의 고수인 듯 손쉽게 날아온 도끼를 쳐냈다. 이제 보니 초승달칼만 네 자루를 가지고 있었다.

"쿠룩! 쿠룩! 쿠룩!"

락샤샤는 괴상한 소리를 내며 라 파뇰을 쳐다봤다. 웃음소리인 것 같다. 비비원숭이와 같은 두 개의 얼굴은 조소로 일그러져 있었다.

"젠장!"

라 파뇰은 욕설을 내뱉었지만 아무것도 할 게 없었다. 더는 무기가 남아 있지 않았다. 반면에 락샤샤는 인간이라면 양손으로 휘둘러야 할 만큼 큰 초승달칼을 네 개나 들고 있었다. 그럼에도 라 파뇰은 쇠장갑을 낀 손으로 올려치기라도 한 방

먹일 요량으로 물러나지 않았다. 그때문에 상대의 비웃음은 더 커졌다. 천천히 두 자루의 검이 머리 위로 올라갔다.

'3미터 높이에서 떨어지는 거대한 검이라……. 이거 뼈도 못 추리겠군. 대원수님, 임무를 완수하지 못해 죄송합니다.'

라 파놀은 죽음을 예감했다.

"투락 모함드 아훈 칼라모막사드(비켜라, 이 자의 심장은 내가 갖겠다)!"

그때 옆의 덩치 큰 락샤샤 하나가 껴들었다.

"모마 사하드 아훈 하낙산(적의 말을 내가 베었다)!"

라 파놀을 죽이려는 락샤샤와 새로 나타난 락샤샤가 험한 분위기를 연출하며 말다툼을 벌였다. 눈치가 빠른 라 파놀이 보아하니 서로 자신의 목을 베겠다고 다투는 것 같았다.

'전공 때문에 다투는 것이군.'

비비원숭이 머리를 가진 락샤샤들은 윗입술을 까뒤집고 긴 송곳니를 드러냈다.

"캬웅!"

라 파놀은 그 틈에 재빨리 주위를 둘러봤다. 이미 광휘 독수리 기사단원들은 모두 죽어 나자빠져 있었다. 다른 락샤샤들은 라 파놀 쪽을 지켜보거나 시체를 뒤졌다. 오로지 군마 하나가 살아남아 그들의 장난감이 되어 있었다. 말은 겁에 질린 채 우왕좌왕했고, 락샤샤들은 겁을 주며 녀석이 이리 뛰고 저리 뛰는 꼴을 보며 웃어댔다. 입술을 뒤집고 기다란 송곳니를 내

놓은 채 웃는 꼴이 아주 흉했다.

'그래, 이래 죽으나 저래 죽으나.'

라 파놀의 앞에서 다투는 락샤샤들은 서로 무기를 위협적으로 상대방에게 내밀고 있었다. 진짜 찌를 생각이 있는지는 알 수 없었지만 라 파놀은 그걸 이용하기로 했다. 그는 재빨리 일어나 무기를 쥔 락샤샤의 손을 밀어 버렸다. 그러자 칼이 다른 락샤샤를 찔러 들어갔다.

"캬아웅!"

고통스러운 외침과 함께 즉각 싸움이 일어났다. 아무래도 찔린 락샤샤는 라 파놀이 작은 탓에 보지 못하고 다투던 락샤샤가 찌른 걸로 오해한 모양이었다. 네 개의 칼을 든 덩치 큰 전사들이 괴성을 지르며 상대방을 난도질했다. 관망하던 주위에 있던 전사들도 달려들어 주변이 소란스러워졌다. 그 틈을 놓칠 라 파놀이 아니었다. 그는 재빨리 뛰어 겁먹은 군마의 고삐를 낚아챘다.

"홈나흐 마다(녀석이 도망간다)!"

그제야 눈치챈 락샤샤 하나가 소리를 질렀지만 싸움질에 빠진 그들은 도망치는 인간 하나에 신경을 쓰지 않았다. 고조되는 분노 속에서 무시무시한 초승달칼이 사방을 향해 휘둘러졌다.

라 파놀은 구사일생으로 탈출해 임무를 완수할 수 있었다. 그는 강철송곳니 부족과 만나 부족의 전사들 중 일부를 지연

작전에 투입하는 일을 성사시켰다. 멧돼지를 타고 다니는 오크 무법자들은 기대 이상으로 훌륭히 적을 괴롭혔다. 길게 늘어진 술탄의 군대에 틈이 생기면 번개처럼 달려가 공격을 퍼붓고는 기병대가 달려오면 줄행랑을 쳤다. 부족의 주술사는 대초원에 사는 여러 콘도르와 동굴쥐 따위를 수하로 부렸기에 적의 동향을 쉽게 파악할 수 있었다. 그런 영웅적인 활약으로 며칠의 시간이 생겼고, 대원수의 군대는 합류한 오크 본대와 함께 모르단에 방어선을 구축했다.

대원수 폴 암튼이 군대를 주둔시킨 곳은 정확히는 모르단의 기아스 요새였다. 기아스 요새는 규모가 작은 곳으로 이백인 정도밖에 수용하지 못하는 곳이다. 폴 암튼은 이곳에 지휘부를 설치하고 주위에는 이제 5만에 이르는 부대를 배치했다. 본대는 광휘 독수리 기사단과 사령부가, 좌익은 제국군과 케스핀, 람탄 왕국에서 온 용병들이, 우익은 강철송곳니 부족이 맡았다. 곳곳에 참호가 파였고 흙벽과 나무 방책이 세워졌다. 그리고 그들 뒤쪽으로는 도문스트 강이 흐르고 있었다. 그야말로 배수진으로, 부대는 제국의 안녕을 위해 술탄의 대군을 상대로 한 발짝도 물러나지 않기로 결의했다.

*   *   *

그로부터 이틀 뒤, 오거 파샤인 아흐바다스가 이끄는 술탄의 군대가 도착했다. 장엄한 10만 대군으로 그 대단한 기세는 어찌 표현하기 힘들었다. 그들은 멀리서부터 북을 울리며 행진해 와 기다리고 있던 제국군을 압도했다. 그들의 부대는 구성도 다양해 인간 기병, 리자드맨 투창병, 락샤샤 돌격보병, 놀 석궁병, 오거 공병 등의 병종을 가지고 있었다. 과연 동방의 패자를 자처하는 술탄의 군대다웠다.

"엄청나군요."

라 파뇰이 질린다는 듯 말하자 의자에 앉아 생각에 잠겨 있던 폴 암튼이 담담하게 대꾸했다.

"술탄은 용도 기르고 있다는데 용이 안 온 것만으로도 다행이지 않는가."

"그렇군요."

라 파뇰은 가끔 자신이 모시고 있는 대원수의 낙천성에 질릴 지경이었다. 그러나 어쩌면 그런 성격이야말로 매번 기적을 만들어내는 그의 강점일지도 모른다.

"항복 권고가 오면 알아서 거절하게. 난 우르나크를 만나러 갔다 오겠네."

폴 암튼은 자리를 털고 일어났다. 그는 젊은 시절 우르나크와 생사를 걸고 다퉜다는데 얼마 전의 만남에서는 마치 오래된 전우를 대하듯 했다. 예전에는 적이었어도 머리가 하얘진 지금은 그것조차 추억으로 아름답게 변해 버린 모양이다. 우르나크도 다르지 않아서, 얼굴에 주름이 가득한 그 늙은 오크는 양팔을 벌리며 대원수를 환영했다.

'젊은 시절부터 서로의 기량을 인정했었기 때문에 그런 모습을 보일 수 있었겠지.'

라 파뇰은 유유자적 걸어가는 폴 암튼을 묵묵히 바라보았다.

다음 날 아침이 지나자 바로 전투가 시작되었다. 다분히 기습적이었다. 아직 해가 떠오르지 않은 이른 새벽에 오거 파샤는 일부 부대를 오크들이 방어하고 있는 우익으로 파견했다. 아무래도 오크들이 정규전에는 약하다는 걸 노린 모양이었다. 안 그래도 숙련된 기수들인 그들이 멧돼지에서 내려 참호 전투를 벌여야 한다는데 난처함을 표현했었다.

"그루락 쿠푸후막(적의 습격이다)!"

보초의 놀란 외침으로 우익의 오크들은 전투를 준비했다. 하나 이미 허를 제대로 찔렸다. 마침 그날은 안개가 가득해 적을 발견하는 게 늦었고 오크들이 준비를 마쳤을 땐 근거리에서 적군이 달려오고 있었다.

"베로크락(발사)!"

오크 지휘관인 우르나크의 명령에 의해 오크 석궁수들이 일제히 볼트를 쏘아 보냈다. 매서운 일격이었으나 적은 동료의 시체를 밟으며 여전히 전진해 왔다.

"후산 아하마드 아끄바후(신께서 함께하신다)!"

안개너머까지 울리는 적의 전투함성에 오크들은 일순간 동요하기 시작했다. 그리고 적의 선두가 방어진에 도착하자 피 튀기는 접전이 펼쳐졌다. 오크들은 용맹하게 맞섰으나 기세가 한 번 꺾인 탓인지 계속 밀려났다. 네 개의 거대한 초승달칼을 든 락샤샤들은 그야말로 무시무시해, 오크들의 창검을 맞아 온몸에 피를 칠하고도 계속 참호 안으로 들어왔다. 또 인간 기 병들은 계속 궁을 쏘며 지원했고 힘이 좋은 오거 공병들이 갈 고리를 나무 방책에 걸고 끌어당겼다.

"크하아압!"

갈고리는 튼튼한 쇠사슬에 연결되어 있었는데 오거 공병 셋 이 달려들어 그걸 잡아 당겨댔다. 거대한 팔뚝이 팽팽하게 부 풀어 오르자 요란한 소리와 함께 나무 방책의 일부가 무너져 내렸다.

우르르르르—, 콰앙!

"아마드 후산 자르라마(파고들어라, 신의 전사들이여)!"

두 개의 머리에 커다란 깃털을 단 락샤샤가 부대를 독려했 다. 지휘관의 상징인 채찍을 들고 있는 걸로 보아 그가 이 돌 격대를 책임지고 있는 것 같았다. 그는 주위의 병사들이 조금 이라도 주저하는 걸 용납하지 않고 마구 채찍을 휘둘렀다.

"후산 아하마드 아끄바후(신께서 함께하신다)!"

다시 한 번 사방이 그들의 전투함성으로 뒤덮였다. 마침 떠 오르는 아침 해에 적 대군의 모습이 더 선명하게 드러나자 용 맹한 오크들도 공포에 빠졌다. 결국 그들은 이중 방벽의 첫 번째 지역을 내주며 밀려났다. 이대로는 첫 교전부터 어이없이 우익이 전멸해 버리는 사태가 발생할지도 모른다. 하지만 노련한 장군 폴 암튼은 손 놓고 있지는 않았다.

"신의 광휘와 황제의 독수리를 위해!"

별안간 공격해 오는 적들의 우측면에서 우렁찬 함성이 터져 나왔다. 용기가 가득 담긴 그 외침에 사나운 락샤샤들도 놀라 고개를 돌렸다.

뿌우우우우우—.

떠오르는 아침 해와 함께 본대의 방벽이 치워지며 광휘 독수리 기사단이 튀어 나왔다. 날개 장식이 달린 금속 투구가 선명한 햇살 아래 반짝였고, 기사단의 상징인 청백기 수백 개가 바람을 받아 펄럭거렸다. 그들 한 명 한 명이 수많은 전장을 누빈 정예이자 긍지 높은 기사들이다. 광휘 독수리 기사단은 놀라운 속도로 돌격대형을 갖추었다.

"제국을 위해!"

지휘관 기사가 그의 외날검(Backsword)을 뽑아 들고 외치자 광휘 독수리 기사단은 무서운 속도로 적들을 향해 돌격해 들어갔다. 적과의 거리는 멀지 않았다. 그들은 곧바로 전속(Gallop)을 냈다.

두두두두두두—.

말들은 엄청난 속도로 질주했고, 본진의 방벽 뒤에서 지켜보던 보병들은 환호성을 내지르며 기사단을 응원했다. 일순간 수백의 군마들이 튀어 나가자 사방에는 먼지가 가득 올랐다. 그 뿌연 전장을 향해 기사들은 시커먼 그림자만 남기고 사라져 들어갔다. 그들의 용맹한 돌격에는 아주 작은 두려움도 없는 것 같았다.

"황제 폐하 만세!"

결의에 찬 외침과 함께 가장 앞에서 달리던 기사가 적에게 충돌했다.

우지끈!

3미터에 이르는 덩치 큰 락샤샤도 그 충격에는 견디지 못하고 뒤로 나뒹굴었다. 부러진 기병창이 가슴팍에 박힌 락샤샤는 다시 일어나지 못했다. 사납게 울부짖던 비비원숭이의 얼굴은 기사단의 군마에 그대로 짓밟혔다.

퍽! 꽈직! 퍼억!

곧이어 기사들의 충돌이 계속 이어졌다. 제아무리 강한 락샤샤라도 이 정도의 공격을 정면으로 받으면 살아 있을 도리가 없다. 기세등등하던 락샤샤 무리는 빠르게 흔들렸다. 그때문에 일부에서 종심이 얇아지자 기사단의 돌격이 그대로 부대를 관통해 나갔다.

"발검(拔劍)하라!"

차륵! 차르륵!

기병 돌격이 끝나자 칼등이 묵직한 외날검 수백 자루가 동시에 검집에서 튀어 나왔다. 이 검은 갑주를 깨부수기 위해 만들어진 강력한 것으로 락샤샤의 두개골을 부수기에 충분했다. 사방에서 기사단의 외날검과 락샤샤의 초승달칼이 부딪혔다. 거대한 초승달칼이 말과 기사를 동시에 베어 넘기기도 했지만 기세가 오른 기사단들은 매서웠다. 거기에 오크 멧돼지 기수들까지 가세해 리자드맨 투창병들을 쓸어버리자 결국 적들은 후퇴하기 시작했다. 놀란 리자드맨들은 창을 내던지고 달음박질쳤다. 분노한 제국군과 오크들은 집요하게 도주하는 적들을 물고 늘어졌다. 그러나 본진에서 퇴각 나팔이 불자 모두 기수를 돌려야 했다. 적은 10만이 넘었고 이번 전투에 투입된 건 일부였다. 만약 오거 파샤가 추가로 병력을 투입하면 어떻게 될지 알 수 없는 일이다.

"와아아아아!"

돌아오는 그들을 향해 아군 전체에서 함성이 울려 퍼졌다. 라 파뇰은 대원수 폴 암튼 옆에서 그 광경을 지켜보고 있었다.

"축하드립니다. 대원수님."

그러나 폴 암튼은 라 파뇰의 말에도 크게 기쁜 기색이 없었다. 라 파뇰은 그가 자신과 같은 생각을 하고 있음을 깨달았다. 폴 암튼은 넋두리를 늘어놓듯 중얼거렸다.

"사실 이건 인사에 불과하겠지. 적들의 본대는 아직 꿈쩍도 하지 않고 있네. 반면 우리는 선발대의 일격에도 기사단을 써야 할 정도로 밀렸어."

"다행히 아군의 피해도 크지 않습니다."

라 파뇰은 폴 암튼을 위로해 보려 했지만 쓸데없는 일이라는 생각에 입을 다물었다.

"정오가 지나 다시 싸움이 있을 것 같군. 라 파뇰, 지휘관들을 소집해 주게. 그전에 회의를 열어야겠어."

"네, 대원수님."

그 뒤로 일주일 동안 무려 세 번의 싸움이 더 있었다. 상대인 오거 파샤 아흐바다스는 양면에서 밀고 들어오기도 하고 정면으로 본진을 두들기기도 했다. 하지만 제국군의 결사 항전과 날이 갈수록 단단해지는 방벽과 흙벽 덕에 적은 번번이 물러나야 했다. 일주일 사이 그들은 벌써 7천 이상의 전사자를 냈다. 결국 그 피해 덕분인지 오거 파샤는 이 전투를 빨리 끝낼 생각을 접은 걸로 보였다. 그는 참호와 방벽을 세워 제국군을 둘러싸기 시작했다. 폴 암튼은 혀를 찼는데, 그건 정면으로 오는 적보다 더 무서운 일이었다. 제국군은 전비와 보급이 부족했다.

"대원수님, 마초(馬草)가 부족해 이대로라면 군마들이 굶어 죽습니다."

"라 파뇰, 백여 명의 인원을 따로 추리게."

궁리 끝에 대원수는 일부 부대를 도강시켜 풀을 베어오게 했다. 그런데 그들 대부분이 돌아오지 못했다. 팔이 잘린 채 돌아온 병사의 말에 의하면 적의 기마병들이 어느새 도강해 제국군의 보급을 끊는데 투입되었단 것이다. 가뜩이나 적은 양의 보급품 때문에 힘에 겨웠는데 이제 그것마저 끊길 상황이 되었다.

"진퇴양난이군."

대원수의 고민은 갈수록 깊어졌다. 이제 정면 승부를 벌이기에도 늦었다. 적들도 똑같은 참호와 방어벽을 단단히 구축한 상태라 이쪽에서 들이받기도 불가능했다. 이러지도 못하고 저러지도 못하며 그렇게 다시 2주가 흘렀다. 식량이 거의 바닥을 드러내자 결국 폴 암튼은 최후의 공격을 준비하려 했다. 그런데 어찌 된 건지 그날 아침부터 적의 분위기가 수선스럽더니 점심이 지나자 적 장교들이 사방으로 뛰어다니는 게 상당히 이상해 보였다.

"왜들 저러는 것 같나?"

대원수의 물음에 라 파놀은 모르겠다는 듯 고개를 저었다. 그리고 알 리가 없다. 대신 라 파놀은 훨씬 현실적인 대안을 내놓았다.

"날이 저물면 기사들과 적 장교를 하나 납치해 오겠습니다. 심문해 보면 사정을 알 수 있겠지요."

폴 암튼은 라 파놀의 위험을 염려하면서도 결국 작전을 승인했다. 지금 같은 때는 백 인의 목숨을 버리더라도 하나의 정보가 더 중요할 수도 있다. 그는 대원수로서 부대의 운영에 대해 결정해야 했으므로 적이 왜 동요하는지 아는 것이 더 시급

했다.

라 파뇰은 새벽 무렵 무사히 적 장교 하나를 잡아 오는 데 성공했다. 적진이 생각했던 것보다 어수선해 어렵지 않게 임무를 수행할 수 있었다. 포로는 콧수염을 멋지게 기르고 높은 장식이 붙은 모자를 쓴 자로, 제법 지위가 있어 보였다. 그러나 외견과 다르게 배짱은 없는 듯 라 파뇰이 대원수에게 데려가기 전에 몇 차례 구타하자 아는 걸 모두 말하겠다고 맹세했다.

"그대의 진지가 왜 그리 어수선한가?"

대원수는 포로 앞에 앉아 질문했다. 적을 대하는 태도는 평소 라 파뇰이 자주 볼 수 있던 성격 좋은 노인네의 모습이 아니었다. 안광이 번쩍이는 무시무시한 장군의 위엄이 엿보였다. 포로도 그 모습에 압도되었는지 입술을 떨며 대답했다.

"황궁에서 전령이 왔습니다. 위대하신 술탄께서 붕어(崩御)하셨다는 내용이었습니다."

"뭐라!"

대원수는 자리에서 벌떡 일어났다. 그는 열정적으로 포로를 재촉했다.

"계속 말해 보라!"

"……지휘부에서는 이 전역(戰役)을 어떻게 끝내야 할지 의견이 분분했습니다. 결국 오거 파샤께서 내일 총공격을 감행하시기로 하셨습니다. 그분께서는 요새를 점령해 도하거점이라도 남기고 철군하길 원하십니다. 다만 회군이 더 중요하므로 내일 점령에 실패하면 모레 바로 철군하실 생각인 듯합니다."

노련한 대원수는 얘기를 듣고 곧바로 결정을 내렸다.

"지금 당장 지휘관들을 소집하라. 내일 우리는 마지막 전투를 치를 것이다. 설령 이 이야기가 사실이 아니라고 해도 상관없다. 라 파뇰!"

"네, 대원수님."

"이 자를 잘 가둬 두게. 만약 모레 술탄의 군대가 철군한다면 살려 보내겠네."

"알겠습니다."

그리고 다음 날 포로의 말대로 이 기아스 전투의 마지막 싸움이 시작되었다. 적은 좌측과 우측 양 방향에 군대를 집중시켰다. 가장 앞 열에는 용맹한 락샤샤들이 나섰고 뒤로는 낮은 신분의 징집병들인 아잡(Azab)들이 개미떼처럼 따라붙었다.

"후산 싸크쑨 아함미윤 알후 아흐뒤(신은 위대하시다. 성전을 위해)!"

적의 총공세에 그야말로 전장이 울렸다. 사방에서 난타전이 벌어졌다. 전투가 시작된 후 몇 시간이 지나도록 전혀 열기가 수그러들지 않았다. 그러던 중 제국과 케스핀, 람탄의 용병들이 뒤섞인 좌익이 흔들리는 모습을 보였다. 지켜보던 폴 암튼은 지난번처럼 광휘 독수리 기사단을 출격시켰다.

서대륙에서 가장 뛰어나다는 그들이 다시 흙먼지를 날리며 달려 나갔다. 이번에는 다른 기사와 종자, 기병하사관과 중무장전문병(Man-at-Arms)들까지 가세해 5천이 넘는 대규모 기병대였다. 기병들이 본진에서 튀어 나오는데도 한참이 걸릴 정도라 가히 마지막 싸움에 어울리는 규모라 할 만했다. 가장 앞에서 광휘 독수리 기사단이 달렸고 제국의 다른 기병들이 뒤따랐다. 화살처럼 쏘아진 기병대는 적군을 그대로 들이받았다.

쫘직! 쿵! 퍼억!

그들의 위력적인 충돌은 좌익을 구하는 듯했다. 그때 적군의 본대에서 함성이 터져 나왔다.

"쿰살라무 아라이쿰 사이다훈(이단에게 통곡의 심판을)!"

적의 본대에서 번쩍거리는 갑옷과 온갖 아름다운 장식으로 치장한 기병대가 튀어 나왔다. 바로 그 위명이 만천하를 울리고 있는 술탄의 샤이딘 기병대였다. 서대륙의 기사들과는 전혀 다른 양식으로 중무장한 그들은 혈색 좋은 거대한 군마에 올라타 거침없이 질주해 왔다.

"자흐마데 자흐마다후(죽으면 죽으리라)!"

그들의 외침이 사방을 울렸다. 그러나 광휘 독수리 기사단도 서대륙 제일을 자부하는 자들. 비록 적의 기세가 매섭다고 하나 겁먹는 자가 하나 없었다. 그들은 이 새로운 상대를 향해 말의 방향을 바꾸고는 거침없이 다시 질주해 나갔다.

"황제 폐하 만세!"

두두두두두—.

양 기병대는 조금의 망설임도 없이 서로에게 창을 겨누며 쇄도해 들어갔다. 그리고 거대한 충돌이 일어났다. 수천이 넘는 기병대가 질주해 부딪치는 광경은 누구라도 입을 벌릴 만큼 장관이었다. 모래바람이 사방을 뒤덮자 기병들의 실루엣 사이로 태양 빛에 번쩍이는 검날이 부산하게 움직였다.

쾅! 콰징! 캉! 캉!

칼날이 갑옷을 두들기는 소리가 아주 요란했다. 이미 첫 충돌 이후 수천의 기병대가 서로 뒤엉켜 싸우는지라 그 소리는 주변의 모든 소음을 집어삼킬 정도로 대단했다.

"처음부터 이걸 노렸군. 우리 기사단을 끌어내리려고 했던 게야."

요새 위에서 전황을 유심히 지켜보던 폴 암튼이 중얼거렸다.

"아무래도 적들도 기사단을 분쇄하면 우리의 사기가 급락할 거라 생각한 것 같습니다."

"맞네. 그리고 실제로도 그렇게 될 걸세. 이대로라면 아군이 불리해. 아무리 기사단원들이 뛰어나다 해도 인간인 이상 한계가 있는 법이지. 예비대에 명하게 기사단을 지원하러 출격해야겠어."

"알겠습니다."

광휘 독수리 기사단 중 백여 명은 대원수의 친위대 겸 예비대로 남아 있었다. 폴 암튼은 그들과 남은 기병대 2천을 동원해 전황을 지원하기로 했다. 라 파놀은 재빨리 대원수의 명을 전해 기병들을 말에 타도록 했다. 그렇게 얼추 준비가 돼갈 무렵, 요새에서 대원수 폴 암튼이 완전무장을 하고 내려왔다. 올해 72세인 이 늙은 장군은 철판갑옷을 입고 어깨에는 독수리가 그려진 멋진 청색 망토를 늘어뜨리고 있었다.

"대원수님!"

"내 직접 나가겠네."

"어찌 직접! 위험하십니다."

"내 병사들이 더 위험에 처해 있네. 어떤가? 자네도 같이 가겠나?"

"……저는 언제나 대원수님 곁을 지킬 겁니다."

라 파놀은 그가 걱정스러웠지만 무얼 하려는지 잘 알고 있었다. 폴 암튼은 노쇠한 몸을 이끌고 직접 나서 아군의 사기를 끌어 올리려는 것이다. 라 파놀도 군마에 올라 대원수의 군기를 들고 따랐다.

"대원수님께서 나서신다!"

본대의 병력은 그 모습에 놀라면서도 감격했다. 이 전설적인 대원수가 직접 전장 한복판으로 돌격하려는 것이다. 그는 몰려 있는 병사들을 향해 소리쳤다.

"황제 폐하 만세!"

그의 우렁찬 외침과 함께 사방에서 함성이 터졌다.

"오오오!"

그리고 광휘 독수리 기사단을 중심으로 한 무리의 기병대가 적진을 향해 나아갔다. 펄럭이는 군기를 든 라 파놀은 이게 늙은 대원수의 마지막 돌격이란 생각이 들었다. 그는 무능한 황제 따위가 아니라 이 고결한 군인에게 영광을 돌려야 한다고 생각했다. 말을 달리던 라 파놀은 크게 소리쳤다.

"대원수 폴 암튼 만세!"

그러자 그 외침은 기병들 사이로 빠르게 퍼져 나갔다. 모두 한마음으로 자신들 지휘관의 이름을 외쳤다.

"폴 암튼 만세!"

"대원수님 만세!"

돌격하는 천여 명의 기병대는 그의 이름 아래 하나가 되었고, 화로의 불길에 달아오른 망치처럼 샤이던 기병대의 측면을 타격했다. 그리고 그것으로 그날 전투의 승패가 결정되었다.

*　　　*　　　*

"우리가 이겼다!"

"제국에 영광을!"

병사들이 저마다 모여 환호성을 질렀다. 그들은 지금 처량한 모습으로 떠나는 오거 파샤의 부하들을 보고 있었다. 어제 전투에서 패한 그들은 아침 일찍 협상을 위해 사자들을 보내왔다. 그들은 술탄이 군대가 철군을 할 계획이니 추격을 하지 말아 달라고 요청했다. 제국군도 이미 기진맥진한 상태여서 그 요구는 받아들여졌다. 이로써 이번 전역은 끝이 났다. 술탄의 대군은 떠날 준비로 아침부터 분주했다. 어쩌면 사자들은 제국군의 동태를 살피고 인사도 할 겸 들린 것 같았다.

"밖이 아주 떠들썩합니다."

기아스 요새의 한적한 방 안에서 라 파놀이 폴 암튼의 안색을 살피며 말했다. 대원수는 괴로운 듯 숨을 헐떡였다.

"오늘은 우리가 진정으로 기뻐해도 좋을 날일세. 우리는 명예롭게 다시 한 번 제국을 지켜냈네."

가슴까지 이불을 덮은 폴 암튼의 상태는 좋지 않았다. 숨을 쉬는 데 힘들어했고 고통으로 찡그려진 얼굴은 혈색이 좋지 않았다. 그는 어제의 싸움에서 심각한 부상을 당했다. 전투가 끝날 무렵 도망가던 적병이 쏜 화살이 그의 옆구리에 박혔다. 대원수는 그 와중에도 부대의 사기를 염려해 활대를 부러뜨린 다음에 상처를 망토로 가렸다. 그리고 열렬한 환호 속에 본대로 귀환해서는 요새의 계단을 오르다 쓰러져 버렸다. 폴 암튼은 그 사실을 엄중한 비밀에 부치게 하고는 지휘관들을 소집해 적이 물러나기까지 방심하지 않겠다는 약속을 받아냈다. 그러나 대원수의 쓰러진 모습에 모두 깊은 슬픔을 느껴야 했다.

"대단한 돌격이었어. 내가 늙은 몸으로 다시 그렇게 할 수 있을 줄은 몰랐네."

폴 암튼은 어제 있었던 싸움을 떠올리며 몸을 떨었다. 확실히 그건 위대한 일이었다. 제국의 시인들은 오랫동안 이 일을 노래할 것이다.

"대원수님께서는 다시 일어나 말을 타실 수 있을 겁니다."

라 파뇰의 위로에도 그는 고개를 저었다.

"늙으면 활력을 잃어버리는 대신 직감이란 걸 얻게 되지. 난 어제 말을 달리며 그게 내 마지막 돌격이 될 것임을 알았어."

"그런 말씀 마십시오."

"라 파뇰."

"네, 대원수님."

"나의 친애하는 젊은 부관. ……제국은 썩었네. 이제 정말로 돌이킬 수 없을 정도지. 이번에는 운이 좋았지만 다음 술탄이 제국을 침범한다면 버틸 수 있을까?"

라 파뇰은 그의 말에 대답할 수 없었다. 폴 암튼은 계속 말을 이어갔다.

"황제는 무능하고 간신들이 판을 치지. 거기에 강력한 선정후와 맞설 수 있는 자들은 없어."

"……."

"그리고 곧 후계 문제가 불거지면 제국은 혼란과 내전의 소용돌이에 빠지게 될 걸세. 전쟁 속에서는 자네 같이 유능한 인재가 희생되기에 십상이지. 앞으로 시작될 싸움은 대의도 없이 추잡할 것이네. 현명하게 대처하여 말려들지 않았으면 좋겠군."

"명심하겠습니다."

"부디 자네를 반드시 필요로 하는 장소를 찾게. 마치 왕관의 보석처럼 말이야."

폴 암튼의 말에서 아끼는 부하를 향한 따뜻함이 느껴졌다. 그는 손가락으로 자신의 검을 가리켰다.

"내 검을 가져다주게."

그 검은 오래된 양식의 기사검(Knightly Sword)이었다. 요즘의 제국기사들이 기병도(Saber)나 외날검(Backsword)을 쓰는 것과 비교하면 구식 검이다.

"이건 성전에 참여하셨던 조상님들이 쓰던 검이지. 평범해 보이는 생김새지만 동방의 신비한 강철로 만들어진 물건일세. 원래라면 암튼가의 장자에게 물리는 검이지만 이걸 자네에게 주겠네."

"제가 어떻게 감히 이걸……."

"받게. 이번 전역에 대한 보상으로 생각해도 되네. 그리고 사실 이걸 주는 이유는 자네에게 한 가지 부탁할 게 있기 때문이기도 하네."

"부탁이라니 당치 않으십니다. 명령이라면 듣겠습니다."

폴 암튼은 누워서 작은 웃음소리를 냈다. 그러다 몸이 괴로운 듯 기침을 하며 눈을 찡그렸다. 잠시 후, 진정이 된 그는 다시 입을 열었다.

"그렇다면 내 자네에게 한 가지 명령을 내리겠네."

"말씀하세요, 대원수님."

기아스 요새에서 벌어진 전투는 그렇게 끝이 났다. 제국 시민들은 강력한 술탄의 군대가 격퇴되었다는 데 환호했다. 그리고 존경받는 장군 폴 암튼이 전사했다는 소식에는 슬픔에 빠졌다. 크리스티안 선정후는 더는 올라갈 직급이 없는 그를 제국의 영웅이란 호칭으로 추서했다. 그리고 유족들의 반발에도 폴 암튼이 자신의 당파에 속했던 사람이라고 대대적으로 선전을 벌였다.

라 파놀이 이런 모습에 크게 환멸을 느낀 건 말할 것도 없다. 그는 대원수의 장례가 끝나자 신변을 정리하고는 제국을 떠났다. 그 후 라 파놀은 성 아만 대공국, 람탄 왕국 등의 여러 나라를 떠돌았는데, 마지막으로는 케스핀 왕국에 도착하게 된다. 그리고 북부에 홉고블린이 침략했다는 소식을 듣고 자신의 자리를 찾아 화이트클리프로 향한다.

"스왈로우 나이츠 신입 기사 엔디미온 키리안,
『SKT 개정판』으로 다시 돌아왔습니다!
미온이라고 불러 주세요."

매권 호화 부록
미공개 외전,
컬러 일러스트 등 수록!

dream
books
드림북스

신룡의 주인

『더스크 하울러』, 『환수의 주인』의 작가!
태선 판타지 장편소설

『신룡의 주인』

알테리온가의 막내아들 샨,
알에서 태어난 특급 용 카이.
평범하지 않은 둘의 좌충우돌 학교생활이 시작된다!!

dream books
드림북스

그로스
언리미티드

주현성 판타지 장편소설

FANTASYSTORY & ADVENTURE

그로스Gross 내스티Nasty,
이제부터 그것이 자네의 이름이네.
자네의 모습을 보며 그 이상 가는 이름은
찾을 수, 없을 것 같군.

이름을 지어준 친구가 살해당한 그때,
무한한 잠재력을 지닌 괴물이 복수를 결심했다!

dream
books
드림북스

다크스타

김현우 판타지 장편소설
FANTASYSTORY & ADVENTURE

『레드 데스티니』,『골든 메이지』의 작가!
김현우 판타지 장편소설
『다크 스타』

천오백 년 전 영마대전은 재현될 조짐을 보이니……
전대미문의 폭군이 출현할 것이라.

dream
books
드림북스